茶馆

老舍/著

民主与建设出版社

© 民主与建设出版社，2017

图书在版编目（CIP）数据

茶馆 / 老舍著 . -- 北京：民主与建设出版社，2017.6（2021.4 重印）
ISBN 978-7-5139-1566-3

Ⅰ . ①茶… Ⅱ . ①老… Ⅲ . ①话剧剧本 – 中国 – 现代 Ⅳ . ① I234

中国版本图书馆 CIP 数据核字（2017）第 114496 号

茶馆
CHA GUAN

作　　者	老　舍
责任编辑	刘树民
封面设计	三石工作室
出版发行	民主与建设出版社有限责任公司
电　　话	（010）59417747　59419778
社　　址	北京市海淀区西三环中路 10 号望海楼 E 座 7 层
邮　　编	100142
印　　刷	三河市天润建兴印务有限公司
版　　次	2017 年 6 月第 1 版
印　　次	2021 年 4 月第 2 次印刷
开　　本	630mm×910mm　1/32
印　　张	20
字　　数	210 千字
书　　号	ISBN 978-7-5139-1566-3
定　　价	68.00 元

注：如发现质量问题，请联系调换。

第一卷 话剧卷

茶馆（三幕话剧）/ 3

龙须沟（三幕六场话剧）/ 83

第二卷 小说散文卷

我这一辈子 / 166

月牙儿 / 234

想北平 / 268

北京的春节 / 271

一些印象（节选）/ 276

可爱的成都 / 285

宗月大师 / 289

我的母亲 / 293

四位先生 / 300

小麻雀 / 306

母鸡 / 309

养花 / 311

抬头见喜 / 313

第一卷 话剧卷

 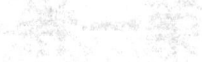

茶 馆

(三幕话剧)

人　物

王利发　男。最初与我们见面，他才二十多岁。因父亲早死，他很年轻做了裕泰茶馆的掌柜。精明、有些自私，而心眼不坏。

唐铁嘴　男。三十来岁。相面为生，吸鸦片。

松二爷　男。三十来岁。胆小而爱说话。

常四爷　男。三十来岁。松二爷的好友，都是裕泰的主顾。正直，体格好。

李　三　男。三十多岁。裕泰的跑堂的。勤恳，心眼好。

二德子　男。二十多岁。善扑营当差。

马五爷　男。三十多岁。吃洋教的小恶霸。

刘麻子　男。三十来岁。说媒拉纤，心狠意毒。

康　六　男。四十岁。京郊贫农。

黄胖子　男。四十多岁。流氓头子。

秦仲义　男。王掌柜的房东。在第一幕里二十多岁。阔少，后来成了维新的资本家。

老　人　男。八十二岁。无倚无靠。

乡　妇　女。三十多岁。穷得出卖小女儿。

小　妞	女。十岁。乡妇的女儿。
庞太监	男。四十岁。发财之后，想娶老婆。
小牛儿	男。十多岁。庞太监的书童。
宋恩子	男。二十多岁。老式特务。
吴祥子	男。二十多岁。宋恩子的同事。
康顺子	女。在第一幕中十五岁。康六的女儿。被卖给庞太监为妻。
王淑芬	女。四十来岁。王利发掌柜的妻。
巡　警	男。二十多岁。
报　童	男。十六岁。
康大力	男。十二岁。庞太监买来的义子，后与康顺子相依为命。
老　林	男。三十多岁。逃兵。
老　陈	男。三十岁。逃兵。老林的把弟。
崔久峰	男。四十多岁。作过国会议员，后修道，住在裕泰附设的公寓。
军　官	男。三十岁。
王大拴	男。四十岁左右，王掌柜的长子。为人正直。
周秀花	女。四十岁。大拴的妻。
王小花	女。十三岁。大拴的女儿。
丁　宝	女。十七岁。女招待。有胆有识。
小刘麻子	男。三十多岁。刘麻子之子，继承父业而发展之。
取电费的	男。四十多岁。
小唐铁嘴	男。三十多岁。唐铁嘴之子，继承父业，有作天师

　　　　　　　的愿望。

明师傅　男。五十多岁。包办酒席的厨师傅。

邹福远　男。四十多岁。说评书的名手。

卫福喜　男。三十多岁。邹的师弟,先说评书,后改唱京戏。

方　六　男。四十多岁。打小鼓的,奸诈。

车当当　男。三十岁左右。买卖现洋为生。

庞四奶奶　女。四十岁。丑恶,要作皇后。庞太监的四侄媳妇。

春　梅　女。十九岁。庞四奶奶的丫环。

老　杨　男。三十多岁。卖杂货的。

小二德子　男。三十岁。二德子之子,打手。

于厚斋　男。四十多岁。小学教员,王小花的老师。

谢勇仁　男。三十多岁。与于厚斋同事。

小宋恩子　男。三十来岁。宋恩子之子,承袭父业,作特务。

小吴祥子　男。三十来岁。吴祥子之子,世袭特务。

小心眼　女。十九岁。女招待。

沈处长　男。四十岁。宪兵司令部某处处长。

茶客若干人,都是男的。

茶房一两个,都是男的。

难民数人,有男有女,有老有少。

大兵三五人,都是男的。

公寓住客数人,都是男的。

押大令的兵七人,都是男的。

宪兵四人,男。

傻　杨　男。数来宝的。

第一幕

人　物　王利发、刘麻子、庞太监、唐铁嘴、康六、小牛儿、松二爷、黄胖子、宋恩子、常四爷、秦仲义、吴祥子、李三、老人、康顺子、二德子、乡妇、茶客甲、乙、丙、丁、马五爷、小妞、茶房一二人。

时　间　一八九八年（戊戌）初秋，康梁等的维新运动失败了。早半天。

地　点　北京，裕泰大茶馆。

〔幕启：这种大茶馆现在已经不见了。在几十年前，每城都起码有一处。这里卖茶，也卖简单的点心与菜饭。玩鸟的人们，每天在遛够了画眉、黄鸟等之后，要到这里歇歇腿，喝喝茶，并使鸟儿表演歌唱。商议事情的，说媒拉纤的，也到这里来。那年月，时常有打群架的，但是总会有朋友出头给双方调解；三五十口子打手，经调人东说西说，便都喝碗茶，吃碗烂肉面（大茶馆特殊的食品，价钱便宜，作起来快当），就可以化干戈为玉帛了。总之，这是当日非常重要的地方，有事无事都可以来坐半天。

〔在这里，可以听到最荒唐的新闻，如某处的大蜘蛛怎么成了精，受到雷击。奇怪的意见也在这里可以听到，像把海边上都修上大墙，就足以挡住洋兵上岸。这里还可以听到某京戏演员新近创造了什么腔儿，和煎熬鸦片烟的最好的方法。这里也可以看到某人新得到的奇珍——一个出土的玉扇坠儿，或三彩的鼻烟壶。这真是个重要的地方，简直可以算作文化交流的所在。

〔我们现在就要看见这样的一座茶馆。

〔一进门是柜台与炉灶——为省点事，我们的舞台上可以不要炉灶；后面有些锅勺的响声也就够了。屋子非常高大，摆着长桌与方桌，长凳与小凳，都是茶座儿。隔窗可见后院，高搭着凉棚，棚下也有茶座儿。屋里和凉棚下都有挂鸟笼的地方。各处都贴着"莫谈国事"的纸条。

〔有两位茶客，不知姓名，正眯着眼，摇着头，拍板低唱。有两三位茶客，也不知姓名，正入神地欣赏瓦罐里的蟋蟀。两位穿灰色大衫的——宋恩子与吴祥子，正低声地谈话，看样子他们是北衙门的办案的（侦缉）。

〔今天又有一起打群架的，据说是为了争一只家鸽，惹起非用武力解决不可的纠纷。假若真打起来，非出人命不可，因为被约的打手中包括着善扑营的哥儿们和库兵，身手都十分厉害。好在，不能真打起来，因为在双方还没把打手约齐，已有人出面调停了——现在双方在这里会面。三三两两的打手，都横眉立目，短打扮，随时进来，往后院去。

〔马五爷在不惹人注意的角落，独自坐着喝茶。

〔王利发高高地坐在柜台里。

〔唐铁嘴趿拉着鞋，身穿一件极长极脏的大布衫，耳上夹着几张小纸片，进来。

王利发　唐先生，你外边蹓蹓吧！

唐铁嘴　（惨笑）王掌柜，捧捧唐铁嘴吧！送给我碗茶喝，我就先给您相相面吧！手相奉送，不取分文！（不容分说，拉过王利发的手来）今年是光绪二十四年，戊戌。您贵庚是……

王利发　（夺回手去）算了吧，我送你一碗茶喝，你就甭卖那套生意口啦！用不着相面，咱们既在江湖内，都是苦命人！（由柜台内走出，让唐铁嘴坐下）坐下！我告诉你，你要是不戒了大烟，就永远交不了好运！这是我的相法，比你的更灵验！

〔松二爷和常四爷都提着鸟笼进来，王利发向他们打招呼。他们先把鸟笼子挂好，找地方坐下。松二爷文绉绉的，提着小黄鸟笼；常四爷雄赳赳的，提着大而高的画眉笼。茶房李三赶紧过来，沏上盖碗茶。

茶　馆

　　　　　他们自带茶叶。茶沏好，松二爷、常四爷向邻近的茶座让了让。

松二爷　您喝这个！（然后，往后院看了看）
常四爷
松二爷　好象又有事儿？
常四爷　反正打不起来！要真打的话，早到城外头去啦；到茶馆来干吗？

　　　　〔二德子，一位打手，恰好进来，听见了常四爷的话。

二德子　（凑过去）你这是对谁甩闲话呢？
常四爷　（不肯示弱）你问我哪？花钱喝茶，难道还教谁管着吗？
松二爷　（打量了二德子一番）我说这位爷，您是营里当差的吧？来，坐下喝一碗，我们也都是外场人。
二德子　你管我当差不当差呢！
常四爷　要抖威风，跟洋人干去，洋人厉害！英法联军烧了圆明园，尊家吃着官饷，可没见您去冲锋打仗！
二德子　甭说打洋人不打，我先管教管教你！（要动手）

　　　　〔别的茶客依旧进行他们自己的事。王利发急忙跑过来。

王利发　哥儿们，都是街面上的朋友，有话好说。德爷，您后边坐！

　　　　〔二德子不听王利发的话，一下子把一个盖碗搂下桌去，摔碎。翻手要抓常四爷的脖领。

常四爷　（闪过）你要怎么着？

二德子　怎么着？我碰不了洋人，还碰不了你吗？

马五爷　（并未立起）二德子，你威风啊！

二德子　（四下扫视，看到马五爷）喝，马五爷，您在这儿哪？我可眼拙，没看见您！（过去请安）

马五爷　有什么事好好地说，干吗动不动地就讲打？

二德子　嗻！您说得对！我到后头坐坐去。李三，这儿的茶钱我候啦！（往后面走去）

常四爷　（凑过来，要对马五爷发牢骚）这位爷，您圣明，您给评评理！

马五爷　（立起来）我还有事，再见！（走出去）

常四爷　（对王利发）邪！这倒是个怪人！

王利发　您不知道这是马五爷呀！怪不得您也得罪了他！

常四爷　我也得罪了他？我今天出门没挑好日子！

王利发　（低声地）刚才您说洋人怎样，他就是吃洋饭的。信洋教，说洋话，有事情可以一直地找宛平县的县太爷去，要不怎么连官面上都不惹他呢！

常四爷　（往原处走）哼，我就不佩服吃洋饭的！

王利发　（向宋恩子、吴祥子那边稍一歪头，低声地）说话请留点神！（大声地）李三，再给这儿沏一碗来！

　　　　（拾起地上的碎磁片）

松二爷　盖碗多少钱？我赔！外场人不作老娘们事！

王利发　不忙，待会儿再算吧！（走开）

　　　　〔纤手刘麻子领着康六进来。刘麻子先向松二爷、常四爷打招呼。

刘麻子　您二位真早班儿！（掏出鼻烟壶，倒烟）您试试这个！刚装来的，地道的英国造，又细又纯！

常四爷　唉！连鼻烟也得从外洋来！这得往外流多少银子啊！

刘麻子　咱们大清国有的是金山银山，永远花不完！您坐着，我办点小事！（领康六找了个座儿）

〔李三拿过一碗茶来。

刘麻子　说说吧，十两银子行不行？你说干脆的！我忙，没工夫专伺候你！

康　六　刘爷！十五岁的大姑娘，就值十两银子吗？

刘麻子　卖到窑子去，也许多拿一两八钱的，可是你又不肯！

康　六　那是我的亲女儿！我能够……

刘麻子　有女儿，你可养活不起，这怪谁呢？

康　六　那不是因为乡下种地的都没法子混了吗？一家大小要是一天能吃上一顿粥，我要还想卖女儿，我就不是人！

刘麻子　那是你们乡下的事，我管不着。我受你之托，教你不吃亏，又教你女儿有个吃饱饭的地方，这还不好吗？

康　六　到底给谁呢？

刘麻子　我一说，你必定从心眼里乐意！一位在宫里当差的！

康　六　宫里当差的谁要个乡下丫头呢？

刘麻子　那不是你女儿的命好吗？

康　六　谁呢？

刘麻子　庞总管！你也听说过庞总管吧？伺候着太后，红的不得了，连家里打醋的瓶子都是玛瑙的！

康　六　刘大爷，把女儿给太监作老婆，我怎么对得起人呢？

刘麻子　卖女儿，无论怎么卖，也对不起女儿！你糊涂！你看，姑娘一过门，吃的是珍馐美味，穿的是绫罗绸缎，这不是造化吗？怎样，摇头不算点头算，来个干脆的！

康　六　自古以来，哪有……他就给十两银子？

刘麻子　找遍了你们全村儿，找得出十两银子找不出？在乡下，五斤白面就换个孩子，你不是不知道！

康　六　我，唉！我得跟姑娘商量一下！

刘麻子　告诉你，过了这个村可没有这个店，耽误了事可别怨我！快去快来！

康　六　唉！我一会儿就回来！

刘麻子　我在这儿等着你！

康　六　（慢慢地走出去）

刘麻子　（凑到松二爷、常四爷这边来）乡下人真难办事，永远没有个痛痛快快！

松二爷　这号生意又不小吧？

刘麻子　也甜不到哪儿去，弄好了，赚个元宝！

常四爷　乡下是怎么了？会弄得这么卖儿卖女的！

刘麻子　谁知道！要不怎么说，就是一条狗也得托生在北京城里嘛！

常四爷　刘爷，您可真有个狠劲儿，给拉拢这路事！

刘麻子　我要不分心，他们还许找不到买主呢！（忙岔话）松二爷（掏出个小时表来），您看这个！

松二爷　（接表）好体面的小表！

刘麻子　您听听，嘎登嘎登地响！

松二爷　（听）这得多少钱？

刘麻子　您爱吗？就让给您！一句话，五两银子！您玩够了，不爱再要了，我还照数退钱！东西真地道，传家的玩艺！

常四爷　我这儿正咂摸这个味儿：咱们一个人身上有多少洋玩艺儿啊！老刘，就看你身上吧：洋鼻烟，洋表，洋缎大衫，洋布裤褂……

刘麻子　洋东西可真是漂亮呢！我要是穿一身土布，像个乡下脑颏，谁还理我呀！

常四爷　我老觉乎着咱们的大缎子，川绸，更体面！

刘麻子　松二爷，留下这个表吧，这年月，戴着这么好的洋表，会教人另眼看待！是不是这么说，您哪？

松二爷　（真爱表，但又嫌贵）我……

刘麻子　您先戴几天，改日再给钱！

〔黄胖子进来。

黄胖子　（严重的沙眼，看不清楚，进门就请安）哥儿们，都瞧我啦！我请安了！都是自家兄弟，别伤了和气呀！

王利发　这不是他们，他们在后院哪！

黄胖子　我看不大清楚啊！掌柜的，预备烂肉面，有我黄胖

子，谁也打不起来！（往里走）

二德子　（出来迎接）两边已经见了面，您快来吧！

〔二德子同黄胖子入内。

〔茶房们一趟又一趟地往后面送茶水。老人进来，拿着些牙签、胡梳、耳挖勺之类的小东西，低着头慢慢地挨着茶座儿走；没人买他的东西。他要往后院去，被李三截住。

李　三　老大爷，您外边蹓蹓吧！后院里，人家正说和事呢，没人买您的东西！（顺手儿把剩茶递给老人一碗）

松二爷　（低声地）李三！（指后院）他们到底为了什么事，要这么拿刀动杖的？

李　三　（低声地）听说是为一只鸽子。张宅的鸽子飞到了李宅去，李宅不肯交还……唉，咱们还是少说话好，（问老人）老大爷您高寿啦？

老　人　（喝了茶）多谢！八十二了，没人管！这年月呀，人还不如一只鸽子呢！唉！（慢慢走出去）

〔秦仲义，穿得很讲究，满面春风，走进来。

王利发　哎哟！秦二爷，您怎么这样闲在，会想起下茶馆来了？也没带个底下人？

秦仲义　来看看，看看你这年轻小伙子会作生意不会！

王利发　唉，一边作一边学吧，指着这个吃饭嘛。谁叫我爸爸死的早，我不干不行啊！好在照顾主儿都是我父亲的老朋友，我有不周到的地方，都肯包涵，闭闭眼就过去了。在街面上混饭吃，人缘儿顶要紧。我按着我父亲遗留下的老办法，多说好话，多请安，讨人人的喜欢，就不会出大岔子！您坐下，我给您沏碗小叶茶去！

秦仲义　我不喝！也不坐着！

王利发　坐一坐！有您在我这儿坐坐，我脸上有光！

秦仲义　也好吧！（坐）可是，用不着奉承我！

王利发　李三，沏一碗高的来！二爷，府上都好？您的事情都顺心吧？

秦仲义　不怎么太好！

王利发　您怕什么呢？那么多的买卖，您的小手指头都比我的腰还粗！

唐铁嘴　（凑过来）这位爷好相貌，真是天庭饱满，地阁方圆，虽无宰相之权，而有陶朱之富！

秦仲义　躲开我！去！

王利发　先生，你喝够了茶，该外边活动活动去！（把唐铁嘴轻轻推开）

唐铁嘴　唉！（垂头走出去）

秦仲义　小王，这儿的房租是不是得往上提那么一提呢？当年你爸爸给我的那点租钱，还不够我喝茶用的呢！

王利发　二爷，您说的对，太对了！可是，这点小事用不着您分心，您派管事的来一趟，我跟他商量，该长多少租钱，我一定照办！是！嘛！

秦仲义　你这小子，比你爸爸还滑！哼，等着吧，早晚我把房子收回去！

王利发　您甭吓唬着我玩,我知道您多么照应我,心疼我,决不会叫我挑着大茶壶,到街上卖热茶去!

秦仲义　你等着瞧吧!

〔乡妇拉着个十来岁的小妞进来。小妞的头上插着一根草标。李三本想不许她们往前走,可是心中一难过,没管。她们俩慢慢地往里走。茶客们忽然都停止说笑,看着她们。

小　妞　(走到屋子中间,立住)妈,我饿!我饿!

〔乡妇呆视着小妞,忽然腿一软,坐在地上,掩面低泣。

秦仲义　(对王利发)轰出去!

王利发　是!出去吧,这里坐不住!

乡　妇　哪位行行好?要这个孩子,二两银子!

常四爷　李三,要两个烂肉面,带她们到门外吃去!

李　三　是啦!(过去对乡妇)起来,门口等着去,我给你们端面来!

乡　妇　(立起,抹泪往外走,好像忘了孩子;走了两步,又转回身来,搂住小妞吻她)宝贝!宝贝!

王利发　快着点吧!

〔乡妇、小妞走出去。李三随后端出两碗面去。

王利发　(过来)常四爷,您是积德行好,赏给她们面吃!可是,我告诉您:这路事儿太多了,太多了!谁也管不了!(对秦仲义)二爷,您看我说的对不对?

常四爷　(对松二爷)二爷,我看哪,大清国要完!

秦仲义 （老气横秋地）完不完,并不在乎有人给穷人们一碗面吃没有。小王,说真的,我真想收回这里的房子!

王利发 您别那么办哪,二爷!

秦仲义 我不但收回房子,而且把乡下的地,城里的买卖也都卖了!

王利发 那为什么呢?

秦仲义 把本钱拢到一块儿,开工厂!

王利发 开工厂?

秦仲义 嗯,顶大顶大的工厂!那才救得了穷人,那才能抵制外货,那才能救国!（对王利发说而眼看着常四爷）唉,我跟你说这些干什么,你不懂!

王利发 您就专为别人,把财产都出手,不顾自己了吗?

秦仲义 你不懂!只有那么办,国家才能富强!好啦,我该走啦。我亲眼看见了,你的生意不错,你甭再耍无赖,不长房钱!

王利发 您等等,我给您叫车去!

秦仲义 用不着,我愿意蹓跶蹓跶!

〔秦仲义往外走,王利发送。

〔小牛儿挽着庞太监走进来。小牛儿提着水烟袋。

庞太监 哟!秦二爷!

秦仲义 庞老爷!这两天您心里安顿了吧?

庞太监 那还用说吗?天下太平了:圣旨下来,谭嗣同问斩!告诉您,谁敢改祖宗的章程,谁就掉脑袋!

秦仲义　我早就知道！

〔茶客们忽然全静寂起来，几乎是闭住呼吸地听着。

庞太监　您聪明，二爷，要不然您怎么发财呢！

秦仲义　我那点财产，不值一提！

庞太监　太客气了吧？您看，全北京城谁不知道秦二爷！您比作官的还厉害呢！听说呀，好些财主都讲维新！

秦仲义　不能这么说，我那点威风在您的面前可就施展不出来了！哈哈哈！

庞太监　说得好，咱们就八仙过海，各显其能吧！哈哈哈！

秦仲义　改天过去给您请安，再见！（下）

庞太监　（自言自语）哼，凭这么个小财主也敢跟我逗嘴皮子，年头真是改了！（问王利发）刘麻子在这儿哪？

王利发　总管，您里边歇着吧！

〔刘麻子早已看见庞太监，但不敢靠近，怕打搅了庞太监、秦仲义的谈话。

刘麻子　喝，我的老爷子！您吉祥！我等您好大半天了！（搀庞太监往里面走）

〔宋恩子、吴祥子过来请安，庞太监对他们耳语。

〔众茶客静默一阵之后，开始议论纷纷。

茶客甲　谭嗣同是谁？

茶客乙　好像听说过！反正犯了大罪，要不，怎么会问斩呀！

茶客丙　这两三个月了，有些作官的，念书的，乱折腾乱闹，咱们怎能知道他们捣的什么鬼呀！

茶　馆

茶客丁　得！不管怎么说，我的铁杆庄稼又保住了！姓谭的，还有那个康有为，不是说叫旗兵不关钱粮，去自谋生计吗？心眼多毒！

茶客丙　一份钱粮倒叫上头克扣去一大半，咱们也不好过！

茶客丁　那总比没有强啊！好死不如赖活着，叫我去自己谋生，非死不可！

王利发　诸位主顾，咱们还是莫谈国事吧！

〔大家安静下来，都又各谈各的事。

庞太监　（已坐下）怎么说？一个乡下丫头，要二百银子？

刘麻子　（侍立）乡下人，可长得俊呀！带进城来，好好地一打扮、调教，准保是又好看又有规矩！我给您办事，比给我亲爸爸作事都更尽心，一丝一毫不能马虎！

〔唐铁嘴又回来了。

王利发　铁嘴，你怎么又回来了？

唐铁嘴　街上兵荒马乱的，不知道是怎么回事！

庞太监　还能不搜查搜查谭嗣同的余党吗？唐铁嘴，你放心，没人抓你！

唐铁嘴　嗻，总管，您要能赏给我几个烟泡儿，我可就更有出息了！

〔有几个茶客好像预感到什么灾祸，一个个往外溜。

松二爷　咱们也该走啦吧！天不早啦！

常四爷　嗻！走吧！

〔二灰衣人——宋恩子和吴祥子走过来。

宋恩子　等等！

常四爷　怎么啦？

宋恩子　刚才你说"大清国要完"？

常四爷　我，我爱大清国，怕它完了！

吴祥子　（对松二爷）你听见了？他是这么说的吗？

松二爷　哥儿们，我们天天在这儿喝茶。王掌柜知道：我们都是地道老好人！

吴祥子　问你听见了没有？

松二爷　那，有话好说，二位请坐！

宋恩子　你不说，连你也锁了走！他说"大清国要完"，就是跟谭嗣同一党！

松二爷　我，我听见了，他是说……

宋恩子　（对常四爷）走！

常四爷　上哪儿？事情要交代明白了啊！

宋恩子　你还想拒捕吗？我这儿可带着"王法"呢！（掏出腰中带着的铁链子）

常四爷　告诉你们，我可是旗人！

吴祥子　旗人当汉奸，罪加一等！锁上他！

常四爷　甭锁，我跑不了！

宋恩子　量你也跑不了！（对松二爷）你也走一趟，到堂上实话实说，没你的事！

〔黄胖子同三五个人由后院过来。

黄胖子　得啦，一天云雾散，算我没白跑腿！

松二爷　黄爷！黄爷！

黄胖子　（揉揉眼）谁呀？

松二爷　我！松二！您过来，给说句好话！

黄胖子　（看清）哟，宋爷，吴爷，二位爷办案哪？请吧！

松二爷　黄爷，帮帮忙，给美言两句！

黄胖子　官厅儿管不了的事，我管！官厅儿能管的事呀，我不便多嘴！（问大家）是不是？

众　　　嘛！对！

〔宋恩子、吴祥子带着常四爷、松二爷往外走。

松二爷　（对王利发）看着点我们的鸟笼子！

王利发　您放心，我给送到家里去！

〔常四爷、松二爷、宋恩子、吴祥子同下。

黄胖子　（唐铁嘴告以庞太监在此）哟，老爷在这儿哪？听说要安份儿家，我先给您道喜！

庞太监　等吃喜酒吧！

黄胖子　您赏脸！您赏脸！（下）

〔乡妇端着空碗进来，往柜上放。小妞跟进来。

小　妞　妈！我还饿！

王利发　唉！出去吧！

乡　妇　走吧，乖！

小　妞　不卖妞妞啦？妈！不卖了？妈！

乡　妇　乖！（哭着，携小妞下）

〔康六带着康顺子进来，立在柜台前。

康　六　姑娘！顺子！爸爸不是人，是畜生！可你叫我怎办呢？你不找个吃饭的地方，你饿死！我不弄到手几两银子，就得叫东家活活地打死！你呀，顺子，认命

　　　　　吧，积德吧！
康顺子　我，我……（说不出话来）
刘麻子　（跑过来）你们回来啦？点头啦？好！来见总管！给总管磕头！
康顺子　我……（要晕倒）
康　六　（扶住女儿）顺子！顺子！
刘麻子　怎么啦？
康　六　又饿又气，昏过去了！顺子！顺子！
庞太监　我要活的，可不要死的！
　　　　〔静场。
茶客甲　（正与茶客乙下象棋）将！你完啦！

　　　　　　　　　　　　　　　　　　——幕

第二幕

人　物　王淑芬、报童、康顺子、李三、常四爷、康大力、王利发、松二爷、老林、难民数人、宋恩子、老陈、巡警、吴祥子、崔久峰、押大令的兵七人、公寓住客二三人、军官、唐铁嘴、刘麻子、大兵三五人。

时　间　与前幕相隔十余年，现在是袁世凯死后，帝国主义指使中国军阀进行割据，时时发动内战的时候。初夏，上午。

地　点　同前幕。

〔幕启：北京城内的大茶馆已先后相继关了门。"裕泰"是硕果仅存的一家了，可是为避免被淘汰，它已改变了样子与作风。现在，它的前部仍然卖茶，后部却改成了公寓。前部只卖茶和瓜子什么的；"烂肉面"等等已成为历史名词。厨房挪到后面去，专包公寓住客的伙食。茶座也大加改良：一律是小桌与藤椅，桌上铺着浅绿桌布。墙上的"醉八仙"大画，连财神龛，均已撤去，代以时装美人——外国香烟公司的广告画。"莫谈国事"的纸条可是保存了下来，而且字写的更大。王利发真像个"圣之时者也"，不但没使"裕泰"灭亡，而且使它有了新的发展。

〔因为修理门面，茶馆停了几天营业，预备明天开张。王淑芬正和李三忙着布置，把桌椅移了又移，摆了又摆，以期尽善尽美。

〔王淑芬梳时兴的圆髻，而李三却还带着小辫儿。

〔二三学生由后面来，与他们打招呼，出去。

王淑芬 （看李三的辫子碍事）三爷，咱们的茶馆改了良，你的小辫儿也该剪了吧？

李　三　改良！改良！越改越凉，冰凉！

王淑芬 也不能那么说！三爷你看，听说西直门的德泰，北新桥的广泰，鼓楼前的天泰，这些大茶馆全先后脚儿关了门！只有咱们裕泰还开着，为什么？不是因为拴子的爸爸懂得改良吗？

李　三　哼！皇上没啦，总算大改良吧？可是改来改去，袁世凯还是要作皇上。袁世凯死后，天下大乱，今儿个打炮，明儿个关城，改良？哼！我还留着我的小辫儿，万一把皇上改回来呢！

王淑芬 别顽固啦，三爷！人家给咱们改了民国，咱们还能不随着走吗？你看，咱们这么一收拾，不比以前干净，好看？专招待文明人，不更体面？可是，你要还带着小辫儿，看着多么不顺眼哪！

李　三　太太，您觉得不顺眼，我还不顺心呢！

王淑芬　哟，你不顺心？怎么？

李　三　你还不明白？前面茶馆，后面公寓，全仗着掌柜的跟我两个人，无论怎么说，也忙不过来呀！

王淑芬　前面的事归他，后面的事不是还有我帮助你吗？

李　三　就算有你帮助，打扫二十来间屋子，侍侯二十多人的伙食，还要沏茶灌水，买东西送信，问问你自己，受得了受不了！

王淑芬　三爷，你说的对！可是呀，这兵荒马乱的年月，能有个事儿作也就得念佛！咱们都得忍着点！

李　三　我干不了！天天睡四五个钟头的觉，谁也不是铁打的！

王淑芬　唉！三爷，这年月谁也舒服不了！你等着，大拴子暑假就高小毕业，二拴子也快长起来，他们一有用处，咱们可就清闲点啦。从老王掌柜在世的时候，你就帮助我们，老朋友，老伙计啦！

　　　　〔王利发老气横秋地从后面进来。

李　三　老伙计？二十多年了，他们可给我长过工钱？什么都改良，为什么工钱不跟着改良呢？

王利发　哟！你这是什么话呀？咱们的买卖要是越作越好，我能不给你长工钱吗？得了，明天咱们开张，取个吉利，先别吵嘴，就这么办吧！All right？【原注："All right"在这里是"好吧"的意思。】

李　三　就这么办啦？不改我的良，我干不下去啦！

〔后面叫：李三！李三！

王利发　崔先生叫，你快去！咱们的事，有工夫再细研究！

李　三　哼！

王淑芬　我说，昨天就关了城门，今儿个还说不定关不关，三爷，这里的事交给掌柜的，你去买点菜吧！别的不说，咸菜总得买下点呀！

〔后面又叫：李三！李三！

李　三　对，后边叫，前边催，把我劈成两半儿好不好！（忿忿地往后走）

王利发　拴子的妈，他岁数大了点，你可得……

王淑芬　他抱怨了大半天了！可是抱怨的对！当着他，我不便直说；对你，我可得说实话：咱们得添人！

王利发　添人得给工钱，咱们赚得出来吗？我要是会干别的，可是还开茶馆，我是孙子！

〔远处隐隐有炮声。

王利发　听听，又他妈的开炮了！你闹，闹！明天开得了张才怪！这是怎么说的！

王淑芬　明白人别说糊涂话，开炮是我闹的？

王利发　别再瞎扯，干活儿去！嘿！

王淑芬　早晚不是累死，就得叫炮轰死，我看透了！（慢慢地往后边走）

王利发　（温和了些）拴子的妈，甭害怕，开过多少回炮，一回也没打死咱们，北京城是宝地！

王淑芬　心哪，老跳到嗓子眼里，宝地！我给三爷拿菜钱去。

茶 馆

(下)

〔一群男女难民在门外央告。

难　民　掌柜的，行行好，可怜可怜吧！

王利发　走吧，我这儿不打发，还没开张！

难　民　可怜可怜吧！我们都是逃难的！

王利发　别耽误工夫！我自己还顾不了自己呢！

〔巡警上。

巡　警　走！滚！快着！

〔难民散去。

王利发　怎么样啊？六爷！又打得紧吗？

巡　警　紧！紧得厉害！仗打得不紧，怎能够有这么多难民呢！上面交派下来，你出八十斤大饼，十二点交齐！城里的兵带着干粮，才能出去打仗啊！

王利发　您圣明，我这儿现在光包后面的伙食，不再卖饭，也还没开张，别说八十斤大饼，一斤也交不出啊！

巡　警　你有你的理由，我有我的命令，你瞧着办吧！

(要走)

王利发　您等等！我这儿千真万确还没开张，这您知道！开张以后，还得多麻烦您呢！得啦，您买包茶叶喝吧！(递钞票)您多给美言几句，我感恩不尽！

巡　警　(接票子)我给你说说看，行不行可不保准！

〔三五个大兵，军装破烂，都背着枪，闯进门口。

巡　警　老总们，我这儿正查户口呢，这儿还没开张！

大　兵　屌！

第一卷　话剧卷

巡　警　王掌柜,孝敬老总们点茶钱,请他们到别处喝去吧!

王利发　老总们,实在对不起,还没开张,要不然,诸位住在这儿,一定欢迎!(递钞票给巡警)

巡　警　(转递给兵们)得啦,老总们多原谅,他实在没法招待诸位!

大　兵　屄!谁要钞票?要现大洋!

王利发　老总们,让我哪儿找现洋去呢?

大　兵　屄!揍他个小舅子!

巡　警　快!再添点!

王利发　(掏)老总们,我要是还有一块,请把房子烧了!(递钞票)

大　兵　屄!(接钱下,顺手拿走两块新桌布)

巡　警　得,我给你挡住了一场大祸!他们不走呀,你就全完,连一个茶碗也剩不下!

王利发　我永远忘不了您这点好处!

巡　警　可是为这点功劳,你不得另有份意思吗?

王利发　对!您圣明,我胡涂!可是,您搜吧,真一个铜子儿也没有啦!(掀起褂子,让他搜)您搜!您搜!

巡　警　我干不过你!明天见,明天还不定是风是雨呢!(下)

王利发　您慢走!(看巡警走去,跺脚)他妈的!打仗,打仗!今天打,明天打,老打,打他妈的什么呢?

〔唐铁嘴进来,还是那么瘦,那么脏,可是穿着绸子夹袍。

唐铁嘴　王掌柜！我来给你道喜！

王利发　（还生着气）哟！唐先生？我可不再白送茶喝！（打量，有了笑容）你混的不错呀！穿上绸子啦！

唐铁嘴　比从前好了一点！我感谢这个年月！

王利发　这个年月还值得感谢！听着有点不搭调！

唐铁嘴　年头越乱，我的生意越好！这年月，谁活着谁死都碰运气，怎能不多算算命、相相面呢？你说对不对？

王利发　Yes,【原注："Yes"即"对"的意思。】也有这么一说！

唐铁嘴　听说后面改了公寓，租给我一间屋子，好不好？

王利发　唐先生，你那点嗜好，在我这儿恐怕……

唐铁嘴　我已经不吃大烟了！

王利发　真的？你可真要发财了！

唐铁嘴　我改抽"白面儿"啦。（指墙上的香烟广告）你看，哈德门烟是又长又松，（掏出烟来表演）一顿就空出一大块，正好放"白面儿"。大英帝国的烟，日本的"白面儿"，两个强国侍侯着我一个人，这点福气还小吗？

王利发　福气不小！不小！可是，我这儿已经住满了人，什么时候有了空房，我准给你留着！

唐铁嘴　你呀，看不起我，怕我给不了房租！

王利发　没有的事！都是久在街面上混的人，谁能看不起谁呢？这是知心话吧？

唐铁嘴　你的嘴呀比我的还花哨！

王利发　我可不光耍嘴皮子，我的心放得正！这十多年了，你白喝过我多少碗茶？你自己算算！你现在混的不错，你想着还我茶钱没有？

唐铁嘴　赶明儿我一总还给你，那一共才几个钱呢！（搭讪着往外走）

〔街上卖报的喊叫："长辛店大战的新闻，买报瞧，瞧长辛店大战的新闻！"报童向内探头。

报　童　掌柜的，长辛店大战的新闻，来一张瞧瞧？

王利发　有不打仗的新闻没有？

报　童　也许有，您自己找！

王利发　走！不瞧！

报　童　掌柜的，你不瞧也照样打仗！（对唐铁嘴）先生，您照顾照顾？

唐铁嘴　我不像他，（指王利发）我最关心国事！（拿了一张报，没给钱即走）

〔报童追唐铁嘴下。

王利发　（自言自语）长辛店！长辛店！离这里不远啦！（喊）三爷，三爷！你倒是抓早儿买点菜去呀，待一会儿准关城门，就什么也买不到啦！嘿！（听后面没人应声，含怒往后跑）

〔常四爷提着一串腌萝卜，两只鸡，走进来。

常四爷　王掌柜！

王利发　谁？哟，四爷！您干什么哪？

常四爷　我卖菜呢！自食其力，不含糊！今儿个城外头乱乱哄哄，买不到菜；东抓西抓，抓到这么两只鸡，几斤老腌萝卜。听说你明天开张,也许用的着,特意给你送来了!

王利发　我谢谢您!我这儿正没有辙呢!

常四爷　(四下里看)好啊!好啊!收拾得好啊!大茶馆全关了,就是你有心路,能随机应变地改良!

王利发　别夸奖我啦!我尽力而为,可就怕天下老这么乱七八糟!

常四爷　像我这样的人算是坐不起这样的茶馆喽!

〔松二爷走进来,穿的很寒酸,可是还提着鸟笼。

松二爷　王掌柜!听说明天开张,我来道喜!(看见常四爷)哎哟!四爷,可想死我喽!

常四爷　二哥!你好哇?

王利发　都坐下吧!

松二爷　王掌柜,你好?太太好?少爷好?生意好?

王利发　(一劲儿说)好!托福!(提起鸡与咸菜)四爷,多少钱?

常四爷　瞧着给,该给多少给多少!

王利发　对!我给你们弄壶茶来!(提物到后面去)

松二爷　四爷,你,你怎么样啊?

常四爷　卖青菜哪!铁杆庄稼没有啦,还不卖膀子力气吗?二爷,您怎么样啊?

松二爷　怎么样?我想大哭一场!看见我这身衣裳没有?我还像个人吗?

常四爷　二哥,您能写能算,难道找不到点事儿作?

松二爷　嗻,谁愿意瞪着眼挨饿呢!可是,谁要咱们旗人呢!想起来呀,大清国不一定好啊,可是到了民国,我挨了饿!

王利发　(端着一壶茶回来。给常四爷钱)不知道您花了多少,我就给这么点吧!

常四爷　(接钱,没看,揣在怀里)没关系!

王利发　二爷,(指鸟笼)还是黄鸟吧?哨的怎样?

松二爷　嗻,还是黄鸟!我饿着,也不能叫鸟儿饿着!(有了点精神)你看看,看看,(打开罩子)多么体面!一看见它呀,我就舍不得死啦!

王利发　松二爷,不准说死!有那么一天,您还会走一步好运!

常四爷　二哥,走!找个地方喝两盅儿去!一醉解千愁!王掌柜,我可就不让你啦,没有那么多的钱!

王利发　我也分不开身,就不陪了!

　　　　〔常四爷、松二爷正往外走,宋恩子和吴祥子进来。他们俩仍穿灰色大衫,但袖口瘦了,而且罩上青布马褂。

松二爷　(看清楚是他们,不由地上前请安)原来是你们二位爷!

　　　　〔王利发似乎受了松二爷的感染,也请安,弄得二人愣住了。

宋恩子　这是怎么啦?民国好几年了,怎么还请安?你们不会鞠躬吗?

松二爷　我看见您二位的灰大褂呀，就想起了前清的事儿！不能不请安！

王利发　我也那样！我觉得请安比鞠躬更过瘾！

吴祥子　哈哈哈哈！松二爷，你们的铁杆庄稼不行了，我们的灰色大褂反倒成了铁杆庄稼，哈哈哈！（看见常四爷）这不是常四爷吗？

常四爷　是呀，您的眼力不错！戊戌年我就在这儿说了句"大清国要完"，叫您二位给抓了走，坐了一年多的牢！

宋恩子　您的记性可也不错！混的还好吧？

常四爷　托福！从牢里出来，不久就赶上庚子年；扶清灭洋，我当了义和团，跟洋人打了几仗！闹来闹去，大清国到底是亡了，该亡！我是旗人，可是我得说公道话！现在，每天起五更弄一挑子青菜，绕到十点来钟就卖光。凭力气挣饭吃，我的身上更有劲了！什么时候洋人敢再动兵，我姓常的还准备跟他们打打呢！我是旗人，旗人也是中国人哪！您二位怎么样？

吴祥子　瞎混呗！有皇上的时候，我们给皇上效力，有袁大总统的时候，我们给袁大总统效力；现而今，宋恩子，该怎么说啦？

宋恩子　谁给饭吃，咱们给谁效力！

常四爷　要是洋人给饭吃呢？

松二爷　四爷，咱们走吧！

吴祥子　告诉你，常四爷，要我们效力的都仗着洋人撑腰！没有洋枪洋炮，怎能够打起仗来呢？

松二爷　您说的对！嗻！四爷，走吧！

常四爷　再见吧，二位，盼着你们快快升官发财！（同松二爷下）

宋恩子　这小子！

王利发　（倒茶）常四爷老是那么又倔又硬，别计较他！（让茶）二位喝碗吧，刚沏好的。

宋恩子　后面住着的都是什么人？

王利发　多半是大学生，还有几位熟人。我有登记簿子，随时报告给"巡警阁子"。我拿来，二位看看？

吴祥子　我们不看簿子，看人！

王利发　您甭看，准保都是靠得住的人！

宋恩子　你为什么爱租学生们呢？学生不是什么老实家伙呀！

王利发　这年月，作官的今天上任，明天撤职，作买卖的今天开市，明天关门，都不可靠！只有学生有钱，能够按月交房租，没钱的就上不了大学啊！您看，是这么一笔帐不是？

宋恩子　都叫你咂摸透了！你想的对！现在，连我们也欠饷啊！

吴祥子　是呀，所以非天天拿人不可，好得点津贴！

宋恩子　就仗着有错拿，没错放的，拿住人就有津贴！走吧，到后边看看去！

吴祥子　走！

王利发　二位，二位！您放心，准保没错儿！

宋恩子　不看，拿不到人，谁给我们津贴呢？

吴祥子　王掌柜不愿意咱们看,王掌柜必会给咱们想办法!咱们得给王掌柜留个面子!对吧?王掌柜!

王利发　我……

宋恩子　我出个不很高明的主意:干脆来个包月,每月一号,按阳历算,你把那点……

吴祥子　那点意思!

宋恩子　对,那点意思送到,你省事,我们也省事!

王利发　那点意思得多少呢?

吴祥子　多年的交情,你看着办!你聪明,还能把那点意思闹成不好意思吗?

李　三　(提着菜筐由后面出来)喝,二位爷!(请安)今儿个又得关城门吧!(没等回答,往外走)

〔二三学生匆匆地回来。

学　生　三爷,先别出去,街上抓伕呢!(往后面走去)

李　三　(还往外走)抓去也好,在哪儿也是当苦力!

〔刘麻子丢了魂似的跑来,和李三碰了个满怀。

李　三　怎么回事呀?吓掉了魂儿啦!

刘麻子　(喘着)别,别,别出去!我差点叫他们抓了去!

王利发　三爷,等一等吧!

李　三　午饭怎么开呢?

王利发　跟大家说一声,中午咸菜饭,没别的办法!晚上吃那两只鸡!

李　三　好吧!(往回走)

刘麻子　我的妈呀,吓死我啦!

宋恩子　你活着,也不过多买卖几个大姑娘!
刘麻子　有人卖,有人买,我不过在中间帮帮忙,能怪我吗?
　　　　(把桌上的三个茶杯的茶先后喝净)
吴祥子　我可是告诉你,我们哥儿们从前清起就专办革命党,不大爱管贩卖人口,拐带妇女什么的臭事。可是你要叫我们碰见,我们也不再睁一眼闭一眼!还有,像你这样的人,弄进去,准锁在尿桶上!
刘麻子　二位爷,别那么说呀!我不是也快挨饿了吗?您看,以前,我走八旗老爷们、宫里太监们的门子。这么一革命啊,可苦了我啦!现在,人家总长次长,团长师长,要娶姨太太讲究要唱落子的坤角,戏班里的女名角,一花就三千五千现大洋!我干瞧着,摸不着门!我那点芝麻粒大的生意算得了什么呢?
宋恩子　你呀,非锁在尿桶上,不会说好的!
刘麻子　得啦,今天我孝敬不了二位,改天我必有一份儿人心!
吴祥子　你今天就有买卖,要不然,兵荒马乱的,你不会出来!
刘麻子　没有!没有!
宋恩子　你嘴里半句实话也没有!不对我们说真话,没有你的好处!王掌柜,我们出去绕绕;下月一号,按阳历算,别忘了!
王利发　我忘了姓什么,也忘不了您二位这回事!
吴祥子　一言为定啦!(同宋恩子下)

茶　馆

王利发　刘爷，茶喝够了吧？该出去活动活动！

刘麻子　你忙你的，我在这儿等两个朋友。

王利发　咱们可把话说开了，从今以后，你不能再在这儿作你的生意，这儿现在改了良，文明啦！

〔康顺子提着个小包，带着康大力，往里边探头。

康大力　是这里吗？

康顺子　地方对呀，怎么改了样儿？（进来，细看，看见了刘麻子）大力，进来，是这儿！

康大力　找对啦？妈！

康顺子　没错儿！有他在这儿，不会错！

王利发　您找谁？

康顺子　（不语，直奔刘麻子去）刘麻子，你还认识我吗？（要打，但是伸不出手去，一劲地颤抖）你，你，你个……（要骂，也感到困难）

刘麻子　你这个娘儿们，无缘无故地跟我捣什么乱呢？

康顺子　（挣扎）无缘无故？你，你看看我是谁？一个男子汉，干什么吃不了饭，偏干伤天害理的事！呸！呸！

王利发　这位大嫂，有话好好说！

康顺子　你是掌柜的？你忘了吗？十几年前，有个娶媳妇的太监？

王利发　您，您就是庞太监的那个……

康顺子　都是他（指刘麻子）作的好事，我今天跟他算算帐！（又要打，仍未成功）

刘麻子　（躲）你敢，你敢！我好男不跟女斗！（随说随往后

退）我，我找人来帮我说说理！（撒腿往后面跑）

王利发　（对康顺子）大嫂，你坐下，有话慢慢说！庞太监呢？

康顺子　（坐下喘气）死啦。叫他的侄子们给饿死的。一改民国呀，他还有钱，可没了势力，所以侄子们敢欺负他。他一死，他的侄子们把我们轰出来了，连一床被子都没给我们！

王利发　这，这是……？

康顺子　我的儿子！

王利发　您的……？

康顺子　也是买来的，给太监当儿子。

康大力　妈！你爸爸当初就在这儿卖了你的？

康顺子　对了，乖！就是这儿，一进这儿的门，我就晕过去了，我永远忘不了这个地方！

康大力　我可不记得我爸爸在哪里卖了我的！

康顺子　那时候，你不是才一岁吗？妈妈把你养大了的，你跟妈妈一条心，对不对？乖！

康大力　那个老东西，掐你，拧你，咬你，还用烟签子扎我！他们人多，咱们打不过他们！要不是你，妈，我准叫他们给打死了！

康顺子　对！他们人多，咱们又太老实！你看，看见刘麻子，我想咬他几口，可是，可是，连一个嘴巴也没打上，我伸不出手去！

康大力　妈，等我长大了，我帮助你打！我不知道亲妈妈是谁，你就是我的亲妈妈！

康顺子　好！好！咱们永远在一块儿，我去挣钱，你去念书！（稍愣了一会儿）掌柜的，当初我在这儿叫人买了去，咱们总算有缘，你能不能帮帮忙，给我找点事作？我饿死不要紧，可不能饿死这个无倚无靠的好孩子！

〔王淑芬出来，立在后边听着。

王利发　你会干什么呢？

康顺子　洗洗涮涮、缝缝补补、作家常饭，都会！我是乡下人，我能吃苦，只要不再作太监的老婆，什么苦处都是甜的！

王利发　要多少钱呢？

康顺子　有三顿饭吃，有个地方睡觉，够大力上学的，就行！

王利发　好吧，我慢慢给你打听着！你看，十多年前那回事，我到今天还没忘，想起来心里就不痛快！

康顺子　可是，现在我们母子上哪儿去呢？

王利发　回乡下找你的老父亲去！

康顺子　他？他是活是死，我不知道。就是活着，我也不能去找他！他对不起女儿，女儿也不必再叫他爸爸！

王利发　马上就找事，可不大容易！

王淑芬　（过来）她能洗能作，又不多要钱，我留下她了！

王利发　你？

王淑芬　难道我不是内掌柜的？难道我跟李三爷就该累死？

康顺子　掌柜的，试试我！看我不行，您说话，我走！

王淑芬　大嫂，跟我来！

康顺子　当初我是在这儿卖出去的,现在就拿这儿当作娘家吧!大力,来吧!

康大力　掌柜的,你要不打我呀,我会帮助妈妈干活儿!(同王淑芬、康顺子下)

王利发　好家伙,一添就是两张嘴!太监取消了,可把太监的家眷交到这里来了!

李　三　(掩护着刘麻子出来)快走吧!(回去)

王利发　就走吧,还等着真挨两个脆的吗?

刘麻子　我不是说过了吗,等两个朋友?

王利发　你呀,叫我说什么才好呢!

刘麻子　有什么法子呢!隔行如隔山,你老得开茶馆,我老得干我这一行!到什么时候,我也得干我这一行!

〔老林和老陈满面笑容地走进来。

刘麻子　(二人都比他年轻,他却称呼他们哥哥)林大哥,陈二哥!(看王利发不满意,赶紧说)王掌柜,这儿现在没有人,我借个光,下不为例!

王利发　她(指后边)可是还在这儿呢!

刘麻子　不要紧,她不会打人!就是真打,他们二位也会帮助我!

王利发　你呀!哼!(到后边去)

刘麻子　坐下吧,谈谈!

老　林　你说吧!老二!

老　陈　你说吧!哥!

刘麻子　谁说不一样啊!

老　陈　你说吧，你是大哥！
老　林　那个，你看，我们俩是把兄弟！
老　陈　对！把兄弟，两个人穿一条裤子的交情！
老　林　他有几块现大洋！
刘麻子　现大洋？
老　陈　林大哥也有几块现大洋！
刘麻子　一共多少块呢？说个数目！
老　林　那，还不能告诉你咧！
老　陈　事儿能办才说咧！
刘麻子　有现大洋，没有办不了的事！
老　林
老　陈　真的？
刘麻子　说假话是孙子！
老　林　那么，你说吧，老二！
老　陈　还是你说，哥！
老　林　你看，我们是两个人吧？
刘麻子　嗯！
老　陈　两个人穿一条裤子的交情吧？
刘麻子　嗯！
老　林　没人耻笑我们的交情吧？
刘麻子　交情嘛，没人耻笑！
老　陈　也没人耻笑三个人的交情吧？
刘麻子　三个人？都是谁？
老　林　还有个娘儿们！

刘麻子　嗯！嗯！嗯！我明白了！可是不好办，我没办过！你看，平常都说小两口儿，哪有小三口儿的呢！

老　林　不好办？

刘麻子　太不好办啦！

老　林　（问老陈）你看呢？

老　陈　还能白拉倒吗？

老　林　不能拉倒！当了十几年兵，连半个媳妇都娶不上！他妈的！

刘麻子　不能拉倒，咱们再想想！你们到底一共有多少块现大洋？

〔王利发和崔久峰由后面慢慢走来。刘麻子等停止谈话。

王利发　崔先生，昨天秦二爷派人来请您，您怎么不去呢？您这么有学问，上知天文，下知地理，又作过国会议员，可是住在我这里，天天念经；干吗不出去作点事呢？您这样的好人，应当出去作官！有您这样的清官，我们小民才能过太平日子！

崔久峰　惭愧！惭愧！作过国会议员，那真是造孽呀！革命有什么用呢，不过自误误人而已！唉！现在我只能修持，忏悔！

王利发　您看秦二爷，他又办工厂，又忙着开银号！

崔久峰　办了工厂、银号又怎么样呢？他说实业救国，他救了谁？救了他自己，他越来越有钱了！可是他那点事业，哼，外国人伸出一个小指头，就把他推倒在

王利发　您别这么说呀！难道咱们就一点盼望也没有了吗？

崔久峰　难说！很难说！你看，今天王大帅打李大帅，明天赵大帅又打王大帅。是谁叫他们打的？

王利发　谁？哪个混蛋？

崔久峰　洋人！

王利发　洋人？我不能明白！

崔久峰　慢慢地你就明白了。有那么一天，你我都得作亡国奴！我干过革命，我的话不是随便说的！

王利发　那么，您就不想想主意，卖卖力气，别叫大家作亡国奴？

崔久峰　我年轻的时候，以天下为己任，的确那么想过！现在，我可看透了，中国非亡不可！

王利发　那也得死马当活马治呀！

崔久峰　死马当活马治？那是妄想！死马不能再活，活马可早晚得死！好啦，我到弘济寺去，秦二爷再派人来找我，你就说，我只会念经，不会干别的！（下）

〔宋恩子、吴祥子又回来了。

王利发　二位！有什么消息没有？

〔宋恩子、吴祥子不语，坐在靠近门口的地方，看着刘麻子等。

〔刘麻子不知如何是好，低下头去。

〔老陈、老林也不知如何是好，相视无言。

〔静默了有一分钟。

老　陈　哥，走吧？

老　林　走！

宋恩子　等等！（立起来，挡住路）

老　陈　怎么啦？

吴祥子　（也立起）你说怎么啦？

〔四人呆呆相视一会儿。

宋恩子　乖乖地跟我们走！

老　林　上哪儿？

吴祥子　逃兵，是吧？有些块现大洋，想在北京藏起来，是吧？有钱就藏起来，没钱就当土匪，是吧？

老　陈　你管得着吗？我一个人揍你这样的八个。（要打）

宋恩子　你？可惜你把枪卖了，是吧？没有枪的干不过有枪的，是吧？（拍了拍身上的枪）我一个人揍你这样的八个！

老　林　都是兄弟，何必呢？都是兄弟！

吴祥子　对啦！坐下谈谈吧！你们是要命呢？还是要现大洋？

老　陈　我们那点钱来的不容易！谁发饷，我们给谁打仗，我们打过多少次仗啊！

宋恩子　逃兵的罪过，你们可也不是不知道！

老　林　咱们讲讲吧，谁叫咱们是兄弟呢！

吴祥子　这象句自己人的话！谈谈吧！

王利发　（在门口）诸位，大令过来了！

老　陈
老　林　啊！（惊惶失措，要往里边跑）

宋恩子　别动！君子一言，把现大洋分给我们一半，保你们俩没事！咱们是自己人！

老　陈
老　林　就那么办！自己人！

　　〔"大令"进来：二捧刀——刀缠红布——背枪者前导，手捧令箭的在中，四持黑红棍者在后。军官在最后押队。

吴祥子　（和宋恩子、老林、老陈一齐立正，从帽中取出证章，叫军官看）报告官长，我们正在这儿盘查一个逃兵。

军　官　就是他吗？（指刘麻子）

吴祥子　（指刘麻子）就是他！

军　官　绑！

刘麻子　（喊）老爷！我不是！不是！

军　官　绑！（同下）

——幕

第三幕

人　物　王大拴、明师傅、于厚斋、周秀花、邹福远、小宋恩子、王小花、卫福喜、小吴祥子、康顺子、方六、常四爷、丁宝、车当当、秦仲义、王利发、庞四奶奶、小心眼、茶客甲、茶客乙、春梅、沈处长、小刘麻子、老杨、宪兵四人、取电灯费的、小二德子、小唐铁嘴、谢勇仁。

时　间　抗日战争胜利后，国民党特务和美国兵在北京横行的时候。秋，清晨。

地　点　同前幕。

〔**幕启**：现在，裕泰茶馆的样子可不像前幕那么体面了。藤椅已不见，代以小凳与条凳。自房屋至家具都显着暗淡无光。假若有什么突出惹眼的东西，那就是"莫谈国事"的纸条更多；字也更大了。在这些条子旁边还贴着"茶钱先付"的新纸条。

〔一清早，还没有下窗板。王利发的儿子王大拴，垂头丧气地独自收拾屋子。

〔王大拴的妻周秀花,领着小女儿王小花,由后面出来。她们一边走一边说话儿。

王小花　妈,晌午给我作点热汤面吧!好多天没吃过啦!

周秀花　我知道,乖!可谁知道买得着面买不着呢!就是粮食店里可巧有面,谁知道咱们有钱没有呢!唉!

王小花　就盼着两样都有吧!妈!

周秀花　你倒想得好,可哪能那么容易!去吧,小花,在路上留神吉普车!

王大拴　小花,等等!

王小花　干吗?爸!

王大拴　昨天晚上……

周秀花　我已经嘱咐过她了!她懂事!

王大拴　你大力叔叔的事万不可对别人说呀!说了,咱们全家都得死!明白吧!

王小花　我不说,打死我也不说!有人问我大力叔叔回来过没有,我就说:他走了好几年,一点消息也没有!

〔康顺子由后面走来。她的腰有点弯,但还硬朗。她一边走一边叫王小花。

康顺子　小花!小花!还没走哪?

王小花　康婆婆,干吗呀?

康顺子　小花,乖!婆婆再看你一眼!(抚弄王小花的头)多体面哪!吃的不足啊,要不然还得更好看呢!

周秀花　大婶,您是要走吧?

康顺子	是呀！我走，好让你们省点嚼谷呀！大力是我拉扯大的，他叫我走，我怎能不走呢？当初，我刚到这里的时候，他还没有小花这么高呢！
王小花	看大力叔叔现在多么壮实，多么大气！
康顺子	是呀，虽然他只在这儿坐了一袋烟的工夫呀，可是叫我年轻了好几岁！我本来什么也没有，一见着他呀，好像忽然间我什么都有啦！我走，跟着他走，受什么累，吃什么苦，也是香甜的！看他那两只大手，那两只大脚，简直是个顶天立地的男子汉！
王小花	婆婆，我也跟您去！
康顺子	小花，你乖乖地去上学，我会回来看你！
王大拴	小花，上学吧，别迟到！
王小花	婆婆，等我下了学您再走！
康顺子	哎！哎！去吧，乖！（王小花下）
王大拴	大婶，我爸爸叫您走吗？
康顺子	他还没打好了主意。我倒怕呀，大力回来的事儿万一叫人家知道了啊，我又忽然这么一走，也许要连累了你们！这年月不是天天抓人吗？我不能作对不起你们的事！
周秀花	大婶，您走您的，谁逃出去谁得活命！
王大拴	对！
康顺子	小花的妈，来吧，咱们再商量商量！我不能专顾自己，叫你们吃亏！老大，你也好好想想！（同周秀花下）

〔丁宝进来。

丁　宝　嗨,掌柜的,我来啦!
王大拴　你是谁?
丁　宝　小丁宝!小刘麻子叫我来的,他说这儿的老掌柜托他请个女招待。
王大拴　姑娘,你看看,这么个破茶馆,能用女招待吗?我们老掌柜呀,穷得乱出主意!

〔王利发慢慢地走出来,他还硬朗,穿的可很不整齐。

王利发　老大,你怎么老在背后褒贬老人呢?谁穷得乱出主意呀?下板子去!什么时候了,还不开门!

〔王大拴去下窗板。

丁　宝　老掌柜,你硬朗啊?
王利发　嗯!要有炸酱面的话,我还能吃三大碗呢,可惜没有!十几了?姑娘!
丁　宝　十七!
王利发　才十七?
丁　宝　是呀!妈妈是寡妇,带着我过日子。胜利以后呀,政府硬说我爸爸给我们留下的一所小房子是逆产,给没收啦!妈妈气死了,我作了女招待!老掌柜,我到今天还不明白什么叫逆产,您知道吗?
王利发　姑娘,说话留点神!一句话说错了,什么都可以变成逆产!你看,这后边呀,是秦二爷的仓库,有人一瞪眼,说是逆产,就给没收啦!就是这么一回事!

〔王大拴回来。

丁　宝　老掌柜，您说对了！连我也是逆产，谁的胳臂粗，我就得侍侯谁！他妈的，我才十七，就常想还不如死了呢！死了落个整尸首，干这一行，活着身上就烂了！

王大拴　爸，您真想要女招待吗？

王利发　我跟小刘麻子瞎聊来着！我一辈子老爱改良，看着生意这么不好，我着急！

王大拴　您着急，我也着急！可是，您就忘记老裕泰这个老字号了吗？六十多年的老字号，用女招待？

丁　宝　什么老字号啊！越老越不值钱！不信，我现在要是二十八岁，就是叫小小丁宝，小丁宝贝，也没人看我一眼！

〔茶客甲、乙上。

王利发　二位早班儿！带着叶子哪？老大拿开水去！（王大拴下）二位，对不起，茶钱先付！

茶客甲　没听说过！

王利发　我开过几十年茶馆，也没听说过！可是，您圣明：茶叶、煤球儿都一会儿一个价钱，也许您正喝着茶，茶叶又长了价钱！您看，先收茶钱不是省得麻烦吗？

茶客乙　我看哪，不喝更省事！（同茶客甲下）

王大拴　（提来开水）怎么？走啦！

王利发　这你就明白了！

丁　宝　我要是过去说一声："来了？小子！"他们准给一块现大洋！

王利发　你呀，老大，比石头还顽固！

王大拴 （放下壶）好吧，我出去蹓蹓，这里出不来气！（下）
王利发 你出不来气，我还憋得慌呢！
〔小刘麻子上，穿着洋服，夹着皮包。
小刘麻子 小丁宝，你来啦？
丁　宝 有你的话，谁敢不来呀！
小刘麻子 王掌柜，看我给你找来的小宝贝怎样？人材、岁数打扮、经验，样样出色！
王利发 就怕我用不起吧？
小刘麻子 没的事！她不要工钱！是吧，小丁宝？
王利发 不要工钱？
小刘麻子 老头儿，你都甭管，全听我的，我跟小丁宝有我们一套办法！是吧，小丁宝？
丁　宝 要是没你那一套办法，怎会缺德呢！
小刘麻子 缺德？你算说对了！当初，我爸爸就是由这儿绑出去的；不信，你问王掌柜。是吧，王掌柜？
王利发 我亲眼得见！
小刘麻子 你看，小丁宝，我不乱吹吧？绑出去，就在马路中间，磕喳一刀！是吧，老掌柜？
王利发 听得真真的！
小刘麻子 我不说假话吧？小丁宝！可是，我爸爸到底差点事，一辈子混的并不怎样。轮到我自己出头露面了，我必得干的特别出色。（打开皮包，拿出计划书）看，小丁宝，看看我的计划！
丁　宝 我没那么大的工夫！我看哪，我该回家，休息一天，明天来上工。

王利发　丁宝，我还没想好呢！

小刘麻子　王掌柜，我都替你想好啦！不信，你等着看，明天早上，小丁宝在门口儿歪着头那么一站，马上就进来二百多茶座儿！小丁宝，你听听我的计划，跟你有关系。

丁　宝　哼！但愿跟我没关系！

小刘麻子　你呀，小丁宝，不够积极！听着……

〔取电灯费的进来。

取电灯费的　掌柜的，电灯费！

王利发　电灯费？欠几个月的啦？

取电灯费的　三个月的！

王利发　再等三个月，凑半年，我也还是没办法！

取电灯费的　那像什么话呢？

小刘麻子　地道真话嘛！这儿属沈处长管。知道沈处长吧？市党部的委员，宪兵司令部的处长！你愿意收他的电费吗？说！

取电灯费的　什么话呢，当然不收！对不起，我走错了门儿！（下）

小刘麻子　看，王掌柜，你不听我的行不行？你那套光绪年的办法太守旧了！

王利发　对！要不怎么说，人要活到老学到老呢！我还得多学！

小刘麻子　就是嘛！

茶　馆

〔小唐铁嘴进来，穿着绸子夹袍，新缎鞋。

小刘麻子　哎哟，他妈的是你，小唐铁嘴！

小唐铁嘴　哎哟，他妈的是你，小刘麻子！来，叫爷爷看看！（看前看后）你小子行，洋服穿的像那么一回事，由后边看哪，你比洋人更像洋人！老王掌柜，我夜观天象，紫微星发亮，不久必有真龙天子出现，所以你看我跟小刘麻子，和这位……

小刘麻子　小丁宝，九城闻名！

小唐铁嘴　……和这位小丁宝，才都这么才貌双全，文武带打，我们是应运而生，活在这个时代，真是如鱼得水！老掌柜，把脸转正了，我看看！好，好，印堂发亮，还有一步好运！来吧，给我碗喝吧！

王利发　小唐铁嘴！

小唐铁嘴　别叫我唐铁嘴，我现在叫唐天师！

小刘麻子　谁封你作了天师？

小唐铁嘴　待两天你就知道了。

王利发　天师，可别忘了，你爸爸白喝了我一辈子的茶，这可不能世袭！

小唐铁嘴　王掌柜，等我穿上八卦仙衣的时候，你会后悔刚才说了什么！你等着吧！

小刘麻子　小唐，待会儿我请你去喝咖啡，小丁宝作陪，你先听我说点正经事，好不好？

小唐铁嘴　王掌柜，你就不想想，天师今天白喝你点茶，将来会给你个县知事作作吗？好吧，小刘你说！

小刘麻子	我这儿刚跟小丁宝说,我有个伟大的计划!
小唐铁嘴	好!洗耳恭听!
小刘麻子	我要组织一个"拖拉撕"。这是个美国字,也许你不懂,翻成北京话就是"包圆儿"。
小唐铁嘴	我懂!就是说,所有的姑娘全由你包办。
小刘麻子	对!你的脑力不坏!小丁宝,听着,这跟你有密切关系!甚至于跟王掌柜也有关系!
王利发	我这儿听着呢!
小刘麻子	我要把舞女、明娼、暗娼、吉普女郎和女招待全组织起来,成立那么一个大"拖拉撕"。
小唐铁嘴	(闭着眼问)官方上疏通好了没有?
小刘麻子	当然!沈处长作董事长,我当总经理!
小唐铁嘴	我呢?
小刘麻子	你要是能琢磨出个好名字来,请你作顾问!
小唐铁嘴	车马费不要法币!
小刘麻子	每月送几块美钞!
小唐铁嘴	往下说!
小刘麻子	业务方面包括:买卖部、转运部、训练部、供应部,四大部。谁买姑娘,还是谁卖姑娘;由上海调运到天津,还是由汉口调运到重庆;训练吉普女郎,还是训练女招待;是供应美国军队,还是各级官员,都由公司统一承办,保证人人满意。你看怎样?
小唐铁嘴	太好!太好!在道理上,这合乎统制一切的原则。在实际上,这首先能满足美国兵的需要,对国家有利!

小刘麻子　好吧，你就给想个好名字吧！想个文雅的，像"柳叶眉，杏核眼，樱桃小口一点点"那种诗那么文雅的！

小唐铁嘴　嗯——"拖拉撕"，"拖拉撕"……不雅！拖进来，拉进来，不听话就撕成两半儿，倒好像是绑票儿撕票儿，不雅！

小刘麻子　对，是不大雅！可那是美国字，吃香啊！

小唐铁嘴　还是联合公司响亮、大方！

小刘麻子　有你这么一说！什么联合公司呢？

丁　宝　缺德公司就挺好！

小刘麻子　小丁宝，谈正经事，不许乱说！你好好干，将来你有作女招待总教官的希望！

小唐铁嘴　看这个怎样——花花联合公司？姑娘是什么？鲜花嘛！要姑娘就得多花钱，花呀花呀，所以花花！"青是山，绿是水，花花世界"，又有典故，出自《武家坡》！好不好？

小刘麻子　小唐，我谢谢你，谢谢你！（热烈握手）我马上找沈处长去研究一下，他一赞成，你的顾问就算当上了！（收拾皮包，要走）

王利发　我说，丁宝的事到底怎么办？

小刘麻子　没告诉你不用管吗？"拖拉撕"统办一切，我先在这里实验实验。

丁　宝　你不是说喝咖啡去吗？

小刘麻子　问小唐去不去？

小唐铁嘴　你们先去吧，我还在这儿等个人。

小刘麻子	咱们走吧，小丁宝！
丁　宝	明天见，老掌柜！再见，天师！（同小刘麻子下）
小唐铁嘴	王掌柜，拿报来看看！
王利发	那，我得慢慢地找去。二年前的也许还有几张！
小唐铁嘴	废话！
	〔进来三位茶客：明师傅、邹福远和卫福喜。明师傅独坐，邹福远与卫福喜同坐。王利发都认识，向大家点头。
王利发	哥儿们，对不起啊，茶钱先付！
明师傅	没错儿，老哥哥！
王利发	唉！"茶钱先付"，说着都烫嘴！（忙着沏茶）
邹福远	怎样啊？王掌柜！晚上还添评书不添啊？
王利发	实验过了，不行！光费电，不上座儿！
邹福远	对！您看，前天我在会仙馆，开三侠四义五霸十雄十三杰九老十五小，大破凤凰山，百鸟朝凤，棍打凤腿，您猜上了多少座儿？
王利发	多少？那点书现在除了您，没有人会说！
邹福远	您说的在行！可是，才上了五个人，还有俩听蹭儿的！
卫福喜	师哥，无论怎么说，你比我强！我又闲了一个多月啦！
邹福远	可谁叫你跳了行，改唱戏了呢？
卫福喜	我有嗓子，有扮相嘛！
邹福远	可是上了台，你又不好好地唱！

卫福喜　妈的唱一出戏，挣不上三个杂合面饼子的钱，我干吗卖力气呢？我疯啦？

邹福远　唉！福喜，咱们哪，全叫流行歌曲跟《纺棉花》给顶垮喽！我是这么看，咱们死，咱们活着，还在其次，顶伤心的是咱们这点玩艺儿，再过几年都得失传！咱们对不起祖师爷！常言道：邪不侵正。这年头就是邪年头，正经东西全得连根儿烂！

王利发　唉！（转至明师傅处）明师傅，可老没来啦！

明师傅　出不来喽！包监狱里的伙食呢！

王利发　您！就凭您，办一二百桌满汉全席的手儿，去给他们蒸窝窝头？

明师傅　那有什么办法呢，现而今就是狱里人多呀！满汉全席？我连家伙都卖喽！

〔方六拿着几张画儿进来。

明师傅　六爷，这儿！六爷，那两桌家伙怎样啦？我等钱用！

方　六　明师傅，您挑一张画儿吧！

明师傅　啊？我要画儿干吗呢？

方　六　这可画的不错！六大山人、董弱梅画的！

明师傅　画的天好，当不了饭吃啊！

方　六　他把画儿交给我的时候，直掉眼泪！

明师傅　我把家伙交给你的时候，也直掉眼泪！

方　六　谁掉眼泪，谁吃燉肉，我都知道！要不怎么我累心呢！你当是干我们这一行，专凭打打小鼓就行哪？

明师傅　六爷，人总有颗人心哪，你还能坑老朋友吗？

方　六　　一共不是才两桌家伙吗？小事儿，别再提啦，再提就好像不大懂交情了！

〔车当当敲着两块洋钱，进来。

车当当　　谁买两块？买两块吧？天师，照顾照顾？（小唐铁嘴不语）

王利发　　当当！别处转转吧，我连现洋什么模样都忘了！

车当当　　那，您老人家就细细看看吧！白看，不用买票！（往桌上扔钱）

〔庞四奶奶进来，带着春梅。庞四奶奶的手上戴满各种戒指，打扮得像个女妖精。卖杂货的老杨跟进来。

小唐铁嘴　娘娘！

方　六　　

车当当　　娘娘！

庞四奶奶　天师！

小唐铁嘴　侍侯娘娘！（让庞四奶奶坐，给她倒茶）

庞四奶奶　（看车当当要出去）当当，你等等！

车当当　　嗻！

老　杨　　（打开货箱）娘娘，看看吧！

庞四奶奶　唱唱那套词儿，还倒怪有个意思！

老　杨　　是！美国针、美国线、美国牙膏、美国消炎片。还有口红、雪花膏、玻璃袜子细毛线。箱子小，货物全，就是不卖原子弹！

庞四奶奶　哈哈哈！（挑了两双袜子）春梅，拿着！当当，你跟老杨算账吧!

车当当　娘娘，别那么办哪!

庞四奶奶　我给你拿的本钱，利滚利，你欠我多少啦? 天师，查帐!

小唐铁嘴　是!（掏小本）

车当当　天师，你甭操心，我跟老杨算去!

老　杨　娘娘，您行好吧! 他能给我钱吗?

庞四奶奶　老杨，他坑不了你，都有我呢!

老　杨　是!（向众）还有哪位照顾照顾?（又要唱）美国针……

庞四奶奶　听够了! 走!

老　杨　是! 美国针、美国线，我要不走是浑蛋! 走，当当!
（同车当当下）

方　六　（过来）娘娘，我得到一堂景泰蓝的五供儿，东西老，地道，也便宜，坛上用顶体面，您看看吧?

庞四奶奶　请皇上看看吧!

方　六　是! 皇上不是快登基了吗? 我先给您道喜! 我马上取去，送到坛上! 娘娘多给美言几句，我必有份人心!
（往外走）

明师傅　六爷，我的事呢?!

方　六　你先给我看着那几张画!（下）

明师傅　你等等! 坑我两桌家伙，我还有把切菜刀呢!
（追下）

庞四奶奶　王掌柜，康妈妈在这儿哪? 请她出来!

小唐铁嘴　我去！（跑到后门）康老太太，您来一下！

王利发　什么事？

小唐铁嘴　朝廷大事！

〔康顺子上。

康顺子　干什么呀？

庞四奶奶　（迎上去）婆母！我是您的四侄媳妇，来接您，快坐下吧！（拉康顺子坐下）

康顺子　四侄媳妇？

庞四奶奶　是呀，您离开庞家的时候，我还没过门哪。

康顺子　我跟庞家一刀两断啦，找我干吗？

庞四奶奶　您的四侄子海顺呀，是三皇道的大坛主，国民党的大党员，又是沈处长的把兄弟，快作皇上啦，您不喜欢吗？

康顺子　快作皇上？

庞四奶奶　啊！龙袍都作好啦，就快在西山登基！

康顺子　你们这不是要造反吗？

小唐铁嘴　老太太，西山一带有八路军。庞四爷在那一带登基，消灭八路，南京能够不愿意吗？

庞四奶奶　四爷呀都好，近来可是有点贪酒好色。他已经弄了好几个小老婆！

小唐铁嘴　娘娘，三宫六院七十二嫔妃，可有书可查呀！

庞四奶奶　你不是娘娘，怎么知道娘娘的委屈！老太太，我是这么想：您要是跟我一条心，我叫您老太后，咱们俩一齐管着皇上，我这个娘娘不就好作一点了吗？老太

	太，您跟我去，吃好的喝好的，兜儿里老带着那么几块当当响的洋钱，够多么好啊！
康顺子	我要是不跟你去呢？
庞四奶奶	啊？不去？（要翻脸）
小唐铁嘴	让老太太想想，想想！
康顺子	用不着想，我不会再跟庞家的人打交道！四媳妇，你作你的娘娘，我作我的苦老婆子，谁也别管谁！刚才你要瞪眼睛，你当我怕你吗？我在外边也混了这么多年，磨练出来点了，谁跟我瞪眼，我会伸手打！（立起，往后走）
小唐铁嘴	老太太！老太太！
康顺子	（立住，转身对小唐铁嘴）你呀，小伙子，挺起腰板来，去挣碗干净饭吃，不好吗？（下）
庞四奶奶	（移怒于王利发）王掌柜，过来！你去跟那个老婆子说说，说好了，我送给你一袋子白面！说不好，我砸了你的茶馆！天师，走！
小唐铁嘴	王掌柜，我晚上还来，听你的回话！
王利发	万一我下半天就死了呢？
庞四奶奶	呸！你还不该死吗？（与小唐铁嘴、春梅同下）
王利发	哼！
邹福远	师弟，你看这算哪一出？哈哈哈！
卫福喜	我会二百多出戏，就是不懂这一出！你知道那个娘儿们的出身吗？
邹福远	我还能不知道！东霸天的女儿，在娘家就生过……

得，别细说，咱们积点口德吧！

〔王大拴回来。

王利发　看着点，老大。我到后面商量点事！（下）

小二德子　（在外边大吼一声）闪开了！（进来）大拴哥，沏壶顶好的，我有钱！（掏出四块现洋，一块一块地放下）给算算，刚才花了一块，这儿还有四块，五毛打一个，我一共打了几个？

王大拴　十个。

小二德子　（用手指算）对！前天四个，昨天六个，可不是十个！大拴哥你拿两块吧！没钱，我白喝你的茶；有钱，就给你！你拿吧！（吹一块，放在耳旁听听）这块好，就一块当两块吧，给你！

王大拴　（没接钱）小二德子，什么生意这么好啊？现大洋不容易看到啊！

小二德子　念书去了！

王大拴　把"一"字都念成扁担，你念什么书啊？

小二德子　（拿起桌上的壶来，对着壶嘴喝了一气，低声说）市党部派我去的，法政学院。没当过这么美的差事，太美，太过瘾！比在天桥好得多！打一个学生，五毛现洋！昨天揍了几个来着？

王大拴　六个。

小二德子　对！里边还有两个女学生！一拳一拳地下去，太美，太过瘾！大拴哥，你摸摸，摸摸！（伸臂）铁筋洋灰的！用这个揍男女学生，你想想，美不美？

王大拴　他们就那么老实，乖乖地叫你打？

小二德子　我专找老实的打呀！你当我是傻子哪？

王大拴　小二德子，听我说，打人不对！

小二德子　可也难说！你看教党义的那个教务长，上课先把手枪拍在桌上，我不过抡抡拳头，没动手枪啊！

王大拴　什么教务长啊，流氓！

小二德子　对！流氓！不对，那我也是流氓喽！大拴哥，你怎么绕着脖子骂我呢？大拴哥，你有骨头！不怕我这铁筋洋灰的胳膊！

王大拴　你就是把我打死，我不服你还是不服你，不是吗？

小二德子　喝，这么绕脖子的话，你怎么想出来的？大拴哥，你应当去教党义，你有文才！好啦，反正今天我不再打学生！

王大拴　干吗光是今天不打？永远不打才对！

小二德子　不是今天我另有差事吗？

王大拴　什么差事？

小二德子　今天打教员！

王大拴　干吗打教员？打学生就不对，还打教员？

小二德子　上边怎么交派，我怎么干！他们说，教员要罢课。罢课就是不老实，不老实就得揍！他们叫我上这儿等着，看见教员就揍！

邹福远　（嗅出危险）师弟，咱们走吧！

卫福喜　走！（同邹福远下）

小二德子　大拴哥，你拿着这块钱吧！

王大拴　打女学生的钱,我不要!

小二德子　(另拿一块)换换,这块是打男学生的,行了吧?(看王大拴还是摇头)这么办,你替我看着点,我出去买点好吃的,请请你,活着还不为吃点喝点老三点吗?(收起洋钱,下)

〔康顺子提着小包出来。王利发与周秀花跟着。

康顺子　王掌柜,你要是改了主意,不让我走,我还可以不走!

王利发　我……

周秀花　庞四奶奶也未必敢砸茶馆!

王利发　你怎么知道?三皇道是好惹的?

康顺子　我顶不放心的还是大力的事!只要一走漏了消息,大家全完!那比砸茶馆更厉害!

王大拴　大婶,走!我送您去!爸爸,我送送她老人家,可以吧?

王利发　嗯——

周秀花　大婶在这儿受了多少年的苦,帮了咱们多少忙,还不应当送送?

王利发　我并没说不叫他送!送!送!

王大拴　大婶,等等,我拿件衣服去!(下)

周秀花　爸,您怎么啦?

王利发　别再问我什么,我心里乱!一辈子没这么乱过!媳妇,你先陪大婶走,我叫老大追你们!大婶,外边不行啊,就还回来!

周秀花　老太太，这儿永远是您的家！
王利发　可谁知道也许……
康顺子　我也不会忘了你们！老掌柜，你硬硬朗朗的吧！
　　　　（同周秀花下）
王利发　（送了两步，立住）硬硬朗朗的干什么呢？
　　　　〔谢勇仁和于厚斋进来。
谢勇仁　（看看墙上，先把茶钱放在桌上）老人家，沏一壶茶来。（坐）
王利发　（先收钱）好吧。
于厚斋　勇仁，这恐怕是咱们末一次坐茶馆了吧？
谢勇仁　以后我倒许常来。我决定改行，去蹬三轮儿！
于厚斋　蹬三轮一定比当小学教员强！
谢勇仁　我偏偏教体育，我饿，学生们饿，还要运动，不是笑话吗？
　　　　〔王小花跑进来。
王利发　小花，怎这么早就下了学呢？
王小花　老师们罢课啦！（看见于厚斋、谢勇仁）于老师，谢老师！你们都没上学去，不教我们啦？还教我们吧！见不着老师，同学们都哭啦！我们开了个会，商量好，以后一定都守规矩，不招老师们生气！
于厚斋　小花！老师们也不愿意耽误了你们的功课。可是，吃不上饭，怎么教书呢？我们家里也有孩子，为教别人的孩子，叫自己的孩子挨饿，不是不公道吗？好孩子，别着急，喝完茶，我们开会去，也许能想出点办法来!

谢勇仁　好好在家温书,别乱跑去,小花!

〔王大拴由后面出来,夹着个小包。

王小花　爸,这是我的两位老师!

王大拴　老师们,快走!他们埋伏下了打手!

王利发　谁?

王大拴　小二德子!他刚出去,就回来!

王利发　二位先生,茶钱退回,(递钱)请吧!快!

王大拴　随我来!

〔小二德子上。

小二德子　街上有游行的,他妈的什么也买不着!大拴哥,你上哪儿?这俩是谁?

王大拴　喝茶的!(同于厚斋、谢勇仁往外走)

小二德子　站住!(三人还走)怎么?不听话?先揍了再说!

王利发　小二德子!

小二德子　(拳已出去)尝尝这个!

谢勇仁　(上面一个嘴巴,下面一脚)尝尝这个!

小二德子　哎哟!(倒下)

王小花　该!该!

谢勇仁　起来,再打!

小二德子　(起来,捂着脸)喝!喝!(往后退)喝!

王大拴　快走!(扯二人下)

小二德子　(迁怒)老掌柜,你等着吧,你放走了他们,待会儿我跟你算账!打不了他们,还打不了你这个糟老头子

吗？（下）

王小花　爷爷，爷爷！小二德子追老师们去了吧？那可怎么好！

王利发　他不敢！这路人我见多了，都是软的欺，硬的怕！

王小花　他要是回来打您呢？

王利发　我？爷爷会说好话呀。

王小花　爸爸干什么去了？

王利发　出去一会儿，你甭管！上后面温书去吧，乖！

王小花　老师们可别吃了亏呀，我真不放心！（下）

〔丁宝跑进来。

丁　宝　老掌柜，老掌柜！告诉你点事！

王利发　说吧，姑娘！

丁　宝　小刘麻子呀，没安着好心，他要霸占这个茶馆！

王利发　怎么霸占？这个破茶馆还值得他们霸占？

丁　宝　待会儿他们就来，我没工夫细说，你打个主意吧！

王利发　姑娘，我谢谢你！

丁　宝　我好心好意来告诉你，你可不能卖了我呀！

王利发　姑娘，我还没老糊涂了！放心吧！

丁　宝　好！待会儿见！（下）

〔周秀花回来。

周秀花　爸，他们走啦。

王利发　好！

周秀花　小花的爸说，叫您放心，他送到了地方就回来。

王利发　回来不回来都随他的便吧！

周秀花　爸,您怎么啦?干吗这么不高兴?

王利发　没事!没事!看小花去吧。她不是想吃热汤面吗?要是还有点面的话,给她作一碗吧,孩子怪可怜的,什么也吃不着!

周秀花　一点白面也没有!我看看去,给她作点杂和面疙疸汤吧!(下)

〔小唐铁嘴回来。

小唐铁嘴　王掌柜,说好了吗?

王利发　晚上,晚上一定给你回话!

小唐铁嘴　王掌柜,你说我爸爸白喝了一辈子的茶,我送你几句救命的话,算是替他还账吧。告诉你,三皇道现在比日本人在这儿的时候更厉害,砸你的茶馆比砸个砂锅还容易!你别太大意了!

王利发　我知道!你既买我的好,又好去对娘娘表表功!是吧?

〔小宋恩子和小吴祥子进来,都穿着新洋服。

小唐铁嘴　二位,今天可够忙的?

小宋恩子　忙得厉害!教员们大暴动!

王利发　二位,"罢课"改了名儿,叫"暴动"啦?

小唐铁嘴　怎么啦?

小吴祥子　他们还能反到天上去吗?到现在为止,已经抓了一百多,打了七十几个,叫他们反吧!

小宋恩子　太不知好歹!他们老老实实的,美国会送来大米、白面嘛!

小唐铁嘴　就是！二位，有大米、白面，可别忘了我！以后，给大家的坟地看风水，我一定尽义务！好！二位忙吧！（下）

小吴祥子　你刚才问，"罢课"改叫"暴动"啦？王掌柜！

王利发　岁数大了，不懂新事，问问！

小宋恩子　哼！你就跟他们是一路货！

王利发　我？您太高抬我啦！

小吴祥子　我们忙，没工夫跟你费话，说干脆的吧！

王利发　什么干脆的？

小宋恩子　教员们暴动，必有主使的人！

王利发　谁？

小吴祥子　昨天晚上谁上这儿来啦？

王利发　康大力！

小宋恩子　就是他！你把他交出来吧！

王利发　我要是知道他是哪路人，还能够随便说出来吗？我跟你们的爸爸打交道多少年，还不懂这点道理？

小吴祥子　甭跟我们拍老腔，说真的吧！

王利发　交人还是拿钱，对吧？

小宋恩子　你真是我爸爸教出来的！对啦，要是不交人，就把你的金条拿出来！别的铺子都随开随倒，你可混了这么多年，必定有点底！

〔小二德子匆匆跑来。

小二德子　快走！街上的人不够用啦！快走！

小吴祥子　你小子管干吗的？

第一卷　话剧卷

小二德子　我没闲着，看，脸都肿啦！

小宋恩子　掌柜的，我们马上回来，你打主意吧！

王利发　不怕我跑了吗？

小吴祥子　老梆子，你真逗气儿！你跑到阴间去，我们也会把你抓回来！（打了王利发一掌，同小宋恩子、小二德子下）

王利发　（向后叫）小花！小花的妈！

周秀花　（同王小花跑出来）我都听见了！怎么办？

王利发　快走！追上康妈妈！快！

王小花　我拿书包去！（下）

周秀花　拿上两件衣裳，小花！爸，剩您一个人怎么办？

王利发　这是我的茶馆，我活在这儿，死在这儿！

〔王小花挎着书包，夹着点东西跑回来。

周秀花　爸爸！

王小花　爷爷！

王利发　都别难过，走！（从怀里掏出所有的钱和一张旧像片）媳妇，拿着这点钱！小花，拿着这个，老裕泰三十年前的像片，交给你爸爸！走吧！

〔小刘麻子同丁宝回来。

小刘麻子　小花，教员罢课，你住姥姥家去呀？

王小花　对啦！

王利发　（假意地）媳妇，早点回来！

周秀花　爸，我们住两天就回来！（同王小花下）

小刘麻子　王掌柜，好消息！沈处长批准了我的计划！

· 71 ·

茶　馆

王利发　大喜，大喜！

小刘麻子　您也大喜，处长也批准修理这个茶馆！我一说，处长说好！他呀老把"好"说成"蒿"，特别有个洋味儿！

王利发　都是怎么一回事？

小刘麻子　从此你算省心了！这儿全属我管啦，你搬出去！我先跟你说好了，省得以后你麻烦我！

王利发　那不能！凑巧，我正想搬家呢。

丁　宝　小刘，老掌柜在这儿多少年啦，你就不照顾他一点吗？

小刘麻子　看吧！我办事永远厚道！王掌柜，我接处长去，叫他看看这个地方。你把这儿好好收拾一下！小丁宝，你把小心眼找来，迎接处长！带点香水，好好喷一气，这里臭哄哄的！走！（同丁宝下）

王利发　好！真好！太好！哈哈哈！

〔常四爷提着小筐进来，筐里有些纸钱和花生米。他虽年过七十，可是腰板还不太弯。

常四爷　什么事这么好哇，老朋友！

王利发　哎哟！常四爷！我正想找你这么一个人说说话儿呢！我沏一壶好的茶来，咱们喝喝！（去沏茶）

〔秦仲义进来。他老的不像样子了，衣服也破旧不堪。

秦仲义　王掌柜在吗？

常四爷　在！您是……

秦仲义　我姓秦。

常四爷　秦二爷！

王利发　（端茶来）谁？秦二爷？正想去告诉您一声，这儿要大改良！坐！坐！

常四爷　我这儿有点花生米，（抓）喝茶吃花生米，这可真是个乐子！

秦仲义　可是谁嚼得动呢？

王利发　看多么邪门，好容易有了花生米，可全嚼不动！多么可笑！怎样啊？秦二爷！（都坐下）

秦仲义　别人都不理我啦，我来跟你说说：我到天津去了一趟，看看我的工厂！

王利发　不是没收了吗？又物归原主啦？这可是喜事！

秦仲义　拆了！
常四爷

王利发　拆了？

秦仲义　拆了！我四十年的心血啊，拆了！别人不知道，王掌柜你知道：我从二十多岁起，就主张实业救国。到而今……抢去我的工厂，好，我的势力小，干不过他们！可倒好好地办哪，那是富国裕民的事业呀！结果，拆了，机器都当碎铜烂铁卖了！全世界，全世界找得到这样的政府找不到？我问你！

王利发　当初，我开的好好的公寓，您非盖仓库不可。看，仓库查封，货物全叫他们偷光！当初，我劝您别把财产都出手，您非都卖了开工厂不可！

常四爷　还记得吧？当初，我给那个卖小妞的小媳妇一碗面

　　　　　吃，您还说风凉话呢。

秦仲义　现在我明白了！王掌柜，求您一件事吧：（掏出一二机器小零件和一枝钢笔管来）工厂拆平了，这是我由那儿捡来的小东西。这枝笔上刻着我的名字呢，它知道，我用它签过多少张支票，写过多少计划书。我把它们交给你，没事的时候，你可以跟喝茶的人们当个笑话谈谈，你说呀：当初有那么一个不知好歹的秦某人，爱办实业。办了几十年，临完他只由工厂的土堆里捡回来这么点小东西！你应当劝告大家，有钱哪，就该吃喝嫖赌，胡作非为，可千万别干好事！告诉他们哪，秦某人七十多岁了才明白这点大道理！他是天生来的笨蛋！

王利发　您自己拿着这枝笔吧，我马上就搬家啦！

常四爷　搬到哪儿去？

王利发　哪儿不一样呢！秦二爷，常四爷，我跟你们不一样：二爷财大业大心胸大，树大可就招风啊！四爷你，一辈子不服软，敢作敢当，专打抱不平。我呢，作了一辈子顺民，见谁都请安、鞠躬、作揖。我只盼着呀，孩子们有出息，冻不着，饿不着，没灾没病！可是，日本人在这儿，二拴子逃跑啦，老婆想儿子想死啦！好容易，日本人走啦，该缓一口气了吧？谁知道，（惨笑）哈哈，哈哈，哈哈！

常四爷　我也不比你强啊！自食其力，凭良心干了一辈子啊，我一事无成！七十多了，只落得卖花生米！个人算什么呢，我盼哪，盼哪，只盼国家像个样儿，不受外国人欺侮。可是……哈哈！

秦仲义　日本人在这儿，说什么合作，把我的工厂就合作过去了。咱们的政府回来了，工厂也不怎么又变成了逆产。仓库里（指后边）有多少货呀，全完！还有银号呢，人家硬给加官股，官股进来了，我出来了！哈哈！

王利发　改良，我老没忘改良，总不肯落在人家后头。卖茶不行啊，开公寓。公寓没啦，添评书！评书也不叫座儿呀，好，不怕丢人，想添女招待！人总得活着吧？我变尽了方法，不过是为活下去！是呀，该贿赂的，我就递包袱。我可没有作过缺德的事，伤天害理的事，为什么就不叫我活着呢？我得罪了谁？谁？皇上，娘娘那些狗男女都活得有滋有味的，单不许我吃窝窝头，谁出的主意？

常四爷　盼哪，盼哪，只盼谁都讲理，谁也不欺侮谁！可是，眼看着老朋友们一个个的不是饿死，就是叫人家杀了，我呀就是有眼泪也流不出来喽！松二爷，多么好的人，饿死啦，连棺材还是我给他化缘化来的！他还有我这么个朋友，给他化了一口四块板的棺材；我自己呢？我爱咱们的国呀，可是谁爱我呢？看，（从筐中拿出些纸钱）遇见出殡的，我就捡几张纸钱。没有寿衣，没有棺材，我只好给自己预备下点纸钱吧，哈哈，哈哈！

茶　馆

秦仲义　四爷，让咱们祭奠祭奠自己，把纸钱撒起来，算咱们三个老头子的吧！

王利发　对！四爷，照老年间出殡的规矩，喊喊！

常四爷　（立起，喊）四角儿的跟夫，本家赏钱一百二十吊！
　　　　（撒起几张纸钱）【三四十年前，北京富人出殡，要用三十二人、四十八人或六十四人抬棺材，也叫抬杠。另有四位杠夫拿着拨旗，在四角跟随。杠夫换班须注意拨旗，以便进退有序；一班也叫一拨儿。起杠时和路祭时，领杠者须喊"加钱"——本家或姑奶奶赏给杠夫酒钱。加钱数目须夸大地喊出。在喊加钱时，有人撒起纸钱来。】

秦仲义
王利发　一百二十吊！

秦仲义　（一手拉住一个）我没的说了，再见吧！（下）

王利发　再见！

常四爷　再喝你一碗！（一饮而尽）再见！（下）

王利发　再见！
　　　　〔丁宝与小心眼进来。

丁　宝　他们来啦，老大爷！（往屋中喷香水）

王利发　好，他们来，我躲开！（捡起纸钱，往后边走）

小心眼　老大爷，干吗撒纸钱呢？

王利发　谁知道！（下）
　　　　〔小刘麻子进来。

小刘麻子　来啦！一边一个站好！

〔丁宝、小心眼分左右在门内立好。

〔门外有汽车停住声,先进来两个宪兵。沈处长进来,穿军便服;高靴,带马刺;手执小鞭。后面跟着二宪兵。

沈处长 (检阅似的,看丁宝、小心眼,看完一个说一声) 好(蒿)!

〔丁宝摆上一把椅子,请沈处长坐。

小刘麻子 报告处长,老裕泰开了六十多年,九城闻名,地点也好,借着这个老字号,作我们的一个据点,一定成功!我打算照旧卖茶,派(指)小丁宝和小心眼作招待。有我在这儿监视着三教九流,各色人等,一定能够得到大量的情报,捉拿共产党!

沈处长 好(蒿)!

〔丁宝由宪兵手里接过骆驼牌烟,上前献烟;小心眼接过打火机,点烟。

小刘麻子 后面原来是仓库,货物已由处长都处理了,现在空着。我打算修理一下,中间作小舞厅,两旁布置几间卧室,都带卫生设备。处长清闲的时候,可以来跳跳舞,玩玩牌,喝喝咖啡。天晚了,高兴住下,您就住下。这就算是处长个人的小俱乐部,由我管理,一定要比公馆里洒脱一点,方便一点,热闹一点!

沈处长 好(蒿)!

丁 宝 处长,我可以请示一下吗?

沈处长 好(蒿)!

丁　宝　这儿的老掌柜怪可怜的。好不好给他作一身制服,叫他看看门,招呼贵宾们上下汽车?他在这儿几十年了,谁都认识他,简直可以算是老头儿商标!

沈处长　好(蒿)!传!

小刘麻子　是!(往后跑)王掌柜!老掌柜!我爸爸的老朋友,老大爷!(入。过一会儿又跑回来)报告处长,他也不是怎么上了吊,吊死啦!

沈处长　好(蒿)!好(蒿)!

——幕·全剧终

附 录

此剧幕与幕之间须留较长时间,以便人物换装,故拟由一人(也算剧中人)唱几句快板,使休息时间不显得过长,同时也可以略略介绍剧情。

第一幕 幕前

(我)大傻杨,打竹板儿,一来来到大茶馆儿。
大茶馆,老裕泰,生意兴隆真不赖。
茶座多,真热闹,也有老来也有少;
有的说,有的唱,穿章打扮一人一个样;
有提笼,有架鸟,蛐蛐蝈蝈也都养的好;
有的吃,有的喝,没有钱的只好白瞧着。
爱下棋,(您)来两盘儿,赌一卖(碟)干炸丸子外洒胡椒盐儿。
讲排场,讲规矩,咳嗽一声都像唱大戏。
有一样,听我说:莫谈国事您得老记着。

哼！国家事（可）不好了，黄龙旗子一天倒比一天威风小。

文武官，有一宝，见着洋人赶快跑。

外国货，堆成山，外带贩卖鸦片烟。

最苦是，乡村里，没吃没穿逼得卖儿女。

官儿阔，百姓穷，朝中出了一个谭嗣同，

讲维新，主意高，还有那康有为和梁启超。

这件事，闹得凶，气得太后咬牙切齿直哼哼。

她要杀，她要砍，讲维新的都是要造反。

这些事，别多说，说着说着就许掉脑壳。

〔幕徐启。大傻杨入茶馆。

打竹板，迈大步，走进茶馆找主顾。

哪位爷，愿意听，《辕门斩子》来了穆桂英。

〔王利发来干涉。

王掌柜，大发财，金银元宝一齐来。

您有钱，我有嘴，数来宝的是穷鬼。（下）

第二幕　幕前

打竹板，我又来，数来宝的还是没发财。

现而今，到民国，剪了小辫还是没有辙。

王掌柜，动脑筋，事事改良讲维新。

（低声）动脑筋，白费力，胳膊拧不过大腿去。

闹军阀，乱打仗，白脸的进去黑脸的上，
赵打钱，孙打李，赵钱孙李乱打一炮谁都不讲理。
为打仗，要枪炮，一堆一堆给洋人老爷送钞票。
为卖炮，为卖枪，帮助军阀你占黄河他占扬子江。
老百姓，遭了殃，大兵一到粮食牲口一扫光。
王掌柜，会改良，茶馆好像大学堂，
后边住，大学生，说话文明真好听。
就怕呀，兵野蛮，进来几个就玩完。
先别说，丧气话，给他道喜是个好办法。
他开张，我道喜，编点新词我也了不起。（下）
（又上）老裕泰，大改良，万事亨通一天准比一天强。
〔王利发　今天不打发，明天才开张哪。
明天好，明天妙，金银财宝齐来到。
〔炮响。
您开张，他开炮，明天准唱《蜡庙》。
王利发　去你的吧！
〔傻杨下。

第三幕　幕前

树木老，叶儿稀，人老毛腰把头低。
甭说我，混不了，王掌柜的也过不好。
（他）钱也光，人也老，身上剩了一件破棉袄。

自从那,日本兵,八年占据老北京。

人人苦,没法提,不死也掉一层皮。

好八路,得人心,一阵一阵杀退日本军。

盼星星,盼月亮,盼到胜利大家有希望。

(哼)国民党,进北京,横行霸道一点不让日本兵。

王掌柜,委屈多,跟我一样半死半活着。

老茶馆,破又烂,想尽法子也没法办。

天可怜,地可怜,就是官老爷有洋钱。(下)

〔王掌柜死后,傻杨再上,见小丁宝正在落泪。

小姑娘,别这样,黑到头儿天会亮。

小姑娘,别发愁,西山的泉水向东流。

苦水去,甜水来,谁也不再作奴才。

龙须沟

(三幕六场话剧)

人　物

王大妈　　五十岁的寡妇，吃苦耐劳，可是胆子小，思想旧。她的大女儿已出嫁，二女儿正在议婚。母女以焊镜子的洋铁边儿和作针线活为业。简称大妈。

王二春　　王大妈的二女儿，十九岁。她认识几个字，很想嫁到别处去，离开臭沟沿儿。简称二春。

丁四嫂　　三十岁左右，心眼怪好，嘴可厉害，有点嘴强身子弱。她的手很伶俐，能作活挣钱。简称四嫂。

丁四爷　　三十岁左右，四嫂的丈夫，三心二意的，可好可坏；蹬三轮车为业。他因厌恶门外的臭沟，工作不大起劲。简称丁四。

丁二嘎子　十二岁，丁四的儿子，不上学，天天去捡煤核儿，摸螺蛳什么的。简称二嘎。

丁小妞　　二嘎的妹妹，九岁。不上学，随着哥哥乱跑。简称小妞。

程疯子　　四十多岁。原是相当好的曲艺艺人，因受压迫，不能登台，搬到贫民窟来——可还穿着长衫。他有点神神气气的，不会以劳力换钱，可常帮忙别人。他会唱，

	尤以数来宝见长。简称疯子。
程娘子	程疯子的妻，三十多岁。会作活，也会到晓市上作小买卖；虽常骂丈夫，可是甘心养活着他。疯子每称她为"娘子"，即成了她的外号。简称娘子。
赵老头	六十岁，没儿没女，为人正直好义，泥水匠。简称赵老。
刘巡长	四十来岁。能说会道，善于敷衍，心地很正。简称巡长。
冯狗子	二十五岁。给恶霸黑旋风作狗腿。简称狗子。
刘掌柜	小茶馆的掌柜，六十多岁。简称掌柜。

地痞一人。

警察二人。

青年一人。

群众数人。

茶　馆

第一幕

时　间　北京解放前，一个初夏的上午，昨夜下过雨。
地　点　龙须沟。这是北京天桥东边的一条有名的臭沟，沟里全是红红绿绿的稠泥浆，夹杂着垃圾、破布、死老鼠、死猫、死狗和偶尔发现的死孩子。附近硝皮作坊、染坊所排出的臭水，和久不清除的粪便，都聚在这里一齐发霉，不但沟水的颜色变成红红绿绿，而且气味也教人从老远闻见就要作呕，所以这一带才俗称为"臭沟沿"。沟的两岸，密密层层的住满了卖力气的、耍手艺的，各色穷苦劳动人民。他们终日终年乃至终生，都挣扎在那肮脏腥臭的空气里。他们的房屋随时有倒塌的危险，院中大多数没有厕所，更谈不到厨房；没有自来水，只能喝又苦又咸又发土腥味的井水；到处是成群的跳蚤，打成团的蚊子，和数不过来的臭虫，黑压压成片的苍蝇，传染着疾病。
每逢下雨，不但街道整个的变成泥塘，而且臭沟的水就漾出槽来，带着粪便和大尾巴蛆，流进居民们比街道还低的院内、房里，淹湿了一切的东西。遇到六月

第一卷　话剧卷

下连阴雨的时候，臭水甚至带着死猫、死狗、死孩子冲到土炕上面，大蛆在满屋里蠕动着，人就仿佛是其中的一个蛆虫，也凄惨地蠕动着。

布　景　龙须沟的一个典型小杂院。院子不大，只有四间东倒西歪的破土房。门窗都是东拼西凑的，一块是老破花格窗，一块是"洋式"窗子改的，另一块也许是日本式的旧拉门儿，上边有的糊着破碎不堪发了霉的旧报纸，有的干脆钉上破木板或碎席子，即或有一半块小小的破玻璃，也已被尘土、煤烟子和风沙等等给弄得不很透亮了。

北房是王家，门口摆着水缸和破木箱，一张长方桌放在从云彩缝里射出来的阳光下，上边晒着大包袱。王大妈正在生着焊活和作饭两用的小煤球炉子。东房，右边一间是丁家，屋顶上因为漏雨，盖着半领破苇席，用破砖压着，绳子拴着，檐下挂着一条旧车胎；门上挂着补了补钉的破红布门帘，门前除了一个火炉和几件破碎三轮车零件外，几乎是一无所有。左边一间是程家，门上挂着下半截已经脱落了的破竹帘子；窗户上糊着许多香烟画片；门前有一棵发育不全的小枣树，借着枣树搭起一个小小的喇叭花架子。架的下边，靠左上角有一座泥砌的柴灶。程娘子正在用捡来的柴棍儿烧火，蒸窝窝头，给疯子预备早饭。（这一带的劳动人民，大多数一天只吃两顿饭。）柴灶的后边是塌倒了的半截院墙墙角，从这里可以看见远处的房子，稀稀落落的电线杆子，和一片阴沉的天空。南边中间是这个小杂院的大门，又低又窄，出来进去总得低头。大门外是一条狭窄的小巷，对面有一所高大而破旧的房子，房角上高高的悬着一块金字招牌"当"。左边中间又是一段破墙，左下是赵老头儿所住的一间屋子，门关着，门前放着泥瓦匠所用的较大工具；一条长凳，一口倒放着的破缸，缸后堆着垃圾，碎砖头。娘子的香烟摊子，出卖的茶叶和零星物品，就暂借这些地方晒着。满院子横七竖八的绳子上，晒着各家的破衣破被。脚下全是湿泥，有的地方垫着炉灰，砖头或木板。房子的墙根墙角全发了霉，生了绿苔。天上的云并没有散开，乌云在移动着，太阳一阵露出来，一阵又藏起去。

〔**幕启**：门外陆续有卖青菜的、卖猪血的、卖驴肉的、卖豆腐的、剃头的、买破烂的和"打鼓儿"的声音，还有买菜还价的争吵声，附近有铁匠作坊的打铁声，织布声，作洋铁盆洋铁壶的敲打声。

〔程娘子坐在柴灶前的小板凳上添柴烧火。小妞子从大门前的墙根搬过一些砖头来，把院子铺出一条走道。丁四嫂正在用破盆在屋门口舀屋子里渗进去的雨水。二春抱着几件衣服走出来，仰着头正看刚露出来的太阳，把衣服搭在绳子上晒。大妈生好了煤球炉子，仰头看着天色，小心翼翼地抱起桌上的大包袱来，往屋里收。二春正走到房门口，顺手接进去。大妈从门口提一把水壶，往水缸走去，可是不放心二春抱进去的包袱，眼睛还盯在二春的身上。大妈用水瓢由水缸里取水，置壶炉上，坐下，开始作活。

四　嫂　（递给妞子一盆水）你要是眼睛不瞧着地，摔了盆，看我不好好揍你一顿！

小　妞　你怎么不管哥哥呢？他一清早就溜出去，什么事也不管！

四　嫂　他？你等着，等他回来，我不揍扁了他才怪！

小　妞　爸爸呢，干脆就不回来！

四　嫂　甭提他！他回来，我要不跟他拚命，我改姓！

疯　子　（在屋里，数来宝）叫四嫂，别去拚，一日夫妻百日恩！

娘　子　（把隔夜的窝头蒸上）你给我起来，屋里精湿的，躺什么劲儿！

疯　子　叫我起，我就起，尊声娘子别生气！

小　妞　疯大爷，快起呀，跟我玩！

四　嫂　你敢去玩！快快倒水去，弄完了我好作活！晌午的饭还没辙哪！

疯　子　（穿破夏布大衫，手持芭蕉扇，一劲地扇，似欲赶走臭味；出来，向大家点头）王大妈！娘子！列位大姨！姑娘们！

小　妞　（仍不肯去倒水）大爷！唱！唱！我给你打家伙！

四　嫂　（过来）先干活儿！倒在沟里去！

〔妞子出去。

娘　子　你这么大的人，还不如小妞子呢！她都帮着大人作点事，看你！

疯　子　娘子差矣！（数来宝）想当初，在戏园，唱玩艺，挣洋钱，欢欢喜喜天天像过年！受欺负，丢了钱，臭鞋、臭袜、臭沟、臭水、臭人、臭地熏得我七窍冒黑烟！（弄水洗脸）

娘　子　你呀！我这辈子算倒了霉啦！

四　嫂　别那么说，他总比我的那口子强点，他不是这儿（指头部）有点毛病吗？我那口子没毛病，就是不好好地干！拉不着钱，他泡蘑菇；拉着钱，他能一下子都喝了酒！

疯　子　（一边擦脸，一边说）我这里，没毛病，臭沟熏得我不爱动。

〔外面有吆喝豆腐声。

疯　子　有一天，沟不臭，水又清，国泰民安享太平。（坐下吃窝头）

小　妞　（进来，模仿数来宝的竹板声）呱唧呱唧呱唧呱。

娘　子　（提起香烟篮子）王大妈，四嫂，多照应着点，我上市去啦。

大　妈　街上全是泥，你怎么摆摊子呢？

娘　子　我看看去！我不弄点钱来，吃什么呢？这个鬼地方，一阴天，我心里就堵上个大疙疸！赶明儿六月连阴天，就得瞪着眼挨饿！（往外走，又立住）看，天又阴得很沉！

小　妞　妈，我跟娘子大妈去！

四　嫂　你给我乖乖地在这里，哪儿也不准去！（扫阶下的地）

小　妞　我偏去！我偏去！

娘　子　（在门口）妞子，你等着，我弄来钱，一定给你带点吃的来。乖！外边呀，精湿烂滑的，滑到沟里去可怎么办！

疯　子　叫娘子，劳您驾，也给我带个烧饼这么大。（用手比，有碗那么大）

娘　子　你呀，呸！烧饼，我连个芝麻也不会给你买来！（下）

小　妞　疯大爷，娘子一骂你，就必定给你买好吃的来！

四　嫂　唉，娘子可真有本事！

疯　子　谁说不是！我不是不想帮忙，就是帮不上！看她这么打里打外的，我实在难受！可是……唉！什么都甭说了！

赵　老　（出来）哎哟！给我点水喝呀！

疯　子　赵大爷醒啦！

二　春　
小　妞　（跑过去）怎么啦？怎么啦？

大　妈　只顾了穷忙，把他老人家忘了。二春，先坐点开水！

二　春　（往回跑）我找佘子去。（入屋中）

四　嫂　（开始坐在凳子上作活）赵大爷，你要点什么呀？

疯　子　丁四嫂，你很忙，侍候病人我在行！

二　春　（提氽子出来，将壶中水倒入氽子，置炉上，去看看缸）妈，水就剩了一点啦！

小　妞　我打水去！

四　嫂　你歇着吧！那么远，满是泥，你就行啦？

疯　子　我弄水去！不要说，我无能，沏茶灌水我还行！帮助人，真体面，甚么活儿我都干！

大　妈　（立起）大哥，是发疟子吧？

赵　老　（点头）唉！刚才冷得要命，现在又热起来啦！

疯　子　王大妈，给我桶。

大　妈　四嫂，教妞子帮帮吧！疯子笨手笨脚的，再滑到臭沟里去！

四　嫂　（迟顿了一下）妞子，去吧！可留点神，慢慢的走！

小　妞　疯大爷，咱们俩先抬一桶；来回二里多地哪！多了抬不动！（找到木棍）你拿桶。

二　春　（把桶递给疯子）不脱了大褂呀？省得溅上泥点子！

疯　子　（接桶）我里边，没小褂，光着脊梁不象话！

小　妞　呱唧呱唧呱唧呱。（同疯子下）

大　妈　大哥，找个大夫看看吧？

赵　老　有钱，我也不能给大夫啊！唉！年年总有这么一场，还老在这个时候！正是下过雨，房倒屋塌，有活作的时候，偏发疟子！打过几班儿呀，人就软得像棉花！多么要命！给我点水喝呀，我渴！

大　妈　二春，扇扇火！

赵　老　善心的姑娘，行行好吧！

四　嫂　赵大爷，到药王庙去烧股香，省得疟子鬼儿老跟着您！

二　春　四嫂，蚊子叮了才发疟子呢。看咱们这儿，蚊子打成团。

大　妈　姑娘人家，少说话；四嫂不比你知道的多！（又坐下）

二　春　（倒了一黄砂碗开水，送到病人跟前）您喝吧，赵大爷！

赵　老　好姑娘！好姑娘！这碗热水救了老命喽！（喝）

二　春　（看赵老用手赶苍蝇，借来四嫂的芭蕉扇给他扇）赵大爷，我这可真明白了姐姐为什么一去不回头！

大　妈　别提她，那个没良心的东西！把她养大成人，聘出去，她会不来看我一眼！二春，你别再跟她学，扔下妈妈没人管！

二　春　妈，您也难怪姐姐。这儿是这么脏，把人熏也熏疯了！

大　妈　这儿脏，可有活儿干呢，九城八条大街，可有哪儿能像这里挣钱这么方便？就拿咱们左右的邻居说，这么多人家里只有程疯子一个闲人。地方干净有什么用，没的吃也得饿死！

二　春　这儿挣钱方便，丢钱也方便。一下雨，摆摊子的摆不上，卖力气的出不去，不是瞪着眼挨饿？臭水往屋里跑，把什么东西都淹了，哪样不是钱买的？

四　嫂　哼，昨儿个夜里，我蹲在炕上，打着伞，把这些背心顶在头上。自己的东西弄湿了还好说，弄湿了活计，赔得起吗！

二　春　因为脏，病就多。病了耽误作活，还得花钱吃药！

大　妈　别那么说。俗话说得好："不干不净，吃了没病！"我在这儿住了几十年，还没敢抱怨一回！

二　春　赵大爷，您说。您年年发疟子，您知道。

大　妈　你教大爷歇歇吧，他病病歪歪的！我明白你的小心眼里都憋着什么坏呢！

二　春　我憋着什么坏？您说！

大　妈　哼，没事儿就往你姐姐那儿跑。她还不唧唧咕咕，说什么龙须沟脏，龙须沟臭！她也不想想，这是她生身之地；刚离开这儿几个月，就不肯再回来，说一到这儿就要吐；真遭罪呀！甭你小眼睛眨巴眨巴地看着我！我不再上当，不再把女儿嫁给外边人！

二　春　那么我一辈子就老在这儿？连解手儿都得上外边去？

大　妈　这儿不分男女，只要肯动手，就有饭吃；这是真的，别的都是瞎扯！这儿是宝地！要不是宝地，怎么越来人越多？

二　春　没看见过这样的宝地！房子没有一间整的，一下雨就砸死人，宝地！

赵　老　姑娘，有水再给我点！

二　春　（接碗）有，那点水都是您的！

赵　老　那敢情好!
大　妈　您不吃点什么呀?
赵　老　不想吃,就是渴!
四　嫂　发疟子伤气,得吃呀,赵大爷!
二　春　(端来水)给您!
赵　老　劳驾!劳驾!
二　春　不劳驾!
赵　老　姑娘,我告诉你几句好话。
二　春　您说吧!
赵　老　龙须沟啊,不是坏地方!
大　妈　我说什么来着?赵大爷也这么说不是?
赵　老　地好,人也好。就有两个坏处。
二　春　哪两个?
四　嫂　(拿着活计凑过来)您说说!
赵　老　作官的坏,恶霸坏!
大　妈　大哥,咱们说话,街上听得见,您小心点!
　　　　〔天阴上来,阳光被云遮住。
赵　老　我知道!可是,我才不怕!六十岁了,也该死了,
　　　　我怕什么?
大　妈　别那么说呀,好死不如赖活着!
赵　老　作官儿的坏……
　　　　〔刘巡长,腰带在手中拿着,象去上班的样子,由门
　　　　外经过。
大　妈　(打断赵老的话)赵大爷,有人……(二春急跑到大

门口去看）二春，过来！

二　春　（在门口）刘巡长！

四　嫂　（跑到门口）刘巡长，进来坐坐吧！

巡　长　四嫂子，我该上班儿了。

四　嫂　进来坐坐，有话跟您说！

巡　长　（走进来）有什么话呀？四嫂！

四　嫂　您给二嘎子……

大　妈　啊，刘巡长，怎么这么闲在呀？

巡　长　我正上班儿去四嫂子把我叫住了。（转身）赵大爷，您好吧？

大　妈　哪儿呀，又发上疟子啦！

巡　长　这是怎么说的！吃药了吗？

赵　老　我才不吃药！

巡　长　总得抓剂药吃！你要是老不好，大妈，四嫂都得给您端茶送水的……

二　春　不要紧，有我侍候他呢！

巡　长　那也耽误作活呀！这院儿里谁也不是有仨有俩的。就拿四嫂说，丁四成天际不照面……

四　嫂　可说的是呢！我请您进来，就为问问您给二嘎子找个地方学徒的事，怎么样了呢？

巡　长　我没忘了，可是，唉，这年月，物价一天翻八个跟头，差不多的规矩买卖全关了门，您叫我上哪儿给他找事去呢！

大　妈　唉，刘巡长的话也对！

四　嫂　刘巡长，二嘎子呀可是个肯下力、肯吃苦的孩子！您就多给分分心吧！

巡　长　得，四嫂，我必定在心！我说四嫂，教四爷可留点神，别喝了两盅，到处乱说去！（低声）前儿个半夜里查户口，又弄下去五个！硬说人家是……（回头四望，作"八"的手式）是这个！多半得……唉，都是中国人，何必呢？这玩艺，我可不能干！

赵　老　对！

四　嫂　听说那回放跑了俩，是您干的呀？

巡　长　我的四奶奶！您可千万别瞎聊啊，您要我的脑袋搬家是怎着？

四　嫂　您放心，没人说出去！

二　春　刘巡长，您不会把二嘎子荐到工厂去吗？我还想去呢！

四　嫂　对，那敢情好！

大　妈　二春，你又疯啦？女人家上工厂！

巡　长　正经工厂也都停了车啦！您别忙，我一定给想办法！

四　嫂　我谢谢您啦！您坐这儿歇歇吧！

巡　长　不啦，我呆不住！

四　嫂　歇一会儿，怕什么呢？（把疯子的板凳送过来，刘巡长只好坐下）

赵　老　我刚才说的对不对？作官的坏！作官的坏，老百姓就没法活下去！大小的买卖、工厂，全教他们接收的给弄趴下啦，就剩下他们自己肥头大耳朵地活着！

二　春　要不穷人怎么越来越多呢！

大　妈　二春，你少说话！

赵　老　别的甭说，就拿咱们这儿这条臭沟说吧，日本人在这儿的时候，咱们捐过钱，为挖沟，沟挖了没有？

二　春　没有！捐的钱也没影儿啦！

大　妈　二春，你过来！（二春走回去）说话小心点！

赵　老　日本人滚蛋了以后，上头说把沟堵死。好嘛，沟一堵死，下点雨，咱们这儿还不成了海？咱们就又捐了钱，说别堵啊，得挖。可是，沟挖了没有？

四　嫂　他妈的，那些钱又教他们给吃了，丫头养的！

大　妈　四嫂，嘴里干净点，这儿有大姑娘！

二　春　他妈的！

大　妈　二春！

赵　老　程疯子常说什么"沟不臭，水又清，国泰民安享太平。"他说得对，他不疯！有了清官，才能有清水。我是泥水匠，我知道：城里头，大官儿在哪儿住，哪儿就修柏油大马路；谁作了官，谁就盖高楼大瓦房。咱们穷人哪，没人管！

巡　长　一点不错！

四　嫂　捐了钱还教人家白白的吃了去！

赵　老　有那群作官的，咱们永远得住在臭沟旁边。他妈的，你就说，全城到处有自来水，就是咱们这儿没有！

大　妈　就别抱怨啦，咱们有井水吃还不念佛？

四　嫂　苦水呀，王大妈！

大　妈　也不太苦，二性子！

二　春　妈，您怎这么会对付呢？

大　妈　你不将就，你想跟你姐姐一样，嫁出去永远不回头！你连一丁点孝心也没有！

赵　老　刘巡长，上两次的钱，可都是您经的手！我问你，那些钱可都上哪儿去了？

巡　长　您问我，我可问谁去呢？反正我一心无愧！（站起来，走到赵老面前）要是我从中赚过一个钱，天上现在有云彩，教我五雷轰顶！人家搂钱，我挨骂，您说我冤枉不冤枉！

赵　老　街坊四邻倒是都知道你的为人，都说你不错！

巡　长　别说了，赵大爷！要不是一家五口累赘着我呀！我早就远走高飞啦，不在这儿受这份窝囊气！

赵　老　我明白，话又说回来，咱们这儿除了官儿，就是恶霸。他们偷，他们抢，他们欺诈，谁也不敢惹他们。前些日子，张巡官一管，肚子上挨了三刀！这成什么天下！

巡　长　他们背后有撑腰的呀，杀了人都没事！

大　妈　别说了，我直打冷战！

赵　老　别遇到我手里！我会跟他们拚！

大　妈　新鞋不踩臭狗屎呀！您到茶馆酒肆去，可千万留点神，别乱说话！

赵　老　你看着，多喒他们欺负到我头上来，我教他们吃不了兜着走。

巡　长　我可真该走啦！今儿个还不定有什么蜡坐呢！（往外走）

四　嫂　（追过去）二嘎子的事，您可给在点心哪！刘巡长。

巡　长　就那么办，四嫂！（下）

四　嫂　我这儿道谢啦！

大　妈　要说人家刘巡长可真不错！

赵　老　这样的人就算难得！可是，也作不出什么事儿来！

四　嫂　他想办出点事来，一个人也办不成呀！

〔丁四无精打采地进来。

四　嫂　嗨！你还回来呀？！

丁　四　你当我爱回来呢！

四　嫂　不爱回来，就再出去！这儿不短你这块料！

〔丁四不语，打着呵欠直向屋子走去。

四　嫂　（把他拦住）拿钱来吧！

丁　四　一回来就要钱哪？

四　嫂　那怎么着？！家里还揭不开锅呢！

丁　四　揭不开锅？我在外边死活你管了吗？

四　嫂　我们娘几个死活谁管呢？甭费话，拿钱来。

丁　四　没钱！

四　嫂　钱哪儿去啦？

丁　四　交车份了。

四　嫂　甭来这一套！你当我不知道呢！不定又跑到哪儿喝酒去了。

丁　四　那你管不着。太爷我自个挣的自个花，你打算怎么着吧！你说！

四　嫂　我打算怎么着？这破家又不是我一个人的！好吧！咱谁也甭管！（说着把活计扔下）

丁　四　你他妈的不管，活该！

四　嫂　怎么着？你一出去一天，回来镚子儿没有，临完了，把钱都喝了猫儿尿！

丁　四　我告诉你，少管我的闲事！

四　嫂　什么？不管？家里揭不开锅，你可倒好……

丁　四　我不对，我不该回来，太爷我走！

〔四嫂扯住丁四，丁四抄起门栓来要打四嫂，二春跑过去把门栓抢过来。

赵　老　（大吼）丁四！

〔丁四被赵老的怒吼声震住，低头不语，往屋门口走。四嫂坐下哭，二春蹲下去劝。

赵　老　这是你们丁家的事，按理说我可不该插嘴，不过咱们爷儿们住街坊，也不是一年半年啦，总算是从小儿看你长大了的，我今儿个可得说几句讨人嫌的话……

丁　四　（颓唐地坐下）赵大爷，您说吧！

赵　老　四嫂，你先别这么哭，听我说。（四嫂止住哭声）你昨儿晚上干什么去啦？你不知道家里还有三口子张着嘴等着你哪？孩子们是你的，你就不惦记着吗？

丁　四　（眼泪汪汪地）不是，赵大爷！我不是不惦记孩子，昨儿个整天的下雨，没什么座儿，挣不着钱！晚上在小摊儿坐着，您猜怎么着，晌午六万一斤的大饼，晚

　　　　　上就十二万啦!好家伙,交完车份儿,就没了钱了。东西一天翻十八个跟头,您不是不知道!

赵　老　唉!这个物价呀,就要了咱们穷人的命!可是你有钱没钱也应该回家呀,总不照面儿不是一句话啊!就说为你自个儿想,半夜三更住在外边,够多悬哪!如今晚儿天天半夜里查户口,一个说不对劲儿,轻了把你拉去当壮丁,当炮灰,重了拿你当八路,弄去灌凉水轧杠子,磨成了灰还不知道是怎样死的呢!

丁　四　这我都知道。他妈的我们蹬三轮儿的受的这份气,就甭提了。就拿昨儿个说吧,好容易遇上个座儿,一看,可倒好,是个当兵的。没法子,拉吧,打永定门一直转游到德胜门脸儿,上边淋着,底下蹚着,汗珠子从脑瓜顶儿直流到脚底下。临完,下车一个子儿没给还不算,还差点给我个大脖拐!他妈的,坐完车不给钱,您说是什么人头儿!我刚交了车,一看掉点儿了,我就往家里跑。没几步,就滑了我俩大跟头,您不信瞅瞅这儿,还有伤呢!我一想,这溜儿更过不来啦,怕掉到沟里去,就在刘家小茶馆蹲了半夜。我没睡好,提心吊胆的,怕把我拉走当壮丁去!跟您说明,有这条臭沟,谁也甭打算好好的活着!

　　　　〔四邻的工作声——打铁、风箱、织布声更大了一点。

四　嫂　甭拉不出屎来怨茅房!东交民巷、紫禁城倒不臭不脏,也得有尊驾的份儿呀!你听听,街坊四邻全干活儿,就是你没有正经事儿。

丁　四　我没出去拉车？我天天光闲着来着？

四　嫂　五行八作，就没您这一行！龙须沟这儿的人都讲究有个正经行当！打铁，织布，硝皮子，都成一行；你算哪一行？

丁　四　哼，有这一行，没这一行，蹬上车我可以躲躲这条臭沟！我是属牛的，不属臭虫，专爱这块臭地！

赵　老　丁四，四嫂，都少说几句吧……（刘巡长上）。怎么，刘巡长……

巡　长　我说今儿个又得坐蜡不是？

四　嫂　刘巡长，什么事呀？

巡　长　唉，没法子，又教我来收捐！

众　人　什么，又收捐！？

巡　长　是啊，您说这教我多为难？

丁　四　家家连窝头都混不上呢，还交得起他妈的捐！

巡　长　说得是啊！可是上边交派下来，您教我怎么办？

赵　老　我问你，今儿个又要收什么捐？

巡　长　反正有个"捐"字，您还是养病要紧，不必细问了。捐就是捐，您拿钱，我收了交上去，咱们心里就踏实啦。

赵　老　你说说，我听听！

巡　长　您老人家一定要知道，跟您说吧！这一回是催卫生捐。

赵　老　什么捐？

巡　长　卫生捐。

赵　老　（狂笑）卫生捐？卫生——捐！（再狂笑）丁四，哪儿是咱们的卫生啊！刘巡长，谁出这样的主意，我肏他的八辈祖宗！（丁四搀他入室）

巡　长　唉！我有什么办法呢？

大　妈　您可别见怪他老人家呀！刘巡长！要是不发烧，他不会这么乱骂人！

二　春　妈，你怎这么怕事呢？看看咱们这个地方，是有个干净的厕所，还是有条干净的道儿？谁都不管咱们，咱们凭什么交卫生捐呢？

大　妈　我的小姑奶奶，你少说话！巡长，您多担待，她小孩子，不懂事！

巡　长　王大妈，唉，我也是这儿的人！你们受什么罪，我受什么罪！别的就不用说了！（要走）

大　妈　不喝碗茶呀？真，您办的是官事，不容易！

巡　长　官事，对，官事！哈哈！

四　嫂　大估摸一家得出多少钱呢？

丁　四　（由赵老屋中出来）你必得问清楚，你有上捐的瘾！

四　嫂　你没有那个瘾，交不上捐你去坐监牢，德行！

丁　四　刘巡长，您对上头去说吧，给我修好了路，修好了沟，我上捐。不给我修啊，哼，我没法拉车，也就没钱上捐，要命有命，就是没钱！

巡　长　四爷，您是谁？我是谁？能跟上头说话？

大　妈　丁四，你就别为难巡长了吧！当这份差事，不容易！

〔程疯子与小妞抬着水桶，进来。

疯　子　借借光，水来了！刘巡长，您可好哇？
巡　长　疯哥你好？
　　　　〔大妈把缸盖连菜刀，搬到自己坐的小板凳上，二春接过桶去，和大妈抬着往缸里倒，疯子也想过去帮忙。
丁　四　喝，两个人才弄半桶水来？
小　妞　疯大爷晃晃悠悠，要摔七百五十个跟头，水全洒出去啦！
二　春　没有自来水，可要卫生捐！
巡　长　我又不是自来水公司，我的姑娘！再见吧！（下）
丁　四　（对程疯子）看你的大褂，下边成了泥饼子啦！
疯　子　黑泥点儿，白大褂儿，看着好象一张画儿。（坐下，抠大衫上的泥）
丁　四　凭这个，咱们也得上卫生捐！
四　嫂　上捐不上捐吧，你该出去奔奔，午饭还没辙哪！
丁　四　小茶馆房檐底下，我蹲了半夜，难道就不得睡会儿吗？
四　嫂　那，我问你今儿个吃什么呢？
丁　四　你问我，我问谁去？
大　妈　别着急，老天爷饿不死瞎家雀儿！要不然这么着吧，先打我这儿拿点杂合面去，对付过今儿个，教丁四歇歇，明儿蹬进钱来再还我。
丁　四　王大妈，这合适吗？
大　妈　这算得了什么！你再还给我呀！快睡觉去吧！（推丁

四下）

〔丁四低头入室。二春早已跑进屋去，端出一小盆杂合面来，往丁四屋里送，四娘跟进去。

二　春　四嫂，搁哪儿呀？
四　嫂　（感激地）哎哟，二妹妹，交给我吧！（下）
　　　　〔二嘎子跑进来，双手捧着个小玻璃缸。
二　嘎　妞子，小妞，快来！看！
小　妞　（跑过来）哟，两条小金鱼！给我！给我！
二　嘎　是给你的！你不是从过年的时候，就嚷嚷着要小金鱼吗？
小　妞　（捧起缸儿来）真好！哥，你真好！疯大爷，来看哪！两条！两条！
疯　子　（象小孩似的，蹲下看鱼。学北京卖金鱼的吆喝）卖大小——小金鱼儿咧。
四　嫂　（上）二嘎子，你一清早就跑出去，是怎回事？说！
二　嘎　我……
四　嫂　金鱼是哪儿来的？
二　嘎　卖鱼的徐六给我的。
四　嫂　他为什么那么爱你呢？不单给鱼，还给小缸！瞧你多有人缘哪！你给我说实话！我们穷，我们脏，我们可不偷！说实话，要不然我揍死你！
丁　四　（在屋内）二嘎子偷东西啦？我来揍他！
四　嫂　你甭管！我会揍他！二嘎子，把鱼给人家送回去！你要是不去，等你爸爸揍上你，可够你受的！去！

小　妞　（要哭）妈，我好容易有了这么两条小鱼！

二　春　四嫂，咱们这儿除了苍蝇，就是蚊子，小妞子好容易有了两条小鱼，让她养着吧！

四　嫂　我可也不能惯着孩子作贼呀！

疯　子　（解大衫）二嘎子，说实话，我替你挨打跟挨骂！

二　嘎　徐六教我给看着鱼挑子，我就拿了这个小缸，为妹妹拿的，她没有一个玩艺儿！

疯　子　（脱下大衫）拿我的大褂还徐六去！

四　嫂　那怎么能呢？两条小鱼儿也没有那么贵呀！

疯　子　只要小妞不落泪，管什么金鱼贵不贵！

二　春　（急忙过来）疯哥，穿上大褂！（把两张票子给二嘎）二嘎子，快跑，给徐六送去。

〔二嘎接钱飞跑而去。

四　嫂　你快回来！

〔天渐阴。

四　嫂　二妹妹，哪有这么办的呢！小妞子，还不过去谢谢王奶奶跟二姑姑哪！

小　妞　（捧着缸儿走过去）奶奶，二姑姑，道谢啦！

大　妈　好好养着哟，别教野猫吃了哟！

小　妞　（把缸儿交给疯子）疯大爷，你给我看着，我到金鱼池，弄点闸草来！红鱼，绿闸草，多么好看哪！

四　嫂　一个人不能去，看掉在沟里头！

〔四嫂刚追到大门口，妞子已跑远。狗子由另一个地痞领着走来，那个地痞指指门口，狗子大模大样走进来。另一个地痞下。

四　嫂　嗨，你找谁？

狗　子　你姓什么？

四　嫂　我姓丁。找谁？说话！别满院子胡蹓跶！

狗　子　姓程的住哪屋？

二　春　你找姓程的有什么事？

大　妈　少多嘴。（说着想往屋里推二春）

狗　子　小丫头片子，你少问！

二　春　问问怎么了？

大　妈　我的小姑奶奶，给我进去！

二　春　我凭什么进去呀？看他把我怎么样！（大妈已经把二春推进屋中，关门，两手紧把着门口）

狗　子　（一转身看见疯子）那是姓程的不是？

四　嫂　他是个疯子，你找他干什么？

大　妈　是啊，他是个疯子。

狗　子　（与大妈同时）他妈的老娘儿们少管闲事！（向疯子）小子，你过来！

二　春　你别欺负人！

大　妈　（向屋内的二春）我的姑奶奶，别给我惹事啦！

四　嫂　他疯疯癫癫的，你有话跟我说好啦。

狗　子　（向四嫂）你这娘们再多嘴，我可揍扁了你！

四　嫂　（搭讪着后退）看你还怪不错的呢！

疯　子　（为了给四嫂解除威胁，自动地走过来）我姓程，您哪，有什么话您朝着我说吧！

狗　子　小子，你听着，我现在要替黑旋风大太爷管教管教你。不管他妈的是你，是你的女人，还是你的街坊四邻，都应当记住：你们上晓市作生意，要有黑旋风大太爷的人拿你们的东西，就是赏你们脸。今天，我姓冯的，冯狗子，赏给你女人脸，拿两包烟卷，她就喊巡警，不知死的鬼！我不跟她打交道，她是个不禁揍的老娘们；我来管教管教你！

娘　子　（挎着被狗子踢坏了的烟摊子，气愤，忍泪，低着头回来。刚到门口，看见狗子正发威）冯狗子！你可别赶尽杀绝呀！你硬抢硬夺，踢了我的摊子不算，还赶上门来欺负人！

〔四嫂接过娘子的破摊子，娘子向狗子奔去。

狗　子　（放开疯子，慢慢一步一步紧逼娘子）踢了你的摊子是好的，惹急了咱爷儿们，教你出不去大门！

娘　子　（理直气壮地，但是被逼得往后退）你讲理不讲理？你凭什么这么霸道？走，咱们还是找巡警去！

狗　子　（示威）好男不跟女斗。（转向疯子）小子，我管教管教你！（狠狠地打疯子几个嘴巴，打的顺口流血）

〔疯子老实地挨打，在流泪；娘子怒火冲天，不顾一切地冲向狗子拚命，却被狗子一把抓住。

〔二春正由屋内冲出，要打狗子，大妈惊慌地来拉二春，四嫂想救娘子又不敢上前。

赵　老　（由屋里气得颤巍巍地出来）娘子，四奶奶，躲开！我来斗斗他！打人，还打个连苍蝇都不肯得罪的人，

　　　　　要造反吗？（拿起大妈的切菜刀）

狗　子　老梆子你管他妈的什么闲事，你身上也痒痒吗？

大　妈　（看赵老拿起她的切菜刀来）二嘎的妈！娘子！拦住赵大爷，他拿着刀哪！

赵　老　我宰了这个王八蛋！

娘　子　宰他！宰他！

二　春　宰他！宰他！

四　嫂　（拉着娘子，截住赵老）丁四，快出来，动刀啦！

大　妈　（对冯狗子）还不走吗？他真拿着刀呢！

狗　子　（见势不佳）搁着你的，放着我的，咱们走对了劲儿再瞧。（下）

二　春　你敢他妈的再来！

丁　四　（揉着眼出来）怎回事？怎回事？

四　嫂　把刀抢过来！

丁　四　（过去把刀夺过来）赵大爷，怎么动刀呢！

大　妈　（急切地）赵大爷！赵大爷！您这是怎么嘹？怎么得罪黑旋风的人呢？巡官、巡长，还让他们扎死呢，咱们就惹得起他们啦？这可怎么好呕！

赵　老　欺负到程疯子头上来，我受不了！我早就想斗斗他们，龙须沟不能老是他们的天下！

大　妈　娘子，给疯子擦擦血，换件衣裳！赶紧走，躲躲去。冯狗子调了人来，还了得！丁四，陪着赵大爷也躲躲去，这场祸惹得不小！

娘　子　我骂疯子，可以；别人欺负他，可不行！我等着冯狗子……

大　妈　别说了，还是快走吧！

赵　老　我不走！我拿刀等着他们！咱们老实，才会有恶霸！咱们敢动刀，恶霸就夹起尾巴跑！我不发烧了，这不是胡话。

大　妈　看在我的脸上，你躲躲！我怕打架！他们人多，不好惹！打起来，准得有死有活！

赵　老　我不走，他们不会来！我走，他们准来！

丁　四　您的话说对了！我还睡我的去！（入室）

娘　子　疯子，要死死在一块儿，我不走！

大　妈　这可怎么好呕！怎么好呕！

二　春　妈，您怎这么胆小呢！

大　妈　你大胆儿！你不知道他们多么厉害！

疯　子　（悲声地）王大妈，丁四嫂，说来说去都是我不好！（颓丧地坐下）想当初，我在城里头作艺，不肯低三下四地侍候有势力的人，教人家打了一顿，不能再在城里登台。我到天桥来下地，不肯给胳臂钱，又教恶霸打个半死，把我扔在天坛根。我缓醒过来，就没离开这龙须沟！

娘　子　别紧自伤心啦！

二　春　让他说说，心里好痛快点呀！

疯　子　我是好人，二姑娘，好人要是没力气啊，就成了受气包儿！打人是不对的，老老实实地挨打也不对！可是，我只能老老实实地挨打……哼，我不想作事吗？老教娘子一个人去受累，成什么话呢！

娘　子　（感动）别说啦！别说啦！

疯　子　可是我没力气，作小工子活，不行；我只是个半疯子！（要犯疯病）对，我走！走！打不过他们，我会躲！

〔二嘎子跑进来，截住疯子。

二　嘎　妈，我把钱交给了徐六，他没说什么。妈，远处又打闪哪！又要下雨！

娘　子　（拉住疯子）别再给我添麻烦吧，疯子！

四　嫂　（看看天，天已阴）唉！老天爷，可怜可怜穷人，别再下雨吧！屋子里，院子里，全是湿的，全是脏水，教我往哪儿藏，哪儿躲呢！有雷，去霹那些恶霸；有雨，往田里下；别折磨我们这儿的穷人了吧！

〔隐隐有雷声。

疯　子　（呆立看天）上哪儿去呢？天下可哪有我的去处呢？

〔雷响。

娘　子　快往屋里抢东西吧！

〔大家都往屋里抢东西，乱成一团，暴雨下来。

〔巡长跑上。

巡　长　了不得啦！妞子掉在沟里啦！

众　人　妞子……（争着往外跑）

四　嫂　（狂喊）妞子！（跑下）

——狂风大雨中幕徐闭

第二幕

第一场

时　间　北京解放后。小妞子死后一周年。一黑早。
地　点　同前幕。
布　景　黎明之前,满院子还是昏黑的,只隐约的看得见各家门窗的影子。大门外,那座当铺已经变成了"工人合作社"。街灯恰好把它的匾照得很亮。天色逐渐发白以后,露出那小杂院来,比第一幕略觉整洁,部分的窗户修理过了,院里的垃圾减少了,丁四屋顶的破席也不见了。

〔**幕启**:赵老头起得最早。出了屋门,看了看东方的朝霞,笑了笑,开了街门,拿起笤帚,打扫院子。这时有远处驻军早操喊"一二三——四"声,军号练习声,鸡叫声,大车走的辘辘声等。

〔冯狗子把帽沿拉得很低,轻轻进来,立于门侧。

茶　馆

〔赵老头扫着扫着，一抬头。

赵　老　谁？

狗　子　（把帽沿往上一推，露出眼来）我！有话，咱们到坛根【过去的天坛根是抢劫与打架的地方。】去说。

赵　老　有话哪儿都能说，不必上坛根儿！

狗　子　（笑嘻嘻地）不是您哪，黑旋风的命令……

赵　老　黑旋风是什么玩艺儿？给谁下命令？

狗　子　给我的命令！您别误会。我奉他的命令，来找您谈谈。

赵　老　你知道，北京已经解放了！

狗　子　因为解放了，才找您谈谈。

赵　老　解放了，好人抬头，你们坏蛋不大得烟儿抽，是不是？是不是要谈这个？

狗　子　咱们说话别带脏字！我问你，你当了这一带的治安委员啦？

赵　老　那不含糊，大家抬举我，举我当了委员！

狗　子　听说你给派出所当军师，抓我们的人；前后已经抓去三十多个了！

赵　老　大家选举我当委员，我就得为大家出力。好人，我帮忙；坏人，我斗争。

狗　子　哼，你也要成为一霸？

赵　老　黑旋风是一霸，我是恶霸的对头！这不由今儿个起，你知道。

狗　子　哟，也许在解放前，你就跟共产党勾着呢？

〔天已大亮。

赵　老　那是我自己的事，你管不着！
狗　子　行，你算是走对了路子，抖起来啦！
赵　老　那可不是瞎撞出来的。我是工人——泥水匠；我的劲头儿是新政府给我的！
狗　子　好，就算你是好汉，黑旋风可也并不是好惹的！记住，瘦死的骆驼总比马大，别有眼不识泰山！
赵　老　你到底干吗来啦？快说，别麻烦！
狗　子　我？先礼后兵，我给你送棺材本来了。（掏出一包儿现洋）黑旋风送给你的，三十块白花花的现大洋。我管保你一辈子也没有过这么多钱。收下钱，老实点，别再跟我们为仇作对，明白吧？
赵　老　我不要钱呢？
狗　子　也随你的便！不吃软的，咱们就玩硬的！
赵　老　爽性把刀子掏出来吧！
狗　子　现在我还敢那么办？
赵　老　到底怎么办呢？

〔狗子沉默。

赵　老　说话！（怒）
狗　子　（渐软化）何苦呢！干吗不接着钱，大家来个井水不犯河水？
赵　老　没那个事！
狗　子　赵老头子，你行！（要走）
赵　老　等等！告诉你，以后布市上、晓市上，是大家伙儿好好作生意的地方，不准再有偷、抢、讹、诈。每一个摊子都留着神，彼此帮忙；你们一伸手，就有人揪住你们的腕子。先前，有侦缉队给你们保镖；现在，作买作卖的给你们摆下了天罗地网！

狗　子　姓赵的，你可别赶尽杀绝！招急了我，我真……

赵　老　你怎样？现在，天下是人民大家伙儿的，不是恶霸的了！

狗　子　（郑重而迟缓地）黑旋风说了——

赵　老　他说什么？

狗　子　他说……（回头四下望了望，轻声带着威胁的意味）蒋介石不久还会回来呢！

赵　老　他？他那个恶霸头子？除非老百姓都死光了！

狗　子　你怎么看得那么准呢？

赵　老　他是教老百姓给打跑了的，我怎么看不准？告诉你吧，狗子，你还年轻，为什么不改邪归正，找点正经事作作？

狗　子　我？（迟疑、矛盾、故作倔强）

赵　老　（见狗子现在仍不觉悟，于是威严地）你！不用嘴强身子弱地瞎搭讪！我要给你个机会，教你学好。黑旋风应当枪毙！你不过是他的小狗腿子，只要肯学好，还有希望。你回去好好地想想，仔细地想想我的话。听我的话呢，我会帮助你，找条正路儿；不听我的话呢，你终久是玩完！去吧！

狗　子　那好吧！咱们再见！（又把帽沿拉低，走下）

〔赵老愣了一会儿,继续扫地。

〔疯子手捧小鱼缸儿,由屋里出来,娘子扯住了他。

娘　　子　（低切地）又犯疯病不是？回来！这是图什么呢？你一闹哄,又招四哥、四嫂伤心！

疯　　子　你甭管！你甭管！我不闹哄,不招他们伤心！我告诉赵大爷一声,小妞子是去年今天死的！

娘　　子　那也不必！

疯　　子　好娘子,你再睡会儿去。我要不跟赵大爷说说,心里堵得慌！

娘　　子　唉！这么大的人,真个跟小孩子一样！（入屋内）

疯　　子　赵大爷,看！（示缸）

赵　　老　（直起身来）啊,（急低声）小妞子,她去年今天……生龙活虎似的孩子,会,会……唉！

疯　　子　赵大爷,您这程子老斗争恶霸,可怎么不斗斗那个顶厉害的恶霸呢？

赵　　老　哪个顶厉害的恶霸？黑旋风？

疯　　子　不是！那个淹死小妞子的龙须沟！它比谁不厉害？您怎么不管！

赵　　老　我管！我一定管！你看着,多喒修沟,我多喒去工作！我老头子不说谎。

疯　　子　可是,多喒才修呢？明天吗？您要告诉我个准日子,我就真佩服这个新政了！我这就去买两条小金鱼——妞子托我看着的那两条都死了,只剩了这个小缸——到她的小坟头前面,摆上小缸,缸儿里装着红的鱼,

	绿的闸草，哭她一场！我已经把哭她的话，都编好啦，不信，您听听！
赵　老	够了！够了！用不着听！
疯　子	您听听，听听！（悲痛、低缓地，用民间曲艺的悲调唱）乖小妞，好小妞，小妞住在龙须沟。龙须沟，臭又脏，小妞子像棵野海棠。野海棠，命儿短，你活你死没人管。北京城，得解放，大家扭秧歌大家唱。只有你，小朋友，在我的梦中不唱也不扭……（不能成声）
赵　老	够了！够了！别再唱！乖妞子，太没福气了！疯子，别再难过！听我告诉你，咱们的政府是好政府，一定忘不了咱们，一定给咱们修沟！
疯　子	几儿呢？得快着呀！
赵　老	（有点起急）那不是我一个人能办的事呀，疯子！
疯　子	对！对！我不应当逼您！我是说，咱们这溜儿就是您有本事，有心眼啊！我一佩服您，就不免有点像挤兑您，是不是？
赵　老	我不计较你，疯哥！你进去，把小缸儿藏起来，省得教四嫂看见又得哭一场！
疯　子	我就进去！还有一点事跟您商量商量。您不是说，现在人人都得作事吗？先前，我教恶霸给打怕了，不敢出去；我又没有力气，干不来累活儿。现在人心大变了，我干点什么好呢？去卖糖儿、豆儿的，还不够我自己吃的呢。去当工友，我又不会伺候人，怎办？

赵　老　慢慢来,只要你肯卖力气,一定有机会!

疯　子　我肯出力,就是力气不大,不大!

赵　老　慢慢地我会给你出主意。这不是咱们这溜儿要安自来水了吗?总得有人看着龙头卖水呀,等我去打听打听,要是还没有人,问问你去成不成。

疯　子　那敢情太好了,我先谢谢您!连这件事我也得告诉小妞子一声儿!就那么办啦。(回身要走)

赵　老　先别谢,成不成还在两可哪!

〔四嫂披着头发,拖着鞋从屋里出来。
〔疯子急把小缸藏在身后。

赵　老　四奶奶,起来啦?

四　嫂　(悲哀地)一夜压根儿没睡!我哪能睡得着呢?

赵　老　不能那么心重啊,四奶奶!丁四呢?

四　嫂　他又一夜没回来!昨儿个晚上,我劝他改行,又拌了几句嘴,他又看我想小妞子,嫌别扭,一赌气子拿起腿来走啦!

赵　老　他也是难受啊。本来嘛,活生生的孩子,拉扯到那么大,太不容易啦!这条臭沟啊,就是要命鬼!(看见四嫂要哭)别哭!别哭!四奶奶!

四　嫂　(挣扎着控制自己)我不哭,您放心!疯哥,您也甭藏藏掖掖的啦!由我身上掉下来的肉,我能不心疼吗?可是,死的死了,活着的还得活着,有什么法儿呢!穷人哪,没别的,就是有个扎挣劲儿!

疯　子　四嫂,咱们都不哭,好不好?(说着,自己却要哭)

我，我……（急转身跑进屋去）

四　嫂　（拭泪，转向赵老）赵大爷，小妞子是不会再活了，哭也哭不回来！您说丁四可怎么办呢？您得给我想个主意！

赵　老　他心眼儿并不坏！

四　嫂　我知道，要不然我怎么想跟您商量商量呢。当初哇，我讨厌他蹬车，因为蹬车不是正经行当，不体面，没个准进项。自从小妞子一死啊，今儿个他打连台不回来，明儿个喝醉了，干脆不好好干啦。赵大爷，您不是常说现下工人最体面吗？您劝劝他，教他找个正经事由儿干，哪怕是作小工子活淘沟修道呢，我也好有个抓弄呀。这家伙，照现在这样，他蹬上车，日崩西直门了，日崩南苑了，他满天飞，我上哪儿找他去？挣多了，愣说一个子儿没挣，我上哪儿找对证去？您劝劝他，给他找点活儿干，挣多挣少，遇事儿我倒有个准地方找他呀！

赵　老　四奶奶，这点事交给我啦！我会劝他。可是，你可别再跟他吵架，吵闹只能坏事，不能成事，对不对呢？

四　嫂　我听您的话！要是您善劝，我臭骂，也许更有劲儿！

赵　老　那可不对，你跟他动软的，拿感情拢住他，我再拿面子局他，这么办就行啦！

四　嫂　唉！真教我哭不得笑不得！（惨笑）得啦！我哭小妞

　　　　子一场去！（提上鞋后跟儿）
赵　老　我跟你去！
疯　子　（跑出来）我跟你去，四嫂！我跟你去！（同往外走）

——第一场终

第二场

时　间　一九五〇年初夏。下午四时左右。
地　点　同前幕。

〔幕启：院中寂无一人，二春匆匆从外来，跑得气喘嘘嘘的。

二　春　喝！空城计！四嫂，二嘎子呢？
四　嫂　（在屋中）他上学去啦！
二　春　那怎么齐老师还到处找他呢？
四　嫂　（出来）是吗？这孩子没上学，又上哪儿玩去啦！
二　春　那我再到别处找找他去！（说完又跑出大门）
大　妈　（出来）二春，你回来！
四　嫂　（忙到门口喊住二春）二妹妹！你回来，大妈这儿还有事呢！
二　春　（擦着汗走回来）回头二嘎子误了上学可怎么办呢？
四　嫂　你放心吧，他准去，哪天他也没误过，这孩子近来念书，可真有个劲儿！我看看他上哪儿去了！就手儿去取点活。（下）
　　　　〔二春走到自己屋门口，拿过脸盆，擦脸上、脖子上的汗。

大　妈　（板着面孔，由屋中出来）二春，我问你，你找他干吗？放着正经事不干，乱跑什么？这些日子，你简直东一头西一头地像掐了脑袋的苍蝇一样！

二　春　谁说我没干正经事儿？我干的哪件不正经啊？该作的活儿一点也没耽误啊！

大　妈　这么大的姑娘，满世界乱跑，我看不惯！

二　春　年头儿改啦，老太太！我们年轻的不出去，事儿都交给谁办？您说！

大　妈　甭拿这话堵搡我！反正我不能出去办！

二　春　这不结啦！（转为和蔼地）我告诉您吧！人家中心小学的女教员，齐砚庄啊，在学校里教完一天的书，还来白教识字班。这还不算，学生们不来，她还亲自到家里找去。您多喒看见过这样的好人？刚才送完了活儿，正遇上她挨家找学生，我可就说啦，您歇歇腿儿，我给您找学生去。都找到啦，就剩下二嘎子还没找着！

大　妈　管他呢，一个蹬车家的孩子，念不念又怎样，还能中状元？

二　春　妈，这是怎么说话呢？现而今，人人都一边儿高，拉车的儿子，才更应当念书，要不怎么叫穷人翻身呢？

大　妈　像你这个焊铁活的姑娘，将来说不定还许嫁个大官儿呢！

二　春　您心里光知道有官儿！老脑筋！我要结婚，就嫁个劳动英雄！

茶　馆

大　妈　一张纸画个鼻子，好大的脸！说话哪像个还没有人家儿的大姑娘呀！

二　春　没人家儿？别忙，我要结婚就快！

大　妈　越说越不像话了！越学越野调无腔！

〔娘子由外面匆匆走来。

二　春　娘子，看见二嘎子没有？

娘　子　怎能没看见？他给我看摊子呢！

二　春　给……这可倒好！我犄里旮旯都找到了，临完……不知道他得上学吗？

娘　子　他没告诉我呀！

二　春　这孩子！

大　妈　他荒里荒唐的，看摊儿行吗？

娘　子　现在，三岁的娃娃也行！该卖多少钱，卖多少钱，言无二价。小偷儿什么的，差不离快断了根！（低声）听说，官面上正加紧儿捉拿黑旋风。一拿住他，晓市就全天下太平了，他不是土匪头子吗？哼，等拿到他，跟那个冯狗子，我要去报报仇！能打就打，能骂就骂，至不济也要对准了他们的脸，啐几口，呸！呸！呸！偷我的东西，还打了我的爷们，狗杂种们！我说，我的那口子在家哪？

二　春　在家吗？一声没出啊。

娘　子　这几天，他又神神气气的，不知道又犯什么毛病！这个家伙，真教我不放心！

〔程疯子慢慢地由屋中出来。

二　春	疯哥，你在家哪？
疯　子	有道是，在家千日好，出外一时难！
娘　子	又是疯话！我问你，你这两天又怎么啦？
疯　子	没怎么！
娘　子	不能！你给我说！
疯　子	说就说，别瞪眼！我就怕吵架！我呀，有了任务！
二　春	疯哥，给你道喜！告诉我们，什么任务！
疯　子	民教馆的同志找了我来，教我给大家唱一段去！
二　春	那太棒了！多少年你受屈含冤的，现在民教馆都请你去，你不是仿佛死了半截又活了吗？
娘　子	对啦，疯子，你去！去！叫大家伙看看你！王大妈，二姑娘，有钱没有？借给我点！我得打扮打扮他，把他打扮得跟他当年一模一样的漂亮！
疯　子	我可是去不了！
二　春娘　子	怎么？怎么？
疯　子	我十几年没唱了，万一唱砸了，可怎么办呢？
娘　子	你还没去呢，怎就知道会唱砸了？简直地给脸不要脸！
大　妈	照我看哪，给钱就去，不给钱就不去。
二　春	妈！您不说话，也没人把您当哑巴卖了！
疯　子	还有，唱什么好呢？翠屏山？不象话，拴娃娃？不文雅！

二　春　咱们现编！等晚上，咱们开个小组会议，大家出主
　　　　意，大家编！数来宝就行！

疯　子　数来宝？

二　春　谁都爱听！你又唱得好！

疯　子　难办！难办！

　　　　〔四嫂夹着一包活计，跑进来。

四　嫂　娘子，二妹妹，黑旋风拿住了！拿住了！

娘　子　真的？在哪儿呢？

四　嫂　我看见他了，有人押着他，往派出所走呢！

娘　子　我啐他两口去！

二　春　走，我们斗争他去！把这些年他所作所为都抖漏出
　　　　来，教他这个坏小子吃不了兜着走！

大　妈　二春，我不准你去！

二　春　他吃不了我，您放心！

娘　子　疯子，你也来！

疯　子　（摇头）我不去！

娘　子　那么，你没教他们打得顺嘴流血，脸肿了好几天吗？
　　　　你怎这么没骨头！

疯　子　我不去！我怕打架！我怕恶霸！

娘　子　你简直不是这年头儿的人！二妹妹，咱们走！

二　春　走！（同娘子匆匆跑去）

大　妈　二春！你离黑旋风远着点！这个丫头，真疯得不像
　　　　话啦！

四　嫂　大妈，别再老八板儿啦。这年月呀，女人尊贵啦，跟

男人一样可以走南闯北的。您看，自从转过年来，这溜儿女孩子们，跟男小孩一个样，都白种花儿，白打药针，也都上了学。唉，要是小妞子还活着……

疯　子　那够多么好呢！

四　嫂　她太……（低头疾走入室）

大　妈　唉！（也往屋中走）

疯　子　（独自徘徊）天下是变了，变了！你的人欺负我，打我，现在你也掉下去了！穷人、老实人、受委屈的人，都抬起头来；你们恶霸可头朝下！哼，你下狱，我上民教馆开会！变了，天下变了！必得去，必得去唱！一个人唱，叫大家喜欢，多么好呢！

〔冯狗子偷偷探头，见院中没人，轻轻地进来。

狗　子　（低声地）疯哥！疯哥！

疯　子　谁？啊，是你！又来打我？打吧！我不跑，也不躲！我可也不怕你！你打，我不还手，心里记着你；这就叫结仇！仇结大了，打人的会有吃亏的那一天！打吧！

四　嫂　（从屋中出来）谁？呕！是你！（向狗子）你还敢出来欺负人？好大的胆子！黑旋风掉下去了，你不能不知道吧？好！瞧你敢动他一下，我不把你碎在这儿！

狗　子　（很窘，笑嘻嘻地）谁说我是来打人的呀！

四　嫂　量你也不敢！那么是来抢？你抢抢试试！

狗　子　我已经受管制，两个多月没干"活儿"了！

四　嫂　你那也叫"活儿"？别不要脸啦！

狗　子　我正在学好！不敢再胡闹！

四　嫂　你也知道怕呀！

狗　子　赵大爷给我出的主意：教我到派出所去坦白，要不然我永远是个黑人。坦白以后，学习几个月，出来哪怕是蹬三轮去呢，我就能挣饭吃了。

四　嫂　你看不起蹬三轮的是不是？反正蹬三轮的不偷不抢，比你强得多！我的那口子就干那个！

狗　子　我说走嘴啦！您多担待！（赔礼）赵大爷说了，我要真心改邪归正，得先来对程大哥赔"不是"，我打过他。赵大爷说了，我有这点诚心呢，他就帮我的忙；不然，他不管我的事！

四　嫂　疯哥，别光叫他赔不是，你也照样儿给他一顿嘴巴！一报还一报，顶合适！

狗　子　这位大嫂，疯哥不说话，您干吗直给我加盐儿呢！赵大爷大仁大义，赵大爷说新政府也大仁大义，所以我才敢来。得啦，您也高高手儿吧！

四　嫂　当初你怎么不大仁大义，伸手就揍人呢？

狗　子　当初，那不是我揍的他。

四　嫂　不是你？是他妈的畜生？

狗　子　那是我狗仗人势，借着黑旋风发威。谁也不是天生来就坏！我打过人，可没杀过人。

四　嫂　倒仿佛你是天生来的好人！要不是而今黑旋风玩完了，你也不会说这么甜甘的话！

疯　子　四嫂，叫他走吧！赵大爷不会出坏主意，再说我也不

四　嫂　那不太便宜了他？

疯　子　狗子，你去吧！

四　嫂　（拦住狗子）你是说了一声"对不起"，还是说了声"包涵"哪？这就算赔不是了啊？

狗　子　不瞒您说，这还是头一次服软儿！

四　嫂　你还不服气？

狗　子　我服！我服！赵大爷告诉我了，从此我的手得去作活儿，不能再打人了！疯哥，咱们以后还要成为朋友呢，我这儿给您赔不是了！（一揖，搭讪着住外走）

疯　子　回来！你伸出手来，我看看！（看手）啊！你的也是人手，这我就放心了！去吧！

〔狗子下。

四　嫂　唉，疯哥，真有你的，你可真老实！

疯　子　打人的已经不敢再打，我怎么倒去学打人呢！

（入室）

〔二嘎子飞跑进来。

二　嘎　妈！妈！来了！他们来了！

四　嫂　谁来了？没头脑儿的！

大　妈　（在屋中）二嘎，二春满世界找你，叫你上学，你怎么还不去呀？

二　嘎　我这就去，等我先说完了！妈，刚打这儿过去，扛着小红旗子，跟一节红一节白的长杆子，还有像照像匣子的那么个玩艺儿。

大　妈　（出来）到底是干什么的呀？这么大惊小怪的！

二　嘎　街上的人说，那是什么量队，给咱们量地。

四　嫂　量地干什么呢？

大　妈　不是跑马占地吧？

二　嘎　跑马占地是怎回事？

大　妈　一换朝代呀，王爷、大臣、皇上的亲军就强占些地亩，好收粮收租，盖营房；咱们这儿原本是蓝旗营房啊！

四　嫂　可是，大妈，咱们现在没有王爷，也没有大臣。

大　妈　甭管有没有，反正名儿不一样，骨子里头都差不了多少！

四　嫂　大妈，自从有新政府，咱们穷人还没吃过亏呀！

大　妈　你说得对！可那也许是先给咱们个甜头尝尝啊！我比你多吃过几年窝窝头，我知道。当初，日本人，哟，现在说日本人不要紧哪？

四　嫂　您说吧，有错儿我兜着！

大　妈　你就是"王大胆"嘛！他们在这儿，不是先给孩子们糖吃，然后才真刀真枪的一杀杀一大片？后来日本人走了，紧跟着就闹接收。一上来说的也怪受听，什么捉拿汉奸伍的；好，还没三天半，汉奸又作上官了；咱们穷人还是头朝下！

四　嫂　这回可不能那样吧？您看，恶霸都逮去了，咱们挣钱也容易啦，您难道不知道？

二　嘎　妈，甭听王奶奶的！王奶奶是个老顽固！

四　嫂　胡说，你知道什么？上学去！

二　嘎　可真去了，别说我逃学！（下）

大　妈　这孩子！（匆匆入室）

〔赵老高高兴兴地进来。

四　嫂　赵大爷，冯狗子来过了，给疯哥赔了不是。您看，他能改邪归正吗？

赵　老　真霸道的，咱们不轻易放过去；不太坏的，像冯狗子，咱们给他一条活路。我这对老眼睛不昏不花，看得出来。四奶奶，再告诉你个喜信！

四　嫂　什么喜信啊？

赵　老　测量队到了，给咱们看地势，好修沟！

四　嫂　修沟？修咱们的龙须沟？

赵　老　就是！修这条从来没人管的臭沟！

四　嫂　赵大爷，我，我磕个响头！（跪下，磕了个头）

疯　子　（开了屋门）什么？赵大爷！真修沟？您圣明，自从一解放，您就说准得修沟，您猜对了！

二　春　（由外边跑来）妈！妈！我没看见黑旋风，他们把他圈起去啦。我可是看见了测量队，要修沟啦！

大　妈　（开开屋门）我还是有点不信！

二　春　为什么呢？

大　妈　还没要钱哪，不言不语的就来修沟？没有那么便宜的事！

赵　老　（对疯子）疯哥，你信不信？

疯　子　不管王大妈怎样，我信！

茶　馆

赵　老　（问四嫂）你说呢？

四　嫂　我已经磕了头！

二　春　这太棒了！想想看，没了臭水，没了臭味，没了苍蝇，没了蚊子，呕，太棒了！赵大爷，恶霸没了，又这么一修沟，咱们这儿还不快变成东安市场？从此，谁敢再说政府半句坏话，我就掰下他的脑袋来！

赵　老　（问大妈）老太太，您说呢？

大　妈　我？（不好意思地笑了笑）大家伙儿怎说，我怎么说吧！

二　春　咱们站在这儿干什么？还不扭一回哪？（领头扭秧歌）呛，呛，起呛起！

众　人　（除了大妈）呛，呛，起呛起！（都扭）

疯　子　站住！我想起来啦！我一定到民教馆去唱，唱《修龙须沟》！

————第二场终

第三场

时　间　一九五〇年夏初，午饭前。
地　点　同前。

〔幕启：王大妈独坐檐下干活，时时向街门望一望，神情不安。赵大爷自外来。

赵　老　就剩您一个人啦？
大　妈　可不是，都出去了。您今天没有活儿呀？
赵　老　西边的新厕所昨儿交工，今天没事。（坐小凳上）我刚才又去看了一眼，不是吹，我们的活儿作得真叫地道。好嘛，政府出钱，咱们还不多卖点力气，加点工！
大　妈　就修那一处啊？
赵　老　至少是八所儿！人家都说，龙须沟有吃的地方，没拉的地方，这下子可好啦！连自来水都给咱们安！
大　妈　可是真的？我就纳闷儿，现而今的作官的为什么这么爱作事儿？把钱都给咱们修盖了茅房什么的，他们自己图什么呢？
赵　老　这是人民的政府啊，老太太！您看，我这个泥水匠，一天挣十二斤小米，比作官儿的还挣得多呢！
大　妈　这一年多了，我好歹的也看出点来，共产党真是不错。

赵　老　这是您说的？您这才说了良心话！

大　妈　可是呀，他们也有不大老好的地方！

赵　老　那您就说说吧。好人好政府都不怕批评！

大　妈　昨儿个晚上呀，我跟二春拌了几句嘴；今儿个一清早，她就不见了。

赵　老　她还能上哪儿，左不是到她姐姐家去诉诉委屈。

大　妈　我也那么想，我已经托疯哥找她去啦。

赵　老　那就行啦。可是，这跟共产党有什么相干？

大　妈　共产党厉害呀！

赵　老　厉害？

大　妈　您瞧啊，以前，前门里头的新事总闹不到咱们龙须沟来。城里头闹什么自由婚，还是葱油婚哪，闹呗；咱们龙须沟，别看地方又脏又臭，还是明媒正娶，不乱七八糟！

赵　老　王大妈，我明白了二春要自由结婚？

大　妈　真没想到啊！共产党给咱们修茅房，抓土匪，还要修沟，总算不错。可是，他们也教年轻的去自由。他们不单在城里头闹，还闹到龙须沟来，您说厉害不厉害！

赵　老　这才叫真革命，由根儿上来，兜着底儿来！

大　妈　您要是有个大姑娘，您肯教她去自由吗？那像话吗？

赵　老　我？王大妈，咱们虽然是老街坊了，我可是没告诉过您。我的老婆呀……

大　妈　您成过家？您的嘴可真严得够瞧的！这么些年，您都没说过！

赵　老　我在北城成的家，我的老婆是媒人给说的。结婚不到半年，她跟一个买卖人跑了。她爱吃喝玩乐，她长得不寒碜——那时候我也怪体面——我挣的不够她花的！她跑了之后，我没脸再在城里住，才搬到龙须沟来。老婆跑了，我自然不会有儿女。比方说，我要是有个女儿，要自己选个小人儿，我就会说：姑娘，长住了眼睛，别挑错了人哟！

〔程疯子挺高兴地进来。

大　妈　二春在大姑娘那儿哪？

疯　子　在那儿，一会就回来。

大　妈　这我就放心了！劳你的驾！你跟她怎么说的？

疯　子　我说，回去吧，二姑娘，什么事都好办。

大　妈　她说什么呢？

疯　子　她说：妈妈要是不依着我，我就永远不回去，打这儿偷偷地跑了！

大　妈　丫头片子，没皮没脸！你怎么说的？

疯　子　我说，别那么办哪！先回家，从家里跑还不是一样？

大　妈　这是你说的？你呀，活活的是个半疯子！

赵　老　大妈，想开一点吧。二春的事，您可以提意见，可千万别横拦着竖挡着！我吃过媒人的亏，所以我知道自由结婚好！

大　妈　唉，我简直地不知道怎么办好啦！

〔丁四脚底下象踩着棉花似的走进来。

大　妈　这是怎么啦！

丁　四　没事，我没喝醉！

赵　老　大妈，给他点水喝！回头别教四嫂知道，省得又闹气！

大　妈　我给他倒去。（去倒水）哼，还没到晌午，怎么就喝猫尿呢？

疯　子　（扶丁四坐下）坐坐！

大　妈　（端着水）先喝口吧！（把水交给疯子）

丁　四　没事！我没喝醉！

赵　老　喝多了点，可是没醉！

大　妈　就别说他了，他心里也好受不了！（向丁四）再来一碗水呀！

丁　四　不要了，大妈！劳您驾！刚才一阵发晕，现在好啦！（把碗递给大妈）我是心里不痛快，其实并没喝多！

〔大妈又去干活；疯子也坐下。

赵　老　（向丁四）我不明白，老四，四奶奶现在挣得比从前多了，你怎么倒不好好干了呢？你这个样，教我老头子都没脸见四奶奶，她托我劝你不是一回了！

丁　四　您向着这个政府，净拣好的说。

赵　老　有理讲倒人，我没偏没向！

丁　四　您听我说呀，二嘎子的妈，不错，是挣得多点了；可是我没有什么生意。您看，解放军不坐三轮儿，当差的也不是走，就是骑自行车，我拉不上座儿！

赵　老　可是你也不能只看一面呀。解放军不坐车？当初那些大兵倒坐车呢，下了车不给钱，还踹你两脚。先前你是牛马，现在你是人了。这不是我专拣好的说吧？

丁　四　不是。

赵　老　好！当初，巡警不敢管汽车，专欺负拉车的，现在还那样吗？

丁　四　不啦！

赵　老　好！前些日子，政府劝你们三轮车夫改业，我掰开揉碎地劝你，你只当了耳旁风。

丁　四　我三十多岁了，改什么行？再者我也舍不得离开北京城。

赵　老　只要你不惜力，改行就不难！舍不得北京，可又嫌这儿脏臭，动不动就泡磨菇，你算怎么回事呢？开垦，挖煤，人家走了的都快快活活地搞生产，政府并不骗人！

丁　四　骗人不骗人的，反正政府说话有时候也不算话！

赵　老　什么？

丁　四　您就说，前些日子，他们测量这儿，这么多天啦，他们修沟来了没有？

赵　老　修沟不是仨钱儿油、俩钱儿醋的事，那得画图，预备材料，请工程师，一大堆事哪！丁四，我跟你打个赌，怎样？

丁　四　甭打赌。反正多咱修沟，我就起劲儿干活儿。您老说，这个政府是人民的，我倒要看看，给人民办事不

赵　老　办！这条沟淹死了小妞，我跟它有仇！

赵　老　这可是你说的？不准说了不算！

丁　四　您看着呀！

赵　老　好，我等着你的！多咱沟修了，你还不听我的话，看，我要不揍你一顿的。

丁　四　您揍我还不容易，我又不敢回手。

赵　老　你这个家伙，软不吃，硬不吃，没法儿办！

〔二嘎子提着一筐子煤核儿，飞跑进来。

二　嘎　爸爸，给你，半筐子煤核儿，够烧好大半天的！（说完，转身就跑）

丁　四　嗨！你又上哪儿闯丧去？

二　嘎　我上牟家井！

丁　四　干吗？

二　嘎　那里搭上了窝棚，来了一大群作工的。还听说，大街上不知道多少辆车，拉着砖、洋灰、沙子，还有里面能站起一个人的大洋灰筒子！我得钻到筒子里试试去，看到底有多高！（跑去）

赵　老　修沟的到了！到了！

疯　子　二嘎子，等等，我也去！（跑去）

大　妈　（也立起来往前跑了两步）真修沟？真一个钱也不跟咱们要？

赵　老　这才信了我的话吧？老太太！

大　妈　没听说过的事！没听说过的事！

赵　老　丁四，你怎么说？

丁　四　我，我……

赵　老　（把丁四拉起来，面对面恳切地）丁四，你看，咱们的政府并不富裕——金子、银子不是都教蒋介石跟贪官给刮了去，拿跑了吗？——可是，还来给咱们修沟，修沟不是一两块钱的事啊！政府的这点心，这点心，太可感激了吧？

丁　四　我知道！

赵　老　东单、西四、鼓楼前，哪儿不该修？干吗先来修咱们这条臭沟？政府先不图市面儿好看，倒先来照顾咱们，因为这条沟教我年年发疟子，淹死小妞子；一下雨，娘子就摆不上摊子，你拉不出车去，臭水带着成群的大尾巴蛆，流到屋里来。政府知道这些，就为你，我，全龙须沟的人想办法，不教咱们再病，再死，再臭，再脏，再挨饿。你我是人民，政府爱人民，为人民来修沟！你信不信我的话呀？

丁　四　我信了！信了！我打这儿起，不再抱怨，我要好好地干活儿！

赵　老　比如说，政府招呼你去修沟，你去不去呢？这是你的沟，也是你的仇人，你肯不肯自己动手，把它弄好了呢？

丁　四　别再问啦，赵大爷，对着青天，我起誓：一动工，我就去挖沟！

——幕

第三幕

第一场

时　间　一九五〇年夏,某一夜的后半夜,天尚未明。
地　点　龙须沟地势较高处的一家小茶馆——三元茶馆。
布　景　三元茶馆是两间西房,互相通连,冬天在屋里卖茶,夏季在屋外用木棍支着旧席棚,棚下有土台,作为茶桌。旁边放着长方桌,上边有茶壶、茶碗和小酒坛子、酒菜,和少许的低级香烟,另外两三个玻璃缸里面装着一包包的茶叶、花生仁等。

〔幕启:前半夜的雨刚刚止住,还能听得见从破席棚滴下来的滴水声,间有一两声鸡鸣。

〔茶馆的刘掌柜,点着洋油灯在炉旁看看火,看看水壶,又向棚外张望,好像在等待什么人似的。

〔一位警察走向棚来,穿着被水浸透的雨衣,赤脚穿着胶皮鞋,泥已溅满裤腿上,手里拿着电筒。

警　察　刘大爷,您多辛苦啦!
掌　柜　哪儿的话您哪!
警　察　您这儿预备得怎么样啦?
掌　柜　都差不离儿啦,等会儿老街坊们来到,准保有热茶喝,有舒服地方坐。
警　察　这就好了!所长指示我,教我跟赵大爷说:请他先别挖沟,先招呼着老街坊们到这儿来,免得万一房子塌了,砸伤了人!
掌　柜　也就是搁在现而今哪,要是在解放以前,别说下雨,就是淹死、砸死也没人管哪!这可倒好,派出所还给找好了地方,教老街坊们躲躲儿,惟恐怕房子塌了砸死人!
警　察　(一边听掌柜的讲话,一边用电筒照那两间西房)可不,这回事啊,也幸亏是大家伙儿出来自动地帮忙,要光靠我们派出所这几个人跟工程队呀,干的也不能这么快!刘大爷,我走啦!回头赵大爷领着老街坊们来,您可多照应点儿!哟!老街坊们来了!
　　　　(赵老领着一批群众先上。)
警　察　赵大爷!都来了吗?
赵　老　来了一拨儿,跟着就都来!
警　察　这儿拜托您啦!我帮助挖沟去。(向群众)老街坊们!这儿歇歇儿吧!(下)
赵　老　女人、小孩到屋里去!屋里有火,先烤干了脚!

　　　　　（女人、小孩向屋内移动，男人们或立或坐。）二春！
　　　　　二春！二春还没来吗？
二　春　（从外面应声）来嘹！赵大爷，我来嘹！（跑上，手
　　　　　中提着小包，身上披着破雨衣；放下小包；一边脱
　　　　　雨衣，一边说）好家伙，差点儿摔了两个好的。地
　　　　　上真他妈的滑！
赵　老　别说废话，先干活儿！
二　春　干什么？您说！
赵　老　先去烧水、沏茶，教大家伙儿热热呼呼的喝一口！
　　　　　然后再多烧水，找个盆，给孩子们烫烫脚，省得招
　　　　　凉生病！
二　春　是啦！（提起小包要往屋中走）
　　　　〔一青年背着王大妈上，她两手拿着许多东西。
大　妈　二春！二春！你在哪儿哪？你就不管你妈了呀？我
　　　　　要是摔死了，你横是连哭都不哭一声！
二　春　（向青年）你进来歇歇呀！
青　年　还得背人去呢！（跑下）
二　春　妈！屋里烤烤去！（接妈手中的东西）
大　妈　我不在这儿！（不肯松手东西）
二　春　不在这儿，您上哪儿？
大　妈　我回家！我忘了把烙铁拿来了！
赵　老　大妈，这是瞎胡闹！烙铁不会教水冲了走！您岁数
　　　　　大，得给大家作个好榜样，别再给我们添麻烦！
大　妈　唉！（坐下）我早就知道要出漏子！从前，动工破

土，不得找黄道吉日吗？现在，好，说动土就动土，也不挑个好日子；龙须沟要是冲撞了龙王爷呀，怎能不发大水！

赵　老　二春！干你的去；就让老太太在这儿叨唠吧！

二　春　妈，好好的在这儿，别瞎叨唠！现在呀，哪天干活儿，哪天就是黄道吉日，用不着瞧皇历！（入屋中）

〔疯子搀着娘子上。

娘　子　你撒手我！你是搀我，还是揪我呢？

疯　子　好，我撒手！

娘　子　赵大爷，我干点什么？

赵　老　帮助二春去，她在屋里呢。疯哥，你把东西交给娘子，去作联络员，来回地跑着点。

疯　子　好，我能作这点事。真个的，这儿的水够使吗？自来水的钥匙可在咱身上呢！

掌　柜　够用，够用！

〔疯子下。

娘　子　（看见大妈）哟！老太太，您怎么在这儿坐着，不进去呢？

大　妈　我不进去！没事找事儿，非挖沟不可，看，挖出毛病来没有？

娘　子　您忘了，每回下大雨不都是这样吗？

赵　老　再说，沟修好以后，就永远不再出这样的毛病了！

二　春　（在屋门内）赵大爷，娘子，都不必再理她！妈，您老这么不讲理，我可马上就结婚，不伺候着您了！

茶　馆

大　妈　哼，不教我相看相看他，你不用想上轿子！

二　春　您不是相看过了吗？

大　妈　我？见鬼！我多咱看见过他。

二　春　刚才背着您的是谁呀？（回到屋内）

大　妈　就是他？

赵老
娘子　　哈哈哈！

娘　子　这门亲事算铁了！

大　妈　我，我，我斗不过你们！我还是回家！破家值万贯，我不能半夜里坐野茶馆玩！

娘　子　算了吧，老太太！这回水并不比从前那些回大，不过呀，政府跟警察呀，唯恐其砸死人，所以把咱们都领到这儿来！得啦，进去歇会儿吧！

二　春　（在屋中）快来呀，茶沏好啦！谁来碗热的！

娘　子　走吧，喝碗热茶去！（扯大妈往屋中走）

疯　子　（在远处喊叫）往这边来，都往这边来！赵大爷，又来了一批！

赵　老　（往外跑）这边！这边！

〔又来了一批人，男的较多。

赵　老　女的到屋里去！男的把东西放下，丢不了。咱们还得组织一下，多去点人，帮着舀水跟挖沟去吧！不能光教官面上的人受累，咱们在旁边瞧着呀！

众　甲　冲着人家这股热心劲儿，咱们应当回去帮忙！

赵　老　这话说得对！有我跟刘掌柜的在这儿，放心，人也丢不了，东西也丢不了。我说，四十岁以上的去舀水，四十以下的去挖沟，合适不合适？

众　乙　就这么办啦！

众　人　咱们走哇！（下）

〔丁四嫂独自跑上。

四　嫂　赵大爷，赵大爷，没看见二嘎子呀？

赵　老　没有！他那么大了，丢不了！

四　嫂　这孩子，永远不教大人放心！

赵　老　丁四呢？

四　嫂　他挖沟去了！

赵　老　好小子！他算有了进步！

四　嫂　有了进步？哼！您等着瞧！他在外面受了累回来，我的罪过可大啦！他横挑鼻子竖挑眼，倒好像他立下汗马功劳，得由我跪接跪送才对！

赵　老　就对付着点吧！你受点委屈，将就将就他。不管怎么说，他现在总是为人民服务哪，还真卖力气，也怪难为他的！

娘　子　（在屋门口叫）四嫂，进来，喝口水，赶赶寒气儿！

四　嫂　娘子，你给我照应着东西，我得找二嘎子去！好家伙，他可别再跟小妞子似的……（下）

〔疯子跑进来。

疯　子　丁四哥回来了！

〔丁四扛着铁锹，满身泥垢，疲惫地从外边来。

赵　老　四爷，回来啊？

茶　馆

丁　四　快累死了，还不回来？

疯　子　四哥，沟怎样啦？

丁　四　快挖通了！（坐）

娘　子　（端茶来）四哥，先喝口热的！（让别人）

大　妈　（出来）丁四，到底是怎么一回事呀？水下去没有？屋子塌了没有？咱们什么时候能回去？他们真把东西都搬到炕上去了吗？

二　春　（出来）妈！妈！您一问就问一大车事呀！四哥累了半夜了，您教他歇会儿！

大　妈　我不再出声，只当我没长着嘴，行不行？

丁　四　别吵喽！有人心的，给我弄点水，洗洗脚！

二　春　我去！我去！（入屋）

丁　四　（打哈欠）赵大爷！

赵　老　啊！怎样？

丁　四　自从一修沟，我就听您的话，跟着作工。政府对得起咱们，咱们也要对得起政府。话是这么讲不是？

赵　老　对！你有功！政府给咱们修沟，你年轻轻的还不出一膀子力气？

丁　四　可是，我苦干一天，晚上还教水泡着，泥人还有个土性儿，我受不了！我不干啦！我还去拉车，躲开这个臭地方！

二　春　（端水来）四哥，先烫烫脚！

丁　四　（放脚在盆内）我不干了！

二　春　不干什么呀？

疯　子　四哥！四哥！来，我给你洗脚，你去修沟，你跟政府一样的好，我愿意给你洗脚。赵大爷常说，为大家干活儿的都是好汉。四哥，你是好汉，我愿意伺候你，你也知道，我不是那种低三下四的人！

娘　子　四哥，疯子常犯糊涂，这回可作对了！教他给你洗！

丁　四　疯哥，那不行！不敢当！

〔四嫂跑进来。

四　嫂　那可不能！疯哥，起开，我给他洗！（蹲下给他洗）

丁　四　你干什么去啦？

四　嫂　我找二嘎子去啦。找了七开八得，也找不着他！

丁　四　对，再把儿子丢了，够多么好啊！我是得躲开这块倒霉的地方！这个地方不出好事！

四　嫂　你又来了不是？你是困了，累了，闹脾气。洗完了，我给你找个地方，睡会儿觉！二嘎子丢不了，他那么大了。

赵　老　丁四，你现在为大家伙儿挖沟，大家伙儿谁不伸大拇哥，说你好！

丁　四　是吗，脚都快泡烂了，还不说我好！

〔一警察背着二嘎子进来，二嘎子已睡着了。

四　嫂　（迎过去）二嘎子，你上哪儿去喽？

警　察　他是好心，跟着我跑了半夜。现在，他已经睁不开眼，我把他背回来啦。

二　嘎　（睁开眼，下来）妈！我可困得不行了！

〔四嫂携二嘎子入屋中。

茶　馆

警　察　赵大爷，辛苦啦！这儿都顺序？

赵　老　挺好！你先喝碗水吧，也累得够瞧的啦！

二　春　来，您喝碗！（递茶）

警　察　谢谢二姑娘，你也卖了力气！王大妈，您受委屈啦！

大　妈　我受屈不受屈的，到底这都是怎回事呢？

警　察　待会儿我再跟您说。疯哥，娘子，你们也辛苦啦！

娘　子　您才真受了累！疯子今天也不错，作联络员！

警　察　丁四哥，这一夜可够你受的！

赵　老　哼，老四正闹脾气！又是什么还拉车去，不管咱们的臭事儿喽！

丁　四　赵大爷，赵大爷，那是刚才，现在我又好啦！同志，就凭您亲自把二嘎子背回来，您教我干吗，我干吗！什么话呢，咱们都是外场人，不能一面理，耍老娘儿们脾气！

二　春　女人，我们女人并不像你，一会儿明白，一会儿糊涂！

警　察　得，得，先别拌嘴！丁四，你找个地方睡会儿去！

丁　四　这儿就好，打个盹儿就行！

二　春　可倒好，说不闹脾气，就比谁都顺溜！

〔刚才走出去的男人们回来一部分。

警　察　辛苦了，诸位！沟挖通了？

众　人　通啦！

警　察　屋里还有人吧？

二　春　有，孩子跟妇女。

警　察　别惊动小孩子,大人愿意听听的,可以请出来。

二　春　我去。(跑到屋门口叫大家)

警　察　老街坊们!

〔众妇人,四嫂在内,随二春出来。

警　察　老街坊们!都请坐!请赵大爷说说,因为夜里的事儿,有人知道,有人还不大清楚。(众有立有坐)赵大爷,说说吧!

赵　老　你也坐下吧!你也干了半夜啦!

警　察　行,站着好。

赵　老　老街坊们,修沟的计划是先修一道暗沟;把暗沟修好,再填上那条老的明沟。这个,诸位都知道。

众　人　知道。

赵　老　刚一修沟的时候,工程处就想得很周到,下边用板子顶住沟梆子,上边用柱子戗【音qiàng,顶住的意思。——絜青注】住了墙,省得下面的土一松,屋子跟墙就许垮架;咱们这溜儿的房子都不大结实。这个,大家也都知道。

众　人　知道。

赵　老　可是,连这么留神哪,还出了昨儿夜里的毛病!第一是:谁也没有想到这么早就能下瓢泼瓦灌的暴雨。第二是:正在新沟跟旧沟接口的地方,新挖出来的土一时措手不及抬走,可就堵住了旧沟。这么一来,大家可受了惊,受了委屈,受了损失。区政府里,公安局里都觉得对不起咱们。刚才,连区长带别的

　　　　　首长，全都听到信儿就赶到了；区长亲自往外背人，抢救东西。派出所所长，现在还在给大家往外掏水呢。诸位有什么话，尽管说，待会儿好转告诉区长、所长。

　　　　　〔众人无语。

警　察　有话就说吧，好话歹话都可以说，咱们是一家人！

二　春　要依我看哪……

大　妈　二春！这儿有的是人，你占什么先，姑娘人家的！

二　春　好，您要有话，您就说！

　　　　　〔大妈不语。

赵　老　大妈说呀！现在的警察愿意听咱们的话。

大　妈　我没的说，要说呀，我只说这一句：下回再下雨呀，甭教我出来！半夜三更的实在可怕！

警　察　区长、所长是怕屋子塌了，砸死人哪！老太太！

众　甲　要不挖那道暗沟，不是没有这回事了吗？

二　春　你说的是糊涂话！

众　甲　这儿不是谁都可以说话吗？

二　春　可也不能说糊涂话！不修暗沟！怎么能填平了明沟；不弄没了明沟，咱们这里几儿个才能不脏不臭？你说！

娘　子　再说——

众　乙　喝！娘子军！

　　　　　〔众人笑。

娘　子　再说：去年、前年，年年哪回下大雨，不淹起咱们来？可是，淹死，砸死，有谁管过咱们？咱们凭良心说话，这回并不比往年那些回淹得苦，可是连区长都上头淋着，下头蹚着，来救咱们，咱们得谢谢他们！

四　嫂　我不管别的，只说说我的那口子，（指伏桌睡的丁四）要不是因为修咱们的沟，他能变成工人，给大家伙作点事吗？赶明儿个，沟修好了，有多么棒呢！

二　春　说得好！四嫂！

〔众人鼓掌。

警　察　赵大爷，您再说两句吧！

众　人　赵大爷多说说！

赵　老　好吧，我再说几句吧。政府不修王府井大街，不修西单牌楼，可先给咱们修沟，这实在是件了不起的事。修沟出了点毛病，政府又这么关心我们，我活六十多岁了，没有见过！再者，沟修好了以后，不是就永远不出毛病了吗？人心都在人心上，政府爱我们，我们也得爱政府。是不是呀？诸位？

众　人　赵大爷说得对！

疯　子　要没这回事，咱们还不知道政府这么好呢！

警　察　我补充一两句：这回事儿还算好，没有伤了人。大家的东西呢，来得及的我们都给搬到炕上去了。现在，雨住了，天也亮了，大家愿意回家看看去呢，就去；愿意先歇会儿再去呢，西边咱们包了两所小

赵　老　到家里看看,要是没法儿歇歇睡会儿,还可以到店儿,大家随便用。里去。是这样不是?

赵　老　到家里看看,要是没法儿歇歇睡会儿,还可以到店里去。是这样不是?

警　察　对!西边的联升店跟天成店。二春姑娘,你招呼着姑娘老太太们到联升店去。赵大爷,您带着男同志们到天成店去。

二　春　妈、娘子、四嫂、诸位,咱们走哇!

娘　子　我去拿东西。(入屋中,几位妇人随着)

四　嫂　(同二嘎出来)这位爷(指丁四)还睡哪。顶好别惊动他,就让他睡下去吧。(给他披上一件衣服)

二　春　妈,走哇!

大　妈　一辈子没住过店,我不去!我回家!

二　春　屋里还有水哪!

大　妈　在家里蹚着水也是好的!

二　春　成心捣乱!妈!您可真够瞧的!

四　嫂　二嘎子,你送王奶奶去!到家要是不能住脚,就搀她老人家到店里来,听见了没有?给王奶奶拿着东西!

二　嘎　王奶奶,我要是走得快,您可别骂我!

大　妈　我几儿骂过人?小泥鬼儿!

警　察　王大妈,您走哇?慢着点,地上怪滑的!

大　妈　(回首)久住龙须沟,走道儿还会不知道怎么留神?

二　春　(对妇女们)咱们走吧?

众　人　走!同志,替我们给区长、所长道谢!(往外走)

赵　老　（对男人们）咱们也走吧？
众　甲　咱们给挖沟的弟兄们喊个好！
众　人　（连没走净的妇女一齐喊）好！好！

——第一场终

第二场

时　间　一九五〇年夏末。龙须沟的新沟落成，修了马路。

地　点　同第一幕小杂院。

布　景　杂院已经十分清洁，破墙修补好了，垃圾清除净尽了，花架子上爬满了红的紫的牵牛花。赵老的门前，水缸上，摆着鲜花。丁四的窗下也添了一口新缸。满院子被阳光照耀着。

〔**幕启**：王大妈正坐在自己门前一个小板凳上，给二春缝着花布短褂，地上摆着一个针线笸萝。四嫂从屋里出来，端详自己的打扮，特别是自己的新鞋新袜子。

大　妈　（看四嫂出来，向她发牢骚）四嫂哇！您看二春这个丫头，今儿个也不是又上哪儿疯去了！我这儿给她赶件小褂，连穿上试试的工夫都抓不着她！

四　嫂　她忙啊！今天咱们门口的暗沟完工，也不是要开什么大会，就是办喜事的意思。她说啦，您、我、娘子都得去；要不怎么我换上新鞋新袜子呢！您看，这双鞋还真抱脚儿，肥瘦儿都合适！

大　妈　我可不去开会！人家说什么，我老听不懂。

四　嫂　也没什么难懂的。反正说的都离不开修沟，修沟反正是好事,好事反正就得拍巴掌,拍巴掌反正不会有错儿,是不是?老太太!

大　妈　哼,你也跟二春差不多了,为修沟的事,一天到晚乐得并不上嘴儿!

四　嫂　是值得乐嘛!您看,以前大伙儿劝丁四找点正事作,谁也劝不动他。一修沟,好,沟把他劝动了!

大　妈　臭沟几儿个跟他说话来着?

四　嫂　比方说呀,这是个比方,沟仿佛老在那儿说:我臭,你敢把我怎样了?我淹死你的孩子,你敢把我怎样了?政府一修沟啊,丁四可仿佛也说了话:你臭,你淹死我的孩子?我填平了你个兔崽子!就是这么一回事。

〔娘子提着篮子回来。

四　嫂　娘子,怎这么早就收了?

娘　子　不是要开大会吗?百年不遇的事,我歇半天工,好开会去。喝,四嫂子,您都打扮好了?我也得换上件干净大褂儿。这,好比说,就是给龙须沟作生日;新沟完了工,老沟玩了完!

大　妈　什么事儿呀,都是眼见为真;老沟还敞着盖儿,没填上哪!

娘　子　那还能不填上吗?留着它干什么呀?老太太,对街面儿上的事您太不积极啦!

大　妈　什么鸡极鸭极的,反正我沉得住气,不乱捧场,不多招事。

四　嫂　我知道您为什么老不高兴,就是为二姑娘的婚事。您心里有这点委屈别扭,就看什么也不顺眼,是吧?

大　妈　按说,我不应当因为自己的别扭,就拦住你们的高兴!是啊,你们应该高兴。你就说,连疯哥都有了事作,谁想得到啊!

娘　子　大妈,您别提疯子,他要把我气死!

大　妈
四　嫂　怎么?

娘　子　自从他得着这点美差,看自来水,夜里他不定叫醒我多少遍。一会儿,娘子,鸡还没打鸣儿哪?

大　妈　他可真鸡极呀!

娘　子　待一会儿,娘子,还没天亮哪?这家伙,看看自来水,倒仿佛作了军机大臣,唯恐怕误了上朝!

四　嫂　娘子,可也别说,他要不是一个心眼,说干就真干,为什么单派他看自来水呢?我看哪,他手不能提篮,肩不能担担,这个事儿交给他顶合适啦!

娘　子　是呀,无论怎么说吧,他总算有了点事作;好歹的大伙儿不再说他是废物点心,我的心里总痛快点儿!要是夜里他不闹,不就更好了吗?

四　嫂　哪能那么十全十美呢?这就不错!我的那口子不也是那样吗?在外边,人家不再喊他丁四,都称呼他丁师傅,或是丁头儿;你看,他乐得并不上嘴儿;回到家来,他的神气可足了去啦,吹胡子瞪眼睛的,

娘　子　瞧他那个劲儿！
娘　子　可也别说呀，他这路工人可有活儿干啦！净说咱们这一带，到永定门去的大沟，东晓市的大沟，就还够作好几个月的。共产党啊，是真行！听说，三海、后海、什刹海，连九城的护城河，都给挖啊！还垒上石头坝。以后还要挨着班儿地修马路呢。四哥还愁没事儿作？二嘎子更有出息啦，进工厂当小工子，还外带着念书，赶明儿要是好好的干，说不定长大了还当厂长呢！
四　嫂　唉！慢慢地熬着吧，横是离好日子不远啦！哟！二嘎子那件小褂儿还没上领子呢！（进屋取活计）

〔程疯子自外面唱着走来。

疯　子　我的水，甜又美，喝下去肚子不闹鬼。我的水，美又甜，一挑儿才卖您五十元。
娘　子　瞧这个疯劲儿！大妈！您坐着，我进去换衣裳去啦。（下）
疯　子　（进来，还唱）沏茶喝，甜又香，不像先前沏出茶来稠嘟嘟的像面汤。洗衣裳，跟洗脸，滑滑溜溜又省胰子又省硷。
四　嫂　（取了活计出来，缝着衣服）疯哥，你不看着水，干吗回来啦？
疯　子　大妈、四嫂，我回来研究那段数来宝，好到大会去唱！二嘎子替我看着水呢。他现在识文断字，比我办事还精明呢！

四　嫂　哼，你们这一对儿够多么漂亮啊！

疯　子　四嫂，别小看我们俩，坐在一块儿我们就讨论问题！

四　嫂　就凭你们俩？

疯　子　您听着呀！刚才，我说，二嘎子，你看，现在咱们这儿有新沟老沟两条沟，一前一后夹住了咱们的院子。新沟是暗沟，管子已经都安好，完了工啦；上面修成了一条平平正正的马路。二嘎子说：赶明儿个，旧沟又哗喳咈喳地一填，填平了，又修成一条马路。我就说，咱们房前房后，这么一来，就有两条马路，马路都修好，我问二嘎子，该怎么办了？四嫂，二嘎子真聪明；他说：该种树！他问我：疯大爷，种什么树？我说：柳树，垂杨树，多么美呀！二嘎子说：呸！

四　嫂　你看这孩子！

疯　子　他说，得种桃树，到时候可以吃大蜜桃啊！您瞧，二嘎子多么聪明！

娘　子　（在屋中）别说啦，快来编词儿吧！

疯　子　赶趟，等我说完最要紧的一段儿。四嫂，我跟二嘎子又研究出来：咱们这儿，还得来个公园。二嘎子提议：把金鱼池改作公园，周围种上树，还有游泳池，修上几座亭子，够多么好啊！

娘　子　（出来，换上新衫）别在这儿作梦啦！

四　嫂　也不都是梦。谁想到咱们门口会有了马路，会有了干干净净的厕所，会有了自来水？谁能说这儿就不该有个公园呢!

疯　子　四嫂言之有理!如此,大妈、四嫂、娘子,我就暂且失陪了!(以上均用京剧话白的腔调,走入屋中)

四　嫂　也难怪孩子们爱他,他可真婆婆妈妈的有个趣儿!

娘　子　就别夸他了,跟小孩子一样,越夸越发疯!

〔丁四夹着一身新蓝布裤褂,欢欢喜喜地进来。

丁　四　王大妈,娘子,看新衣裳呕!

〔她们都围上来。大妈以手揉布,看布质好坏;娘子看裤子的长短;四嫂看针线细不细。

丁　四　(看见了四嫂的新鞋新袜)哼,打下面看哪,还不认识你了呢!

四　嫂　别耍骨头!(提着褂子)穿上,看看长短。

丁　四　(穿)怎样?

娘　子　挺好!挺合身儿!

大　妈　就怕呀,一下水得抽一大块!

丁　四　大妈!您专会说吉祥话儿!

大　妈　不是呀!你们男人要是都会买东西,要我们女人干什么呢?

四　嫂　得啦,管它抽多少呢,反正今天先穿个新鲜劲儿!

大　妈　别怪我说,那可不是过日子的道理呀!你就该去买布,咱们大伙儿给他缝缝;那,一身能当两身穿!

丁　四　可是大妈,您可也有猜不到的事儿。刚才呀,卖衣裳的一张嘴,就要四万五,不打价儿。

娘　子　现在买什么都是言无二价。

丁　四　我把衣裳撂下，跟他聊天。喝，我撒开了一吹：我买这身儿为的是去开大会；我修的沟，我能不去参加落成典礼吗？我又一说：怎么大夏天的，上边晒得流油，下边踩着黑泥，旁边老沟冒着臭气，苍蝇、蚊子落在身上就叮，臭汗一直流到鞋底子上！我还没说完哪，您猜怎么着，他把衣裳塞在我手里，说：拿去，给我四万块钱！不赔五千，赶明儿你填老沟的时候，把我一块儿埋进去！大妈，您想得到这一招吗？

大　妈　哟，那可太便宜了，我也买一身去！

丁　四　大妈，您修过沟吗？

大　妈　对！我再去修沟就更像样儿了！不理你们了，简直地说不到一块儿！（回去作活）

〔二春襟前挂着红绸条——联络员。头上也扎着绸条，从外跑进来。

二　春　四哥，还不快去，你们集合啦！

丁　四　我换上裤子就走！（跑进屋去）

大　妈　二春快来试试衣裳！（提着花短褂给二春穿）

二　春　（试着衣裳）妈，今儿个可热闹了，市长、市委书记还来哪！妈，您去不去呀？

大　妈　不去，我看家！

二　春　还是这样不是？用不着您看家，待会儿有警察来照应着这条街，去，换上新衣裳去！教市长看看您！

娘　子　您就去吧，老太太！龙须沟不会天天有这样的热闹事。

四　嫂　您去！我保驾！

大　妈　好吧！我去！（入室）

四　嫂　戴上您那朵小红石榴花儿！

二　春　娘子，四嫂，得预备一下呀，待一会儿还有报馆的人来访问咱们，也许给咱们照像呢！娘子，人家要问你，对修沟有什么感想，你说什么？

娘　子　什么叫感想啊？

大　妈　（在屋门内）你就别赶碌她啦！越赶她越想不起来啦！

二　春　感想啊，大概就是有什么想头儿。

〔丁四从屋中跑出来。

丁　四　会场上见啦！（跑出去，高兴地唱着——解放区的天……）

娘　子　这么说行不行？一修沟啊，连我的疯爷们都有了事作，我感激政府！

二　春　行！你呢，四嫂？

四　嫂　要问我，我就说：政府要老这么作事呀，龙须沟就快成了大花园啦！可有一样，成了花园，也得让咱们住着！

二　春　别看四嫂，还真能说两句儿呢！你放心，沟臭的时候是咱们住，香的时候也是咱们住！妈！妈！

大　妈　别催我！（出来）这样行了吧？（指衣服）

二　春　（端详妈妈）行啦！人家要问您，您说什么呀？

大　妈　我——

二　春　说什么呀？

大　妈　沟修好了，我可以接姑奶奶啦！

〔大家哈哈大笑。

二　春　您就是这一句呀？

大　妈　见了生人，说不出话来！（突然想起）二春，我可不照像，照一回丢一回魂儿！

二　春　妈，您可真会出故典！

娘　子　我替您，我不怕丢魂儿，把我照了去，也教各处的人见识见识，北京城有个程娘子！我又有了个主意，咱们大家伙儿应当凑点钱，立一块碑，刻上：以前这儿是臭沟，人民政府把它修成了大道！

二　春　这可是好意见，我得告诉赵大爷。咱们得凑钱立这块碑！

四　嫂　对！也教后代子孙知道知道。要凑钱，我捐一斤小米儿！

〔远处有腰鼓声。

二　春　腰鼓队出来了！咱们走吧！

〔二嘎子手执小红旗子飞跑而来。

二　嘎　报！赵队长爷爷到！摆队相迎！

〔赵老穿着新衣，胸前佩红绸条，昂然地进来。

二　春　瞧赵大爷哟！简直象总指挥！

赵　老　（笑）小丫头片子！

二　春　赵大爷，您可得预备好了哟，新闻记者一定会访

|问您!

赵　老　还用你嘱咐,前三天我就预备好喽!

二　春　好,我当记者:(摹拟)您对修沟有什么感想?

赵　老　简单地说,还是详细地说?

二　春　(摹拟)请简单地说吧!

赵　老　这叫五福临门!

二　春　哪五福呢?

赵　老　我们的门前修了暗沟,院后要填平老明沟,一福。前前后后都修上大马路,二福。我们有了自来水,三福。将来,这里成了手工业区,大家有活作,有饭吃,四福。赶明儿个金鱼池改为公园,作完了活儿有个散逛散逛的地方,五福!

二　春
四　嫂
娘　子　(与赵老同时)五福!
大　妈

〔附近邻居,都象院里人一样,换了新衣服,去开会。正经过大门口。一位警察跑进门来,招呼大家。群众有的等在大门外,也有走进院里来的。

〔远处军乐声,腰鼓声。

警　察　开会去喽!快到时候啦!

〔大妈返身要锁自己的房门,四嫂、娘子赶去拦大妈。正拉着她要往外走,疯子由屋中跑出,手里拿

茶　馆

着竹板。

疯　子　诸位别忙，先等等儿，我这儿编出来个新词儿，先给你们唱唱试试！

众　人　赞成！唱，唱！

疯　子　听着啊——给诸位，道大喜，人民政府了不起！了不起，修臭沟，上手儿先给咱们穷人修。请诸位，想周全，东单、西四、鼓楼前；还有那，先农坛，五坛八庙、颐和园；要讲修，都得修，为什么先管龙须沟？都只为，这儿脏，这儿臭，政府看着心里真难受！好政府，爱穷人，教咱们干干净净大翻身。修了沟，又修路，好教咱们挺着腰板儿迈大步；迈大步，笑嘻嘻，劳动人民努力又心齐。齐努力，多作工，国泰民安享太平！

众　人　（跟疯子齐声喊）享太平！

〔外边，远处近处都是一片欢呼声："毛主席万岁！"

〔大家随着欢呼声音涌出小院，外边会场上的军乐声起，幕在《青年进行曲》声音中徐徐落下。

——全剧终

第二卷　小说散文卷

我这一辈子

一

我幼年读过书,虽然不多,可是足够读七侠五义与三国志演义什么的。我记得好几段聊斋,到如今还能说得很齐全动听,不但听的人都夸奖我的记性好,连我自己也觉得应该高兴。可是,我并念不懂聊斋的原文,那太深了;我所记得的几段,都是由小报上的"评讲聊斋"念来的——把原文变成白话,又添上些逗哏打趣,实在有个意思!

我的字写得也不坏。拿我的字和老年间衙门里的公文比一比,论个儿的匀适,墨色的光润,与行列的齐整,我实在相信我可以作个很好的"笔帖式"。自然我不敢高攀,说我有写奏折的本领,可是眼前的通常公文是准保能写到好处的。

凭我认字与写的本事,我本该去当差。当差虽不见得一定能增光耀祖,但是至少也比作别的事更体面些。况且呢,差事不管大小,多少总有个升腾。我看见不止一位了,官职很大,可是那笔字还不如我的好呢,连句整话都说不出来。这样的人既能作高官,我怎么不能呢?

可是,当我十五岁的时候,家里教我去学徒。五行八作,行行出状元,学手艺原不是什么低搭的事;不过比较当差稍差点劲儿罢了。学手艺,一辈子逃不出手艺人去,即使能大发财源,也高不过大官儿不是?可是我并没和家里闹别扭,就去学徒了;十五岁的人,自然没有多少主意。况且家里老人还说,学满了艺,能挣上钱,就给我说亲事。在当时,我想象着结婚必是件有趣的事。那么,吃上二三年的苦,而后大人似的去耍手艺挣钱,家里再有个小媳妇,大概也很下得去了。

我学的是裱糊匠。在那太平年月,裱糊匠是不愁没饭吃的。那时候,死一个人不象现在这么省事。这可并不是说,老年间的人要翻来覆去的死好几回,不干脆的一下子断了气。我是说,那时候死人,丧家要拼命的花钱,一点不惜力气与金钱的讲排场。就拿与冥衣铺有关系的事来说吧,就得花上老些个钱。人一断气,马上就得去糊"倒头车"——现在,连这个名词儿也许有好多人不晓得了。紧跟着便是"接三",必定有些烧活:车轿骡马,墩箱灵人,引魂幡,灵花等等。要是害月子病死的,还必须另糊一头牛,和一个鸡罩。赶到"一七"念经,又得糊楼库,金山银山,尺头元宝,四季衣服,四季花草,古玩陈设,各样木器。及至出殡,纸亭纸架之外,还有许多烧活,至不济也得弄一对"童儿"举着。"五七"烧伞,六十天糊船桥。一个死人到六十天后才和我们裱糊匠脱离关系。一年之中,死那么十来个有钱的人,我们便有了吃喝。

裱糊匠并不专伺候死人,我们也伺候神仙。早年间的神仙不象如今晚儿的这样寒碜,就拿关老爷说吧,早年间每到六月二十四,人们必给他糊黄幡宝盖,马童马匹,和七星大旗什么的。现在,几乎没有人再惦记着关公了!遇上闹"天花",我们又得为娘娘们忙一阵。九位娘娘得糊九顶轿子,红马黄马各一匹,九份凤冠霞帔,还得预备痘哥哥痘姐姐们的袍带靴帽,和各样执事。如今,医院都施种牛痘,娘娘们无事可作,裱糊匠也就陪着她们闲起来了。此外还有许许多多的"还愿"的事,都要糊点什么东西,可是也都随着破除迷信没人再提了。年头真是变了啊!

除了伺候神与鬼外,我们这行自然也为活人作些事。这叫作"白活",就是给人家糊顶棚。早年间没有洋房,每遇到搬家,娶媳妇,或别项喜事,总要把房间糊得四白落地,好显出焕然一新的气象。那大富之家,连春秋两季糊窗子也雇用我们。人是一天穷似一天了,搬家不一定糊棚顶,而那些有钱的呢,房子改为洋式的,棚顶抹灰,一劳永逸;窗子改成玻璃的,也用不着再糊上纸或纱。什么都是洋式好,要手艺的可就没了饭吃。我们自己也不是不努力呀,洋车时行,我们就照样糊洋车;汽车时行,我们就糊汽车,我们知道改良。可是有几家死了人来糊一辆洋车或汽车呢?年头一旦大改良起来,我们的小改良全算白饶,水大漫不过鸭子去,有什么法儿呢!

二

上面交代过了:我若是始终仗着那份儿手艺吃饭,恐怕就早已饿死了。不过,这点本事虽不能永远有用,可是三年的学艺并非没有很大的好处，这点好处教我一辈子享用不尽。我可以撂下家伙，干别的营生去；这点好处可是老跟着我。就是我死后，有人谈到我的为人如何，他们也必须要记得我少年曾学过三年徒。

　　学徒的意思是一半学手艺，一半学规矩。在初到铺子去的时候，不论是谁也得害怕，铺中的规矩就是委屈。当徒弟的得晚睡早起，得听一切的指挥与使遣，得低三下四的伺候人，饥寒劳苦都得高高兴兴的受着，有眼泪往肚子里咽。像我学艺的所在，铺子也就是掌柜的家；受了师傅的，还得受师母的，夹板儿气！能挺过这么三年，顶倔强的人也得软了，顶软和的人也得硬了；我简直的可以这么说，一个学徒的脾性不是天生带来的，而是被板子打出来的；像打铁一样，要打什么东西便成什么东西。

　　在当时正挨打受气的那一会儿，我真想去寻死，那种气简直不是人所受得住的！但是，现在想起来，这种规矩与调教实在值金子。受过这种排练，天下便没有什么受不了的事啦。随便提一样吧，比方说教我去当兵，好哇，我可以作个满好的兵，军队的操演有时有会儿，而学徒们是除了睡觉没有任何休息时间的。我抓着工夫去出恭，一边蹲着一边就能打个盹儿，因为遇上赶夜活的时候，我一天一夜只能睡上三四点钟的觉。我能一口吞下去一顿饭，刚端起饭碗，不是师傅喊，就是师娘叫，要不然便是有照顾主儿来定活，我得恭而敬之的招待，并且细心听着师傅怎样论活讨价钱。不把饭整吞下去怎办呢？这种排练教我遇到什么苦处都能硬挺，外带着还是挺和气。读书的人，据我这粗人看，永远不会懂得这个。现在的洋学堂里开运动会，学生跑上两个圈就仿佛有了汗马功劳一般，喝！又是搀着，又是抱着，往大腿上拍火酒，还闹脾气，还坐汽车！这样的公子哥儿哪懂得什么叫作规矩，哪叫排练呢？话往回来说，我所受的苦处给我打下了作事任劳任怨的底子，我永远不肯闲着，作起活来永不晓得闹脾气，耍别扭，我能和大兵们一样受苦，而大兵们不能象我这么和气。

再拿件实事来证明这个吧：在我学成出师以后，我和别的耍手艺的一样，为表明自己是凭本事挣钱的人，第一我先买了根烟袋，只要一闲着便捻上一袋吧唧着，仿佛很有身分，慢慢的，我又学了喝酒，时常弄两盅猫尿咂着嘴儿抿几口。嗜好就怕开了头，会了一样就不难学第二样，反正都是个玩艺吧咧。这可也就出了毛病。我爱烟爱酒，原本不算什么稀奇的事，大家伙儿都差不多是这样。可是，我一来二去的学会了吃大烟。那个年月，鸦片烟不犯私，非常的便宜；我先是吸着玩，后来可就上了瘾。不久，我便觉出手紧来了，作事也不似先前那么上劲了。我并没等谁劝告我，不但戒了大烟，而且把旱烟袋也撅了，从此烟酒不动！我入了"理门"。入理门，烟酒都不准动；一旦破戒，必走背运。所以我不但戒了嗜好，而且入了理门；背运在那儿等着我，我怎肯再犯戒呢？这点心胸与硬气，如今想起来，还是由学徒得来的。多大的苦处我都能忍受。初一戒烟戒酒，看着别人吸，别人饮，多么难过呢！心里真象有一千条小虫爬挠那么痒痒触触的难过。但是我不能破戒，怕走背运。其实背运不背运的，都是日后的事，眼前的罪过可是不好受呀！硬挺，只有硬挺才能成功，怕走背运还在其次。我居然挺过来了，因为我学过徒，受过排练呀！

提到我的手艺来，我也觉得学徒三年的光阴并没白费了。凡是一门手艺，都得随时改良，方法是死的，运用可是活的。三十年前的瓦匠，讲究会磨砖对缝，作细工儿活；现在，他得会用洋灰和包镶人造石什么的。三十年前的木匠，讲究会雕花刻木，现在得会造洋式木器。我们这行也如此，不过比别的行业更活动。我们这行讲究看见什么就能糊什么。比方说，人家落了丧事，教我们糊一桌全席，我们就能糊出鸡鸭鱼肉来。赶上人家死了未出阁的姑娘，教我们糊一全份嫁妆，不管是四十八抬，还是三十二抬，我们便能由粉罐油瓶一直糊到衣橱穿衣镜。眼睛一看，手就能模仿下来，这是我们的本事。我们的本事不大，可是得有点聪明，一个心窟窿的人绝不会成个好裱糊匠。

这样，我们作活，一边工作也一边游戏，仿佛是。我们的成败全仗着怎么把各色的纸调动的合适，这是要心路的事儿。以我自己说，我有点小聪明。在学徒时候所挨的打，很少是为学不上活来，而多半是因为我有聪明而好调皮不听话。我的聪明也许一点也显露不出来，假若我是去学打铁，或是拉大锯——老那么打，老那么拉，一点变动没有。幸而我学了裱糊匠，把基本的技能学会了以后，我便开始自出花样，怎么灵巧逼真我怎么作。有时候我白费了许多工夫与材料，而作不出我所想到的东西，可是这更教我加紧的去揣摸，去调动，非把它作成不可。这个，真是个好习惯。有聪明，而且知道用聪明，我必须感谢这三年的学徒，在这三年养成了我会用自己的聪明的习惯。诚然，我一辈子没作过大事，但是无论什么事，只要是平常人能作的，我一瞧就能明白个五六成。我会砌墙，栽树，修理钟表，看皮货的真假，合婚择日，知道五行八作的行活上诀窍……这些，我都没学过，只凭我的眼去看，我的手去试验；我有勤苦耐劳与多看多学的习惯；这个习惯是在冥衣铺学徒三年养成的。到如今我才明白过来——我已是快饿死的人了！——假若我多读上几年书，只抱着书本死啃，像那些秀才与学堂毕业的人们那样，我也许一辈子就糊糊涂涂的下去，而什么也不晓得呢！裱糊的手艺没有给我带来官职和财产，可是它让我活的很有趣；穷，但是有趣，有点人味儿。

刚二十多岁，我就成为亲友中的重要人物了。不因为我有钱与身分，而是因为我办事细心，不辞劳苦。自从出了师，我每天在街口的茶馆里等着同行的来约请帮忙。我成了街面上的人，年轻，利落，懂得场面。有人来约，我便去作活；没人来约，我也闲不住：亲友家许许多多的事都托咐我给办，我甚至于刚结过婚便给别人家作媒了。

给别人帮忙就等于消遣。我需要一些消遣。为什么呢？前面我已说过：我们这行有两种活，烧活和白活。作烧活是有趣而干净的，白活可就不然了。糊顶棚自然得先把旧纸撕下来，这可真够受的，没作过的人万也想不到顶棚上会能有那么多尘土，而且是日积月累攒下来的，比什么土都干，细，钻鼻子，撕完三间屋子的棚，我们就都成了土鬼。及至扎好了秫秸，糊新纸的时候，新银花纸的面子是又臭又挂鼻子。尘土与纸面子就能教人得痨病——现在叫作肺病。我不喜欢这种活儿。可是，在街上等工作，有人来约就不能拒绝，有什么活得干什么活。应下这种活儿，我差不多老在下边裁纸递纸抹浆糊，为的是可以不必上"交手"，而且可以低着头干活儿，少吃点土。就是这样，我也得弄一身灰，我的鼻子也得象烟筒。作完这么几天活，我愿意作点别的，变换变换。那么，有亲友托我办点什么，我是很乐意帮忙的。

再说呢，作烧活吧，作白活吧，这种工作者与人们的喜事或丧事有关系。熟人们找我定活，也往往就手儿托我去讲别项的事，如婚丧事的搭棚，讲执事，雇厨子，定车马等等。我在这些事儿中渐渐找出乐趣，晓得如何能捏住巧处，给亲友们既办得漂亮，又省些钱，不能窝窝囊囊的被人捉了"大头"。我在办这些事儿的时候，得到许多经验，明白了许多人情，久而久之，我成了个很精明的人，虽然还不到三十岁。

三

由前面所说过的去推测，谁也能看出来，我不能老靠着裱糊的手艺挣饭吃。像逛庙会忽然遇上雨似的，年头一变，大家就得往四散里跑。在我这一辈子里，我仿佛是走着下坡路，收不住脚。心里越盼着天下太平，身子越往下出溜。这次的变动，不使人缓气，一变好像就要变到底。这简直不是变动，而是一阵狂风，把人糊糊涂涂的刮得不知上哪里去了。在我小时候发财的行当与事情，许多许多都忽然走到绝处，永远不再见面，仿佛掉在了大海里头似的。裱糊这一行虽然到如今还阴死巴活的始终没完全断了气，可是大概也不会再有抬头的一日了。我老早的就看出这个来。在那太平的年月，假若我愿意的话，我满可以开个小铺，收两个徒弟，安安顿顿的混两顿饭吃。幸而我没那么办。一年得不到一笔大活，只仗着糊一辆车或两间屋子的顶棚什么的，怎能吃饭呢？睁开眼看看，这十几年了，可有过一笔体面的活？我得改行，我算是猜对了。

　　不过，这还不是我忽然改了行的唯一的原因。年头儿的改变不是个人所能抵抗的，胳臂扭不过大腿去，跟年头儿较死劲简直是自己找别扭。可是，个人独有的事往往来得更厉害，它能马上教人疯了。去投河觅井都不算新奇，不用说把自己的行业放下，而去干些别的了。个人的事虽然很小，可是一加在个人身上便受不住；一个米粒很小，教蚂蚁去搬运便很费力气。个人的事也是如此。人活着是仗了一口气，多喒有点事儿，把这口气憋住，人就要抽风。人是多么小的玩艺儿呢！

　　我的精明与和气给我带来背运。乍一听这句话仿佛是不合情理，可是千真万确，一点儿不假，假若这要不落在我自己身上，我也许不大相信天下会有这宗事。它竟自找到了我；在当时，我差不多真成了个疯子。隔了这么二三十年，现在想起那回事儿来，我满可以微微一笑，仿佛想起一个故事来似的。现在我明白了个人的好处不必一定就有利于自己。一个人好，大家都好，这点好处才有用，正是如鱼得水。一个人好，而大家并不都好，个人的好处也许就是让他倒霉的祸根。精明和气有什么用呢!现在,我悟过这点理儿来,想起那件事不过点点头,笑一笑罢了。在当时,我可真有点咽不下去那口气。那时候我还很年轻啊。

哪个年轻的人不爱漂亮呢?在我年轻的时候,给人家行人情或办点事,我的打扮与气派谁也不敢说我是个手艺人。在早年间,皮货很贵,而且不准乱穿。如今晚的人,今天得了马票或奖券,明天就可以穿上狐皮大衣,不管是个十五岁的孩子还是二十岁还没刮过脸的小伙子。早年间可不行,年纪身分决定个人的服装打扮。那年月,在马褂或坎肩上安上一条灰鼠领子就仿佛是很漂亮阔气。我老安着这么条领子,马褂与坎肩都是青大缎的——那时候的缎子也不怎么那样结实,一件马褂至少也可以穿上十来年。在给人家糊棚顶的时候,我是个土鬼;回到家中一梳洗打扮,我立刻变成个漂亮小伙子。我不喜欢那个土鬼,所以更爱这个漂亮的青年。我的辫子又黑又长,脑门剃得锃光青亮,穿上带灰鼠领子的缎子坎肩,我的确象个"人儿"!

一个漂亮小伙子所最怕的恐怕就是娶个丑八怪似的老婆吧。我早已有意无意的向老人们透了个口话:不娶倒没什么,要娶就得来个够样儿的。那时候,自然还不时行自由婚,可是已有男女两造对相对看的办法。要结婚的话,我得自己去相看,不能马马虎虎就凭媒人的花言巧语。

二十岁那年,我结了婚,我的妻比我小一岁。把她放在哪里,她也得算个俏式利落的小媳妇;在定婚以前,我亲眼相看的呀。她美不美,我不敢说,我说她俏式利落,因为这四个字就是我择妻的标准；她要是不够这四个字的格儿，当初我决不会点头。在这四个字里很可以见出我自己是怎样的人来。那时候，我年轻，漂亮，作事麻利，所以我一定不能要个笨牛似的老婆。

这个婚姻不能说不是天配良缘。我俩都年轻，都利落，都个子不高；在亲友面前，我们象一对轻巧的陀螺似的，四面八方的转动，招得那年岁大些的人们眼中要笑出一朵花来。我俩竞争着去在大家面前显出个人的机警与口才，到处争强好胜，只为数人夸奖一声我们是一对最有出息的小夫妇。别人的夸奖增高了我俩彼此间的敬爱，颇有点英雄惜英雄，好汉爱好汉的劲儿。

我很快乐，说实话：我的老人没挣下什么财产，可是有一所儿房。我住着不用花租金的房子，院中有不少的树木，檐前挂着一对黄鸟。我呢，有手艺，有人缘，有个可心的年轻女人。不快乐不是自找别扭吗？

对于我的妻，我简直找不出什么毛病来。不错，有时候我觉得她有点太野；可是哪个利落的小媳妇不爽快呢？她爱说话，因为她会说；她不大躲避男人，因为这正是作媳妇所应享的利益，特别是刚出嫁而有些本事的小媳妇，她自然愿意把作姑娘时的腼腆收起一些，而大大方方的自居为"媳妇"。这点实在不能算作毛病。况且，她见了长辈又是那么亲热体贴，殷勤的伺候，那么她对年轻一点的人随便一些也正是理之当然；她是爽快大方，所以对于年老的正像对于年少的，都愿表示出亲热周到来。我没因为她爽快而责备她过。

她有了孕，作了母亲，她更好看了，也更大方了——我简直的不忍再用那个"野"字！世界上还有比怀孕的少妇更可怜，年轻的母亲更可爱的吗？看她坐在门坎上，露着点胸，给小娃娃奶吃，我只能更爱她，而想不起责备她太不规矩。

到了二十四岁，我已有一儿一女。对于生儿养女，作丈夫的有什么功劳呢！赶上高兴，男子把娃娃抱起来，耍巴一回；其余的苦处全是女人的。我不是个糊涂人，不必等谁告诉我才能明白这个。真的，生小孩，养育小孩，男人有时候想去帮忙也归无用；不过，一个懂得点人事的人，自然该使作妻的痛快一些，自由一些；欺侮孕妇或一个年轻的母亲，据我看，才真是混蛋呢！对于我的妻，自从有了小孩之后，我更放任了些；我认为这是当然的合理的。

再一说呢，夫妇是树，儿女是花；有了花的树才能显出根儿深。一切猜忌，不放心，都应该减少，或者完全消灭；小孩子会把母亲拴得结结实实的。所以，即使我觉得她有点野——真不愿用这个臭字——我也不能不放心了，她是个母亲呀。

四

直到如今，我还是不能明白那到底是怎么一回事。

我所不能明白的事也就是当时教我差点儿疯了的事，我的妻跟人家跑了。

我再说一遍，到如今我还不能明白那到底是怎回事。我不是个固执的人，因为我久在街面上，懂得人情，知道怎样找出自己的长处与短处。但是，对于这件事，我把自己的短处都找遍了，也找不出应当受这种耻辱与惩罚的地方来。所以，我只能说我的聪明与和气给我带来祸患，因为我实在找不出别的道理来。

我有位师哥，这位师哥也就是我的仇人。街口上，人们都管他叫作黑子，我也就还这么叫他吧；不便道出他的真名实姓来，虽然他是我的仇人。"黑子"，由于他的脸不白；不但不白，而且黑得特别，所以才有这个外号。他的脸真象个早年间人们揉的铁球，黑，可是非常的亮；黑，可是光润；黑，可是油光水滑的可爱。当他喝下两盅酒，或发热的时候，脸上红起来，就好像落太阳时的一些黑云，黑里透出一些红光。至于他的五官，简直没有什么好看的地方，我比他漂亮多了。他的身量很高，可也不见得怎么魁梧，高大而懈懈松松的。他所以不至教人讨厌他，总而言之，都仗着那一张发亮的黑脸。

我跟他是很好的朋友。他既是我的师哥，又那么傻大黑粗的，即使我不喜爱他，我也不能无缘无故的怀疑他。我的那点聪明不是给我预备着去猜疑人的；反之，我知道我的眼睛里不容砂子，所以我因信任自己而信任别人。我以为我的朋友都不至于偷偷的对我掏坏招数。一旦我认定谁是个可交的人，我便真拿他当个朋友看待。对于我这个师哥，即使他有可猜疑的地方，我也得敬重他，招待他，因为无论怎样，他到底是我的师哥呀。同是一门儿学出来的手艺，又同在一个街口上混饭吃，有活没活，一天至少也得见几面；对这么熟的人，我怎能不拿他当作个好朋友呢？有活，我们一同去作活；没活，他总是到我家来吃饭喝茶，有时候也摸几把索儿胡玩——那时候"麻将"还不十分时兴。我和蔼，他也不客气；遇到什么就吃什么，遇到什么就喝什么，我一向不特别为他预备什么，他也永远不挑剔。他吃的很多，可是不懂得挑食。看他端着大碗，跟着我们吃热汤儿面什么的，真是个痛快的事。他吃得四脖子汗流，嘴里西啦胡噜的响，脸上越来越红，慢慢的成了个半红的大煤球似的；谁能说这样的人能存着什么坏心眼儿呢！

一来二去，我由大家的眼神看出来天下并不很太平。可是，我并没有怎么往心里搁这回事。假若我是个糊涂人，只有一个心眼，大概对这种事不会不听见风就是雨，马上闹个天昏地暗，也许立刻把事情弄个水落石出，也许是望风捕影而弄一鼻子灰。我的心眼多，决不肯这么糊涂瞎闹，我得平心静气的想一想。

先想我自己，想不出我有什么不对的地方来，即使我有许多毛病，反正至少我比师哥漂亮，聪明，更象个人儿。

再看师哥吧，他的长像，行为，财力，都不能教他为非作歹，他不是那种一见面就教女人动心的人。

最后，我详详细细的为我的年轻的妻子想一想：她跟了我已经四五年，我俩在一处不算不快乐。即使她的快乐是假装的，而愿意去跟个她真喜爱的人——这在早年间几乎是不能有的——大概黑子也绝不会是这个人吧？他跟我都是手艺人，他的身分一点不比我高。同样，他不比我阔，不比我漂亮，不比我年轻；那么，她贪图的是什么呢？想不出。就满打说她是受了他的引诱而迷了心，可是他用什么引诱她呢，是那张黑脸，那点本事，那身衣裳，腰里那几吊钱？笑话！哼，我要是有意的话吗，我倒满可以去引诱引诱女人；虽然钱不多，至少我有个样子。黑子有什么呢？再说，就是说她一时迷了心窍，分别不出好歹来，难道她就肯舍得那两个小孩吗？

我不能信大家的话，不能立时疏远了黑子，也不能傻子似的去盘问她。我全想过了，一点缝子没有，我只能慢慢的等着大家明白过来他们是多虑。即使他们不是凭空造谣，我也得慢慢的察看，不能无缘无故的把自己，把朋友，把妻子，都卷在黑土里边。有点聪明的人作事不能鲁莽。

可是，不久，黑子和我的妻子都不见了。直到如今，我没再见过他俩。为什么她肯这么办呢？我非见着她，由她自己吐出实话，我不会明白。我自己的思想永远不够对付这件事的。

我真盼望能再见她一面，专为明白明白这件事。到如今我还是在个葫芦里。

当时我怎样难过，用不着我自己细说。谁也能想到，一个年轻漂亮的人，守着两个没了妈的小孩，在家里是怎样的难过；一个聪明规矩的人，最亲爱的妻子跟师哥跑了，在街面上是怎么难堪。同情我的人，有话说不出，不认识我的人，听到这件事，总不会责备我的师哥，而一直的管我叫"王八"。在咱们这讲孝悌忠信的社会里，人们很喜欢有个王八，好教大家有放手指头的准头。我的口闭上，我的牙咬住，我心中只有他们俩的影儿和一片血。不用教我见着他们，见着就是一刀，别的无须乎再说了。

在当时，我只想拼上这条命，才觉得有点人味儿。现在，事情过去这么多年了。我可以细细的想这件事在我这一辈子里的作用了。

我的嘴并没闲着，到处我打听黑子的消息。没用，他俩真像石沉大海一般。打听不着确实的消息，慢慢的我的怒气消散了一些；说也奇怪，怒气一消，我反倒可怜我的妻子。黑子不过是个手艺人，而这种手艺只能在京津一带大城里找到饭吃，乡间是不需要讲究的烧活的。那么，假若他俩是逃到远处去，他拿什么养活她呢？哼，假若他肯偷好朋友的妻子，难道他就不会把她卖掉吗？这个恐惧时常在我心中绕来绕去。我真希望她忽然逃回来，告诉我她怎样上了当，受了苦处；假若她真跪在我的面前，我想我不会不收下她的，一个心爱的女人，永远是心爱的，不管她作了什么错事。她没有回来，没有消息，我恨她一会儿，又可怜她一会儿，胡思乱想，我有时候整夜的不能睡。

过了一年多，我的这种乱想又轻淡了许多。是的，我这一辈子也不能忘了她，可是我不再为她思索什么了。我承认了这是一段千真万确的事实，不必为它多费心思了。

我到底怎样了呢？这倒是我所要说的，因为这件我永远猜不透的事在我这一辈子里实在是件极大的事。这件事好象是在梦中丢失了我最亲爱的人，一睁眼，她真的跑得无影无踪了。这个梦没法儿明白，可是它的真确劲儿是谁也受不了的。作过这么个梦的人，就是没有成疯子，也得大大的改变；他是丢失了半个命呀！

五

最初,我连屋门也不肯出,我怕见那个又明又暖的太阳。

顶难堪的是头一次上街:抬着头大大方方的走吧,准有人说我天生来的不知羞耻。低着头走,便是自己招认了脊背发软。怎么着也不对。我可是问心无愧,没作过一点对不起人的事。

我破了戒,又吸烟喝酒了。什么背运不背运的,有什么再比丢了老婆更倒霉的呢?我不求人家可怜我,也犯不上成心对谁耍刺儿,我独自吸烟喝酒,把委屈放在心里好了。再没有比不测的祸患更能扫除了迷信的;以前,我对什么神仙都不敢得罪;现在,我什么也不信,连活佛也不信了。迷信,我咂摸出来,是盼望得点意外的好处;赶到遇上意外的难处,你就什么也不盼望,自然也不迷信了。我把财神和灶王的龛——我亲手糊的——都烧了。亲友中很有些人说我成了二毛子的。什么二毛子三毛子的,我再不给谁磕头。人若是不可靠,神仙就更没准儿了。

我并没变成忧郁的人。这种事本来是可以把人愁死的,可是我没往死牛犄角里钻。我原是个活泼的人,好吧,我要打算活下去,就得别丢了我的活泼劲儿。不错,意外的大祸往往能忽然把一个人的习惯与脾气改变了;可是我决定要保持住我的活泼。我吸烟,喝酒,不再信神佛,不过都是些使我活泼的方法。不管我是真乐还是假乐,我乐!在我学艺的时候，我就会这一招，经过这次的变动，我更必须这样了。现在，我已快饿死了，我还是笑着，连我自己也说不清这是真的还是假的笑，反正我笑，多咱死了多咱我并上嘴。从那件事发生了以后，直到如今，我始终还是个有用的人，热心的人，可是我心中有了个空儿。这个空儿是那件不幸的事给我留下的，像墙上中了枪弹，老有个小窟窿似的。我有用，我热心，我爱给人家帮忙，但是不幸而事情没办到好处，或者想不到的扎手，我不着急，也不动气，因为我心中有个空儿。这个空儿会教我在极热心的时候冷静，极欢喜的时候有点悲哀，我的笑常常和泪碰在一处，而分不清哪个是哪个。

这些，都是我心里头的变动，我自己要是不说——自然连我自己也说不大完全——大概别人无从猜到。在我的生活上，也有了变动，这是人人能看到的。我改了行，不再当裱糊匠，我没脸再上街口去等生意，同行的人，认识我的，也必认识黑子；他们只须多看我几眼，我就没法再咽下饭去。在那报纸还不大时行的年月，人们的眼睛是比新闻还要厉害的。现在，离婚都可以上衙门去明说明讲，早年间男女的事儿可不能这么随便。我把同行中的朋友全放下了，连我的师傅师母都懒得去看，我仿佛是要由这个世界一脚跳到另一个世界去。这样，我觉得我才能独自把那桩事关在心里头。年头的改变教裱糊匠们的活路越来越狭，但是要不是那回事，我也不会改行改得这么快，这么干脆。放弃了手艺，没什么可惜；可是这么放弃了手艺，我也不会感谢"那"回事儿！不管怎说吧，我改了行，这是个显然的变动。

决定扔下手艺可不就是我准知道应该干什么去。我得去乱碰,像一只空船浮在水面上,浪头是它的指南针。在前面我已经说过,我认识字,还能抄抄写写,很够当个小差事的。再说呢,当差是个体面的事,我这丢了老婆的人若能当上差,不用说那必能把我的名誉恢复了一些。现在想起来,这个想法真有点可笑;在当时我可是诚心的相信这是最高明的办法。"八"字还没有一撇儿,我觉得很高兴,仿佛我已经很有把握,既得到差事,又能恢复了名誉。我的头又抬得很高了。

哼!手艺是三年可以学成的;差事,也许要三十年才能得上吧!一个钉子跟着一个钉子,都预备着给我碰呢!我说我识字,哼!敢情有好些个能整本背书的人还挨饿呢。我说我会写字,敢情会写字的绝不算出奇呢。我把自己看得太高了。可是,我又亲眼看见,那作着很大的官儿的,一天到晚山珍海味的吃着,连自己的姓都不大认得。那么,是不是我的学问又太大了,而超过了作官所需要的呢?我这个聪明人也没法儿不显着糊涂了。

慢慢的,我明白过来。原来差事不是给本事预备着的,想做官第一得有人。这简直没了我的事,不管我有多么大的本事。我自己是个手艺人,所认识的也是手艺人;我爸爸呢,又是个白丁,虽然是很有本事与品行的白丁。我上哪里去找差事当呢?

事情要是逼着一个人走上哪条道儿,他就非去不可,就像火车一样,轨道已摆好,照着走就是了,一出花样准得翻车!我也是如此。决定扔下了手艺,而得不到个差事,我又不能老这么闲着。好啦,我的面前已摆好了铁轨,只准上前,不许退后。

我当了巡警。

巡警和洋车是大城里头给苦人们安好的两条火车道。大字不识而什么手艺也没有的,只好去拉车。拉车不用什么本钱,肯出汗就能吃窝窝头。识几个字而好体面的,有手艺而挣不上饭的,只好去当巡警;别的先不提,挑巡警用不着多大的人情,而且一挑上先有身制服穿着,六块钱拿着;好歹是个差事。除了这条道,我简直无路可走。我既没混到必须拉车去的地步,又没有作高官的舅舅或姐丈,巡警正好不高不低,只要我肯,就能穿上一身铜钮子的制服。当兵比当巡警有起色,即使熬不上军官,至少能有抢劫些东西的机会。可是,我不能去当兵,我家中还有俩没娘的小孩呀。当兵要野,当巡警要文明;换句话说,当兵有发邪财的机会,当巡警是穷而文明一辈子;穷得要命,文明得稀松!

以后这五六十年的经验,我敢说这么一句:真会办事的人,到时候才说话,爱张罗办事的人——象我自己——没话也找话说。我的嘴老不肯闲着,对什么事我都有一片说词,对什么人我都想很恰当的给起个外号。我受了报应:第一件事,我丢了老婆,把我的嘴封起来一二年!第二件是我当了巡警。在我还没当上这个差事的时候,我管巡警们叫作"马路行走","避风阁大学士"和"臭脚巡"。这些无非都是说巡警们的差事只是站马路,无事忙,跑臭脚。哼!我自己当上"臭脚巡"了!生命简直就是自己和自己开玩笑,一点不假!我自己打了自己的嘴巴,可并不因为我作了什么缺德的事;

至多也不过爱多说几句玩笑话罢了。在这里，我认识了生命的严肃，连句玩笑话都说不得的！好在，我心中有个空儿；我怎么叫别人"臭脚巡"，也照样叫自己。这在早年间叫作"抹稀泥"，现在的新名词应叫着什么，我还没能打听出来。

我没法不去当巡警，可是真觉得有点委屈。是呀，我没有什么出众的本事，但是论街面上的事，我敢说我比谁知道的也不少。巡警不是管街面上的事情吗？那么，请看看那些警官儿吧：有的连本地的话都说不上来，二加二是四还是五都得想半天。哼！他是官，我可是"招募警"；他的一双皮鞋够开我半年的饷！他什么经验与本事也没有，可是他作官。这样的官儿多了去啦！上哪儿讲理去呢？记得有位教官，头一天教我们操法的时候，忘了叫"立正"，而叫了"闸住"。用不着打听，这位大爷一定是拉洋车出身。有人情就行，今天你拉车，明天你姑父作了什么官儿，你就可以弄个教官当当；叫"闸住"也没关系，谁敢笑教官一声呢！这样的自然是不多，可是有这么一位教官，也就可以教人想到巡警的操法是怎么稀松二五眼了。内堂的功课自然绝不是这样教官所能担任的，因为至少得认识些个字才能"虎"得下来。我们的内堂的教官大概可以分为两种：一种是老人儿们，多数都有口鸦片烟瘾；他们要是能讲明白一样东西，就凭他们那点人情，大概早就作上大官儿了；唯其什么也讲不明白，所以才来作教官。另一种是年轻的小伙子们，讲的都是洋事，什么东洋巡警怎么样，什么法国违警律如何，仿佛我们都是洋鬼子。这种讲法有个好处，就是他们信口开河瞎扯，我们一边打盹一边听着，谁也不准知道东洋和法国是什么样儿，可不就随他的便说吧。我满可以编一套美国的事讲给大家听，可惜我不是教官罢了。这群年轻的小人们真懂外国事儿不懂，无从知道；反正我准知道他们一点中国事儿也不晓得。这两种教官的年纪上学问上都不同，可是他们有个相同的地方，就是他们都高不成低不就，所以对对付付的只能作教官。他们的人情真不小，可是本事太差，所以来教一群为六块洋钱而一声不敢出的巡警就最合适。

教官如此，别的警官也差不多是这样。想想：谁要是能去作一任知县或税局局长，谁肯来作警官呢？前面我已交代过了，当巡警是高不成低不就，不得已而为之。警官也是这样。这群人由上至下全是"狗熊耍扁担，混碗儿饭吃"。不过呢，巡警一天到晚在街面上，不论怎样抹稀泥，多少得能说会道，见机而作，把大事化小，小事化无；既不多给官面上惹麻烦，又让大家都过得去；真的吧假的吧，这总得算点本事。而作警官的呢，就连这点本事似乎也不必有。阎王好作，小鬼难当，诚然！

六

我再多说几句，或者就没人再说我太狂傲无知了。我说我觉得委屈，真是实话；请看吧：一月挣六块钱，这跟当仆人的一样，而没有仆人们那些"外找儿"；死挣六块钱，就凭这么个大人——腰板挺直，样子漂亮，年轻力壮，能说会道，还得识文断字!这一大堆资格,一共值六块钱!

六块钱饷粮,扣去三块半钱的伙食,还得扣去什么人情公议儿,净剩也就是两块上下钱吧。衣服自然是可以穿官发的,可是到休息的时候,谁肯还穿着制服回家呢;那么,不作不作也得有件大褂什么的。要是把钱作了大褂,一个月就算白混。再说,谁没有家呢?父母——呕,先别提父母吧!就说一夫一妻吧:至少得赁一间房,得有老婆的吃,喝,穿。就凭那两块大洋!谁也不许生病,不许生小孩,不许吸烟,不许吃点零碎东西;连这么着,月月还不够嚼谷!

我就不明白为什么肯有人把姑娘嫁给当巡警的,虽然我常给同事的做媒。当我一到女家提说的时候,人家总对我一撇嘴,虽不明说,但是意思很明显,"哼!当巡警的!"可是我不怕这一撇嘴,因为十回倒有九回是撇完嘴而点了头。难道是世界上的姑娘太多了吗?我不知道。

由哪面儿看,巡警都活该是鼓着腮帮子充胖子而教人哭不得笑不得的。穿起制服来,干净利落,又体面又威风,车马行人,打架吵嘴,都由他管着。他这是差事;可是他一月除了吃饭,净剩两块来钱。他自己也知道中气不足,可是不能不硬挺着腰板,到时候他得娶妻生子,还是仗着那两块来钱。提婚的时候,头一句是说:"小人呀当差!"当差的底下还有什么呢?没人愿意细问,一问就糟到底。

是的,巡警们都知道自己怎样的委屈,可是风里雨里他得去巡街下夜,一点懒儿不敢偷;一偷懒就有被开除的危险;他委屈,可不敢抱怨,他劳苦,可不敢偷闲,他知道自己在这里混不出来什么，而不敢冒险搁下差事。这点差事扔了可惜，作着又没劲；这些人也就人儿似的先混过一天是一天，在没劲中要露出劲儿来，像打太极拳似的。

世上为什么应当有这种差事，和为什么有这样多肯作这种差事的人？我想不出来。假若下辈子我再托生为人，而且忘了喝迷魂汤，还记得这一辈子的事，我必定要扯着脖子去喊：这玩艺儿整个的是丢人，是欺骗，是杀人不流血！现在，我老了，快饿死了，连喊这么几句也顾不及了，我还得先为下顿的窝窝头着忙呀！

自然在我初当差的时候，我并没有一下子就把这些都看清楚了，谁也没有那么聪明。反之，一上手当差我倒觉出点高兴来：穿上整齐的制服，靴帽，的确我是漂亮精神，而且心里说：好吧歹吧，这是个差事；凭我的聪明与本事，不久我必有个升腾。我很留神看巡长巡官们制服上的铜星与金道，而想象着我将来也能那样。我一点也没想到那铜星与金道并不按着聪明与本事颁给人们呀。

新鲜劲儿刚一过去，我已经讨厌那身制服了。它不教任何人尊敬，而只能告诉人："臭脚巡"来了！拿制服的本身说，它也很讨厌：夏天它就象牛皮似的，把人闷得满身臭汗；冬天呢，它一点也不象牛皮了，而倒象是纸糊的；它不许谁在里边多穿一点衣服，只好任着狂风由胸口钻进来，由脊背钻出去，整打个穿堂！再看那双皮鞋，冬冷夏热，永远不教脚舒服一会儿；穿单袜的时候，它好象是两大篓子似的，脚指脚踵都在里边乱抓弄，而始终找不到鞋在哪里；到穿棉袜的时候，它们忽然变得很紧，不许棉袜与脚一齐伸进去。有多少人因包办制服皮鞋而发了财，我不知道，我只知道我的脚永远烂着，夏天闹湿气，冬天闹冻疮。自然，烂脚也得照常的去巡街站岗，要不然就别挣那六块洋钱！多么热，或多么冷，别人都可以找地方去躲一躲，连洋车夫都可以自由的歇半天，巡警得去巡街，得去站岗，热死冻死都活该，那六块现大洋买着你的命呢！

记得在哪儿看见过这么一句：食不饱，力不足。不管这句在原地方讲的是什么吧，反正拿来形容巡警是没有多大错儿的。最可怜，又可笑的是我们既吃不饱，还得挺着劲儿，站在街上得像个样子！要饭的花子有时不饿也弯着腰，假充饿了三天三夜；反之，巡警却不饱也得鼓起肚皮，假装刚吃完三大碗鸡丝面似的。花子装饿倒有点道理，我可就是想不出巡警假装酒足饭饱有什么理由来，我只觉得这真可笑。

人们都不满意巡警的对付事，抹稀泥。哼！抹稀泥自有它的理由。不过，在细说这个道理之前，我愿先说件极可怕的事。有了这件可怕的事，我再反回头来细说那些理由，仿佛就更顺当，更生动。好！就这样办啦。

七

应当有月亮，可是教黑云给遮住了，处处都很黑。我正在个僻静的地方巡夜。我的鞋上钉着铁掌，那时候每个巡警又须带着一把东洋刀，四下里鸦雀无声，听着我自己的铁掌与佩刀的声响，我感到寂寞无聊，而且几乎有点害怕。眼前忽然跑过一只猫，或忽然听见一声鸟叫，都教我觉得不是味儿，勉强着挺起胸来，可是心中总空空虚虚的，仿佛将有些什么不幸的事情在前面等着我。不完全是害怕，又不完全气粗胆壮，就那么怪不得劲的，手心上出了点凉汗。平日，我很有点胆量，什么看守死尸，什么独自看管一所脏房，都算不了一回事。不知为什么这一晚上我这样胆虚，心里越要耻笑自己，便越觉得不定哪里藏着点危险。我不便放快了脚步，可是心中急切的希望快回去，回到那有灯光与朋友的地方去。

忽然，我听见一排枪！我立定了，胆子反倒壮起来一点；真正的危险似乎倒可以治好了胆虚，惊疑不定才是恐惧的根源。我听着，像夜行的马竖起耳朵那样。又一排枪，又一排枪！没声了，我等着，听着，静寂得难堪。像看见闪电而等着雷声那样，我的心跳得很快。啪，啪，啪，啪，四面八方都响起来了！

我的胆气又渐渐的往下低落了。一排枪，我壮起气来；枪声太多了，真遇到危险了；我是个人，人怕死；我忽然的跑起来，跑了几步，猛的又立住，听一听，枪声越来越密，看不见什么，四下漆黑，只有枪声，不知为什么，不知在哪里，黑暗里只有我一个人，听着远处的枪响。往哪里跑？到底是什么事？应当想一想，又顾不得想；胆大也没用，没有主意就不会有胆量。还是跑吧，糊涂的乱动，总比呆立哆嗦着强。我跑，狂跑，手紧紧的握住佩刀。像受了惊的猫狗，不必想也知道往家里跑。我已忘了我是巡警,我得先回家看看我那没娘的孩子去,要是死就死在一处!

要跑到家,我得穿过好几条大街。刚到了头一条大街,我就晓得不容易再跑了。街上黑黑忽忽的人影,跑得很快,随跑随着放枪。兵!我知道那是些辫子兵。而我才刚剪了发不多日子。我很后悔我没像别人那样把头发盘起来,而是连根儿烂真正剪去了辫子。假若我能马上放下辫子来,虽然这些兵们平素很讨厌巡警,可是因为我有辫子或者不至于把枪口冲着我来。在他们眼中,没有辫子便是二毛子,该杀。我没有了这么条宝贝!我不敢再动,只能藏在黑影里,看事行事。兵们在路上跑,一队跟着一队,枪声不停。我不晓得他们是干什么呢?待一会儿,兵们好像是都过去了,我往外探了探头,见外面没有什么动静,我就像一只夜鸟儿似的飞过了马路,到了街的另一边。在这极快的穿过马路的一会儿里,我的眼梢撩着一点红光。十字街头起了火。我还藏在黑影里,不久,火光远远的照亮了一片;再探头往外看,我已可以影影抄抄的看到十字街口,所有四面把角的铺户已全烧起来,火影中那些兵们来回的奔跑,放着枪。我明白了,这是兵变。不久,火光更多了,一处接着一处,由光亮的距离我可以断定:凡是附近的十字口与丁字街全烧了起来。

说句该挨嘴巴的话,火是真好看!远处,漆黑的天上,忽然一白,紧跟着又黑了。忽然又一白,猛的冒起一个红团,有一块天像烧红的铁板,红得可怕。在红光里看见了多少股黑烟,和火舌们高低不齐的往上冒,一会儿烟遮住了火苗;一会儿火苗冲破了黑烟。黑烟滚着,转着,千变万化的往上升,凝成一片,罩住下面的火光,像浓雾掩住了夕阳。待一会儿,火光明亮了一些,烟也改成灰白色儿,纯净,旺炽,火苗不多,而光亮结成一片,照明了半个天。那近处的,烟与火中带着种种的响声,烟往高处起,火往四下里奔;烟像些丑恶的黑龙,火像些乱长乱钻的红铁笋。烟裹着火,火裹着烟,卷起多高,忽然离散,黑烟里落下无数的火花,或者三五个极大的火团。火花火团落下,烟像痛快轻松了一些,翻滚着向上冒。火团下降,在半空中遇到下面的火柱,又狂喜的往上跳跃,炸出无数火花。火团远落,遇到可以燃烧的东西,整个的再点起一把新火,新烟掩住旧火,一时变为黑暗;新火冲出了黑烟,与旧火联成一气,处处是火舌,火柱,飞舞,吐动,摇摆,颠狂。忽然哗啦一声,一架房倒下去,火星,焦炭,尘土,白烟,一齐飞扬,火苗压在下面,一齐在底下往横里吐射,像千百条探头吐舌的火蛇。静寂,静寂,火蛇慢慢的,忍耐的,往上翻。绕到上边来,与高处的火接到一处,通明,纯亮,忽忽的响着,要把人的心全照亮了似的。

我看着,不,不但看着,我还闻着呢!在种种不同的味道里,我咂摸着:这是那个金匾黑字的绸缎庄,那是那个山西人开的油酒店。由这些味道,我认识了那些不同的火团,轻而高飞的一定是茶叶铺的,迟笨黑暗的一定是布店的。这些买卖都不是我的,可是我都认得,闻着它们火葬的气味,看着它们火团的起落,我说不上来心中怎样难过。

我看着,闻着,难过,我忘了自己的危险,我仿沸是个不懂事的小孩，只顾了看热闹，而忘了别的一切。我的牙打得很响，不是为自己害怕，而是对这奇惨的美丽动了心。

　　回家是没希望了。我不知道街上一共有多少兵，可是由各处的火光猜度起来，大概是热闹的街口都有他们。他们的目的是抢劫，可是顺着手儿已经烧了这么多铺户，焉知不就棍打腿的杀些人玩玩呢？我这剪了发的巡警在他们眼中还不和个臭虫一样，只须一搂枪机就完了，并不费多少事。

　　想到这个，我打算回到"区"里去，"区"离我不算远，只须再过一条街就行了。可是，连这个也太晚了。当枪声初起的时候，连贫带富，家家关了门；街上除了那些横行的兵们，简直成了个死城。及至火一起来，铺户里的人们开始在火影里奔走，胆大一些的立在街旁，看着自己的或别人的店铺燃烧，没人敢去救火，可也舍不得走开，只那么一声不出的看着火苗乱窜。胆小一些的呢，争着往胡同里藏躲，三五成群的藏在巷内，不时向街上探探头，没人出声，大家都哆嗦着。火越烧越旺了，枪声慢慢的稀少下来，胡同里的住户仿佛已猜到是怎么一回事，最先是有人开门向外望望，然后有人试着步往街上走。街上，只有火光人影，没有巡警，被兵们抢过的当铺与首饰店全大敞着门！……这样的街市教人们害怕，同时也教人们胆大起来；一条没有巡警的街正像是没有老师的学房，多么老实的孩子也要闹哄哄。一家开门，家家开门，街上人多起来；铺户已有被抢过的了，跟着抢吧！平日，谁能想到那些良善守法的人民会去抢劫呢？哼！机会一到，人们立刻显露了原形。说声抢，壮实的小伙子们首先进了当铺，金店，钟表行。男人们回去一趟，第二趟出来已搀夹上女人和孩子们。被兵们抢过的铺子自然不必费事，进去随便拿就是了；可是紧跟着那些尚未被抢过的铺户的门也拦不住谁了。粮食店，茶叶铺，百货店，什么东西也是好的，门板一律砸开。

我一辈子只看见了这么一回大热闹：男女老幼喊着叫着，狂跑着，拥挤着，争吵着，砸门的砸门，喊叫的喊叫，嗑喳！门板倒下去，一窝蜂似的跑进去，乱挤乱抓，压倒在地的狂号，身体利落的往柜台上蹿，全红着眼，全拼着命，全奋勇前进，挤成一团，倒成一片，散走全街。背着，抱着，扛着，曳着，象一片战胜的蚂蚁，昂首疾走，去而复归，呼妻唤子，前呼后应。

苦人当然出来了，哼！那中等人家也不甘落后呀！

贵重的东西先搬完了，煤米柴炭是第二拨。有的整坛的搬着香油，有的独自扛着两口袋面，瓶子罐子碎了一街，米面洒满了便道，抢啊！抢啊！抢啊！谁都恨自己只长了一双手，谁都嫌自己的腿脚太慢；有的人会推着一坛子白糖，连人带坛在地上滚，像屎壳郎推着个大粪球。

强中自有强中手，人是到处会用脑子的！有人拿出切菜刀来了，立在巷口等着："放下！"刀晃了晃。口袋或衣服，放下了；安然的，不费力的，拿回家去。"放下！"不灵验，刀下去了，把面口袋砍破，下了一阵小雪，二人滚在一团。过路的急走，稍带着说了句："打什么，有的是东西！"两位明白过来，立起来向街头跑去。抢啊，抢啊！有的是东西！

茶　馆

我挤在了一群买卖人的中间，藏在黑影里。我并没说什么，他们似乎很明白我的困难，大家一声不出，而紧紧的把我包围住。不要说我还是个巡警，连他们买卖人也不敢抬起头来。他们无法去保护他们的财产与货物，谁敢出头抵抗谁就是不要命，兵们有枪，人民也有切菜刀呀！是的，他们低着头，好像倒怪羞惭似的。他们唯恐和抢劫的人们——也就是他们平日的照顾主儿——对了脸，羞恼成怒，在这没有王法的时候，杀几个买卖人总不算一回事呢！所以，他们也保护着我。想想看吧，这一带的居民大概不会不认识我吧！我三天两头的到这里来巡逻。平日，他们在墙根撒尿，我都要讨他们的厌，上前干涉；他们怎能不恨恶我呢！现在大家正在兴高采烈的白拿东西，要是遇见我，他们一人给我一砖头，我也就活不成了。即使他们不认识我，反正我是穿着制服，佩着东洋刀呀！在这个局面下，冒而咕咚的出来个巡警，够多么不合适呢！我满可以上前去道歉，说我不该这么冒失，他们能白白的饶了我吗？

街上忽然清静了一些，便道上的人纷纷往胡同里跑，马路当中走着七零八散的兵，都走得很慢；我摘下帽子，从一个学徒的肩上往外看了一眼，看见一位兵士，手里提着一串东西，象一串儿螃蟹似的。我能想到那是一串金银的镯子。他身上还有多少东西，不晓得，不过一定有许多硬货，因为他走得很慢。多么自然，多么可羡慕呢！自自然然的，提着一串镯子，在马路中心缓缓的走，有烧亮的铺户作着巨大的火把，给他们照亮了全城！

兵过去了，人们又由胡同里钻出来。东西已抢得差不多了，大家开始搬铺户的门板，有的去摘门上的匾额。我在报纸上常看见"彻底"这两个字，咱们的良民们打抢的时候才真正彻底呢！

这时候，铺户的人们才有出头喊叫的："救火呀！救火呀！别等着烧净了呀！"喊得教人一听见就要落泪！我身旁的人们开始活动。我怎么办呢？他们要是都去救火，剩下我这一个巡警，往哪儿跑呢？我拉住了一个屠户！他脱给了我那件满是猪油的大衫。把帽子夹在夹肢窝底下。一手握着佩刀，一手揪着大襟，我擦着墙根，逃回"区"里去。

八

我没去抢，人家所抢的又不是我的东西，这回事简直可以说和我不相干。可是，我看见了，也就明白了。明白了什么？我不会干脆的，恰当的，用一半句话说出来；我明白了点什么意思，这点意思教我几乎改变了点脾气。丢老婆是一件永远忘不了的事，现在它有了伴儿，我也永远忘不了这次的兵变。丢老婆是我自己的事，只须记在我的心里，用不着把家事国事天下事全拉扯上。这次的变乱是多少万人的事，只要我想一想，我便想到大家，想到全城，简直的我可以用这回事去断定许多的大事，就好像报纸上那样谈论这个问题那个问题似的。对了，我找到了一句漂亮的了。这件事教我看出一点意思，由这点意思我咂摸着许多问题。不管别人听得懂这句与否，我可真觉得它不坏。

我说过了：自从我的妻潜逃之后，我心中有了个空儿。经过这回兵变，那个空儿更大了一些，松松通通的能容下许多玩艺儿。还接着说兵变的事吧！把它说完全了，你也就可以明白我心中的空儿为什么大起来了。

当我回到宿舍的时候，大家还全没睡呢。不睡是当然的，可是，大家一点也不显着着急或恐慌，吸烟的吸烟，喝茶的喝茶，就好像有红白事熬夜那样。我的狼狈的样子，不但没引起大家的同情，倒招得他们直笑。我本排着一肚子话要向大家说，一看这个样子也就不必再言语了。我想去睡，可是被排长给拦住了："别睡！待一会儿，天一亮，咱们全得出去弹压地面！"这该轮到我发笑了；街上烧抢到那个样子，并不见一个巡警，等到天亮再去弹压地面，岂不是天大的笑话！命令是命令，我只好等到天亮吧！

还没到天亮，我已经打听出来：原来高级警官们都预先知道兵变的事儿，可是不便于告诉下级警官和巡警们。这就是说，兵变是警察们管不了的事，要变就变吧；下级警官和巡警们呢，夜间糊糊涂涂的照常去巡逻站岗，是生是死随他们去！这个主意够多么活动而毒辣呢！再看巡警们呢，全和我自己一样，听见枪声就往回跑，谁也不傻。这样巡警正好对得起这样警官，自上而下全是瞎打混的当"差事"，一点不假！

虽然很困，我可是急于想到街上去看看，夜间那一些情景还都在我的心里，我愿白天再去看一眼，好比较比较，教我心中这张画儿有头有尾。天亮得似乎很慢，也许是我心中太急。

天到底慢慢的亮起来,我们排上队。我又要笑,有的人居然把盘起来的辫子梳好了放下来,巡长们也作为没看见。有的人在快要排队的时候,还细细刷了刷制服,用布擦亮了皮鞋!街上有那么大的损失,还有人顾得擦亮了鞋呢。我怎能不笑呢!

到了街上,我无论如何也笑不出了!从前,我没真明白过什么叫作"惨",这回才真晓得了。天上还有几颗懒得下去的大星,云色在灰白中稍微带出些蓝,清凉,暗淡。到处是焦糊的气味,空中游动着一些白烟。铺户全敞着门,没有一个整窗子,大人和小徒弟都在门口,或坐或立,谁也不出声,也不动手收拾什么,象一群没有主儿的傻羊。火已经停止住延烧,可是已被烧残的地方还静静的冒着白烟,吐着细小而明亮的火苗。微风一吹,那烧焦的房柱忽然又亮起来,顺着风摆开一些小火旗。最初起火的几家已成了几个巨大的焦土堆,山墙没有倒,空空的围抱着几座冒烟的坟头。最后燃烧的地方还都立着,墙与前脸全没塌倒,可是门窗一律烧掉,成了些黑洞。有一只猫还在这样的一家门口坐着,被烟熏的连连打嚏,可是还不肯离开那里。

平日最热闹体面的街口变成了一片焦木头破瓦,成群的焦柱静静的立着,东西南北都是这样,懒懒的,无聊的,欲罢不能的冒着些烟。地狱什么样?我不知道。大概这就差不多吧!我一低头,便想起往日街头上的景象,那些体面的铺户是多么华丽可爱。一抬头,眼前只剩了焦糊的那么一片。心中记得的景象与眼前看见的忽然碰到一处,碰出一些泪来。这就叫作"惨"吧?火场外有许多买卖人与学徒们呆呆的立着,手揣在袖里,对着残火发愣。遇见我们,他们只淡淡的看那么一眼,没有任何别的表示,仿佛他们已绝了望,用不着再动什么感情。

过了这一带火场,铺户全敞着门窗,没有一点动静,便道上马路上全是破碎的东西,比那火场更加凄惨。火场的样子教人一看便知道那是遭了火灾,这一片破碎静寂的铺户与东西使人莫名其妙,不晓得为什么繁华的街市会忽然变成绝大的垃圾堆。我就被派在这里站岗。我的责任是什么呢?不知道。我规规矩矩的立在那里,连动也不敢动,这破烂的街市仿佛有一股凉气,把我吸住。一些妇女和小孩子还在铺子外边拾取一些破东西,铺子的人不作声,我也不便去管;我觉得站在那里简直是多此一举。

太阳出来,街上显着更破了,像阳光下的叫化子那么丑陋。地上的每一个小物件都露出颜色与形状来,花哨得奇怪,杂乱得使人憋气。没有一个卖菜的,赶早市的,卖早点心的,没有一辆洋车,一匹马,整个的街上就是那么破破烂烂,冷冷清清,连刚出来的太阳都仿佛垂头丧气不大起劲,空空洞洞的悬在天上。一个邮差从我身旁走过去,低着头,身后扯着一条长影。我哆嗦了一下。

待了一会儿,段上的巡官下来了。他身后跟着一名巡警,两人都非常的精神在马路当中当当的走,好象得了什么喜事似的。巡官告诉我:注意街上的秩序,大令已经下来了!我行了礼,莫名其妙他说的是什么?那名巡警似乎看出来我的傻气,低声找补了一句:赶开那些拾东西的,大令下来了!我没心思去执行，可是不敢公然违抗命令，我走到铺户外边，向那些妇人孩子们摆了摆手，我说不出话来！

一边这样维持秩序，我一边往猪肉铺走，为是说一声，那件大褂等我给洗好了再送来。屠户在小肉铺门口坐着呢，我没想到这样的小铺也会遭抢，可是竟自成个空铺子了。我说了句什么，屠户连头也没抬。我往铺子里望了望：大小肉墩子，肉钩子，钱筒子，油盘，凡是能拿走的吧，都被人家拿走了，只剩下了柜台和架肉案子的土台！

我又回到岗位，我的头痛得要裂。要是老教我看着这条街，我知道不久就会疯了。

大令真到了。十二名兵，一个长官，捧着就地正法的令牌，枪全上着刺刀。呕！原来还是辫子兵啊！他们抢完烧完，再出来就地正法别人；什么玩艺呢？我还得给令牌行礼呀！

行完礼，我急快往四下里看，看看还有没有捡拾零碎东西的人，好警告他们一声。连屠户的木墩都搬了走的人民，本来值不得同情；可是被辫子兵们杀掉，似乎又太冤枉。

说时迟，那时快，一个十四五岁的男孩子没有走脱。枪刺围住了他，他手中还攥住一块木板与一只旧鞋。拉倒了，大刀亮出来，孩子喊了声"妈！"血溅出去多远，身子还抽动，头已悬在电线杆子上！

我连吐口唾沫的力量都没有了，天地都在我眼前翻转。杀人，看见过，我不怕。我是不平！我是不平！请记住这句，这就是前面所说过的，"我看出一点意思"的那点意思。想想看，把整串的金银镯子提回营去，而后出来杀个拾了双破鞋的孩子，还说就地正"法"呢！天下要有这个"法"，我×"法"的亲娘祖奶奶！请原谅我的嘴这么野，但是这种事恐怕也不大文明吧？

事后，我听人家说，这次的兵变是有什么政治作用，所以打抢的兵在事后还出来弹压地面。连头带尾，一切都是预先想好了的。什么政治作用？咱不懂！咱只想再骂街。可是，就凭咱这么个"臭脚巡"，骂街又有什么用呢！

九

简直我不愿再提这回事了，不过为圆上场面，我总得把问题提出来；提出来放在这里，比我聪明的人有的是，让他们自己去细咂摸吧！

怎么会"政治作用"里有兵变？

若是有意教兵来抢，当初干吗要巡警？

巡警到底是干吗的？是只管在街上小便的，而不管抢铺子的吗？

安善良民要是会打抢，巡警干吗去专拿小偷？

人们到底愿意要巡警不愿意？不愿意吧！为什么刚要打架就喊巡警，而且月月往外拿"警捐"？愿意吧！为什么又喜欢巡警不管事：要抢的好去抢，被抢的也一声不言语？

好吧，我只提出这么几个"样子"来吧！问题还多得很呢！我既不能去解决，也就不便再瞎叨叨了。这几个"样子"

就真够教我糊涂的了,怎想怎不对,怎摸不清哪里是哪里,一会儿它有头有尾,一会儿又没头没尾,我这点聪明不够想这么大的事的。

我只能说这么一句老话,这个人民,连官儿,兵丁,巡警,带安善的良民,都"不够本"!所以,我心中的空儿就更大了呀!在这群"不够本"的人们里活着,就是个对付劲儿,别讲究什么"真"事儿,我算是看明白了。

还有个好字眼儿,别忘下:"汤儿事"。谁要是跟我一样,想不出什么好办法来,顶好用这个话,又现成,又恰当,而且可以不至把自己绕糊涂了。"汤儿事",完了;如若还嫌稍微秃一点呢,再补上"真他妈的",就挺合适。

十

不须再发什么议论,大概谁也能看清楚咱们国的人是怎回事了。由这个再谈到警察,稀松二五眼正是理之当然,一点也不出奇。就拿抓赌来说吧:早年间的赌局都是由顶有字号的人物作后台老板;不但官面上不能够抄拿,就是出了人命也没有什么了不得的;赌局里打死人是常有的事。赶到有了巡警之后,赌局还照旧开着,敢去抄吗?这谁也能明白,不必我说。可是,不抄吧,又太不像话;怎么办呢?有主意,捡着那老实的办几案,拿几个老头儿老太太,抄去几打儿纸牌,罚上十头八块的。巡警呢,算交上了差事;社会上呢,大小也有个风声，行了。拿这一件事比方十件事，警察自从一开头就是抹稀泥。它养着一群混饭吃的人，作些个混饭吃的事。社会上既不需要真正的巡警，巡警也犯不上为六块钱卖命。这很清楚。

这次兵变过后，我们的困难增多了老些。年轻的小伙子们，抢着了不少的东西，总算发了邪财。有的穿着两件马褂，有的十个手指头戴着十个戒指，都扬扬得意的在街上扭，斜眼看着巡警，鼻子里哽哽的哼白气。我只好低下头去，本来吗，那么大的阵式，我们巡警都一声没出，事后还能怨人家小看我们吗？赌局到处都是，白抢来的钱，输光了也不折本儿呀！我们不敢去抄，想抄也抄不过来，太多了。我们在墙儿外听见人家里面喊"人九"，"对子"，只作为没听见，轻轻的走过去。反正人们在院儿里头耍，不到街上来就行。哼！人们连这点面子也不给咱们留呀！那穿两件马褂的小伙子们偏要显出一点也不怕巡警——他们的祖父，爸爸，就没怕过巡警，也没见过巡警，他们为什么这辈子应当受巡警的气呢？——单要来到街上赌一场。有骰子就能开宝，蹲在地上就玩起活来。有一对石球就能踢，两人也行，五个人也行，"一毛钱一脚，踢不踢？好啦！'倒回来！'"拍，球碰了球，一毛。耍儿真不小呢，一点钟里也过手好几块。这都在我们鼻子底下，我们管不管呢？管吧！一个人，只佩着连豆腐也切不齐的刀，而赌家老是一帮年轻的小伙子。明人不吃眼前亏，巡警得绕着道儿走过去，不管的为是。可是，不幸，遇见了稽察，"你难道瞎了眼，看不见他们聚赌？"回去，至轻是记一过。这份儿委屈上哪儿诉去呢？

这样的事还多得很呢！以我自己说，我要不是佩着那么把破刀，而是拿着把手枪，跟谁我也敢碰碰，六块钱的饷银自然合不着卖命，可是泥人也有个土性，架不住碰在气头儿上。可是，我摸不着手枪，枪在土匪和大兵手里呢。

明明看见了大兵坐了车不给钱，而且用皮带抽洋车夫，我不敢不笑着把他劝了走。他有枪，他敢放，打死个巡警算得了什么呢！有一年，在三等窑子里，大兵们打死了我们三位弟兄，我们连凶首也没要出来。三位弟兄白白的死了，没有一个抵偿的，连一个挨几十军棍的也没有！他们的枪随便放，我们赤手空拳，我们这是文明事儿呀！

总而言之吧，在这么个以蛮横不讲理为荣，以破坏秩序为增光耀祖的社会里，巡警简直是多余。明白了这个，再加上我们前面所说过的食不饱力不足那一套，大概谁也能明白个八九成了。我们不抹稀泥，怎么办呢？我——我是个巡警——并不求谁原谅，我只是愿意这么说出来，心明眼亮，好教大家心里有个谱儿。

爽性我把最泄气的也说了吧：

当过了一二年差事，我在弟兄们中间已经是个了不得的人物。遇见官事，长官们总教我去挡头一阵。弟兄们并不因此而忌妒我，因为对大家的私事我也不走在后边。这样，每逢出个排长的缺，大家总对我咕卿："这回一定是你补缺了！"仿佛他们非常希望要我这么个排长似的。虽然排长并没落在我身上，可是我的才干是大家知道的。

我的办事诀窍，就是从前面那一大堆话中抽出来的。比方说吧，有人来报被窃，巡长和我就去察看。糙糙的把门窗户院看一过儿，顺口搭音就把我们在哪儿有岗位，夜里有几趟巡逻，都说得详详细细，有滋有味，仿佛我们比谁都精细，都卖力气。然后，找门窗不甚严密的地方，话软而意思硬的开始反攻："这扇门可不大保险，得安把洋锁吧？告诉你，安锁要往下安，门坎那溜儿就很好，不容易教贼摸到。屋里养着条小狗也是办法，狗圈在屋里，不管是多么小，有动静就会汪汪，比院里放着三条大狗还有用。先生你看，我们多留点神，你自己也得注点意，两下一凑合，准保丢不了东西了。好吧，我们回去，多派几名下夜的就是了；先生歇着吧！"这一套，把我们的责任卸了，他就赶紧得安锁养小狗；遇见和气的主儿呢，还许给我们泡壶茶喝。这就是我的本事。怎么不负责任，而且不教人看出抹稀泥来，我就怎办。话要说得好听，甜嘴蜜舌的把责任全推到一边去，准保不招灾不惹祸。弟兄们都会这一套，可是他们的嘴与神气差着点劲儿。一句话有多少种说法，把神气弄对了地方，话就能说出去又拉回来，像有弹簧似的。这点，我比他们强，而且他们还是学不了去，这是天生来的才分！

赶到我独自下夜，遇见贼，你猜我怎么办？我呀！把佩刀攥在手里，省得有响声；他爬他的墙，我走我的路，各不相扰。好吗，真要教他记恨上我，藏在黑影儿里给我一砖，我受得了吗？那谁，傻王九，不是瞎了一只眼吗？他还不是为拿贼呢！有一天，他和董志和在街口上强迫给人们剪发，一人手里一把剪刀，见着带小辫的，拉过来就是一剪子。哼！教人家记上了。等傻王九走单了的时候，人家照准了他的眼就是一把石灰："让你剪我的发，× 你妈妈的！"他的眼就那么瞎了一只。你说，这差事要不像我那么去当，还活着不活着呢？凡是巡警们以为该干涉的，人们都以为是"狗拿耗子多管闲事"，有什么法子呢？

  我不能像傻王九似的，平白无故的丢去一只眼睛，我还留着眼睛看这个世界呢！轻手蹑脚的躲开贼，我的心里并没闲着，我想我那俩没娘的孩子，我算计这一个月的嚼谷。也许有人一五一十的算计，而用洋钱作单位吧？我呀，得一个铜子一个铜子的算。多几个铜子，我心里就宽绰；少几个，我就得发愁。还拿贼，谁不穷呢？穷到无路可走，谁也会去偷，肚子才不管什么叫作体面呢！

十一

  这次兵变过后，又有一次大的变动：大清国改为中华民国了。改朝换代是不容易遇上的，我可是并没觉得这有什么意思。说真的，这百年不遇的事情，还不如兵变热闹呢。据说，一改民国，凡事就由人民主管了；可是我没看见。我还是巡警，饷银没有增加，天天出来进去还是那一套。原先我受别人的气，现在我还是受气；原先大官儿们的车夫仆人欺负我们，现在新官儿手底下的人也并不和气。"汤儿事"还是"汤儿事"，倒不因为改朝换代有什么改变。可也别说，街上剪发的人比从前多了一些，总得算作一点进步吧。牌九押宝慢慢的也少起来，贫富人家都玩"麻将"了，我们还是照样的不敢去抄赌，可是赌具不能不算改了良，文明了一些。

　　民国的民倒不怎样，民国的官和兵可了不得！像雨后的蘑菇似的，不知道哪儿来的这么些官和兵。官和兵本不当放在一块儿说，可是他们的确有些相像的地方。昨天还一脚黄土泥，今天作了官或当了兵，立刻就瞪眼；越糊涂，眼越瞪得大，好像是糊涂灯，糊涂得透亮儿。这群糊涂玩艺儿听不懂哪叫好话，哪叫歹话，无论你说什么；他们总是横着来。他们糊涂得教人替他们难过，可是他们很得意。有时候他们教我都这么想了：我这辈子大概作不了文官或是武官啦！因为我糊涂的不够程度！

　　几乎是个官儿就可以要几名巡警来给看门护院，我们成了一种保镖的，挣着公家的钱，可为私人作事。我便被派到宅门里去。从道理上说，为官员看守私宅简直不能算作差事；从实利上讲，巡警们可都愿意这么被派出来。我一被派出来，就拔升为"三等警"；"招募警"还没有被派出来的资格呢！我到这时候才算入了"等"。再说呢，宅门的事情清闲，除了站门，守夜，没有别的事可作；至少一年可以省出一双皮鞋来。事情少，而且外带着没有危险；宅里的老爷与太太若打起架来，用不着我们去劝，自然也就不会把我们打在底下而受点误伤。巡夜呢，不过是绕着宅子走两圈，准保遇不上贼；墙高狗厉害，小贼不能来，大贼不便于来——大贼找退职的官儿去偷，既有油水，又不至于引起官面严拿；他们不惹有势力的现任官。在这里，不但用不着去抄赌，我们反倒保护着老爷太太们打麻将。遇到宅里请客玩牌,我们就更清闲自在:宅门外放着一片车马,宅里到处亮如白昼,仆人来往如梭,两三桌麻将,四五盏烟灯,彻夜的闹哄,绝不会闹贼,我们就睡大觉,等天亮散局的时候,我们再出来站门行礼,给老爷们助威。要赶上宅里有红白事,我们就更合适:喜事唱戏,我们跟着白听戏,准保都是有名的角色,在戏园子里绝听不到这么齐全。丧事呢,虽然没戏可听,可是死人不能一半天就抬出去,至少也得停三四天,念好几棚经;好了,我们就跟着吃吧;他们死人,咱们就吃犒劳。怕就怕死小孩,既不能开吊,又得听着大家呕呕的真哭。其次是怕小姐偷偷跑了,或姨太太有了什么大错而被休出去,我们捞不着吃喝看戏,还得替老爷太太们怪不得劲儿的!

教我特别高兴的,是当这路差事,出入也随便了许多,我可以常常回家看看孩子们。在"区"里或"段"上,请会儿浮假都好不容易,因为无论是在"内勤"或"外勤",工作是刻板儿排好了的,不易调换更动。在宅门里,我站完门便没了我的事,只须对弟兄们说一声就可以走半天。这点好处常常教我害怕,怕再调回"区"里去;我的孩子们没有娘,还不多教他们看看父亲吗?

就是我不出去,也还有好处。我的身上既永远不疲乏,心里又没多少事儿,闲着干什么呢?我呀,宅上有的是报纸,闲着就打头到底的念。大报小报,新闻社论,明白吧不明白吧,我全念,老念。这个,帮助我不少,我多知道了许多的事,多识了许多的字。有许多字到如今我还念不出来,可是看惯了,我会猜出它们的意思来,就好像街面上常见着的人,虽然叫不上姓名来,可是彼此怪面善。除了报纸,我还满世界去借闲书看。不过,比较起来,还是念报纸的益处大,事情多,字眼儿杂,看着开心。唯其事多字多,所以才费劲;念到我不能明白的地方,我只好再拿起闲书来了。闲书老是那一套,看了上回,猜也会猜到下回是什么事;正因为它这样,所以才不必费力,看着玩玩就算了。报纸开心,闲书散心,这是我的一点经验。

在门儿里可也有坏处:吃饭就第一成了问题。在"区"里或"段"上,我们的伙食钱是由饷银里坐地儿扣,好歹不拘,天天到时候就有饭吃。派到宅门里来呢,一共三五个人,绝不能找厨子包办伙食,没有厨子肯包这么小的买卖的。宅里的厨房呢,又不许我们用:人家老爷们要巡警,因为知道可以白使唤几个穿制服的人,并不大管这群人有肚子没有。我们怎办呢?自己起灶,作不到,买一堆盆碗锅勺,知道哪时就又被调了走呢?再说,人家门头上要巡警原为体面好看,好,我们若是给人家弄得盆朝天碗朝地,刀勺乱响,成何体统呢?没法子,只好买着吃。

这可够别扭的。手里若是有钱,不用说,买着吃是顶自由了,爱吃什么就叫什么,弄两盅酒儿伍的,叫俩可口的菜,岂不是个乐子?请别忘了,我可是一月才共总进六块钱!吃的苦还不算什么,一顿一顿想主意可真教人难过,想着想着我就要落泪。我要省钱,还得变个样儿,不能老啃干馍馍辣饼子,像填鸭子似的。省钱与可口简直永远不能碰到一块,想想钱,我认命吧,还是弄几个干烧饼,和一块老腌萝卜,对付一下吧;

想到身子,似乎又不该如此。想,越想越难过,越不能决定;一直饿到太阳平西还没吃上午饭呢!

我家里还有孩子呢!我少吃一口,他们就可以多吃一口,谁不心疼孩子呢?吃着包饭,我无法少交钱;现在我可以自由的吃饭了,为什么不多给孩子们省出一点来呢?好吧,我有八个烧饼才够,就硬吃六个,多喝两碗开水,来个"水饱"!我怎能不落泪呢!

看看人家宅门里吧,老爷挣钱没数儿!是呀,只要一打听就能打听出来他拿多少薪俸,可是人家绝不指着那点固定的进项,就这么说吧,一月挣八百块的,若是干挣八百块,他怎能那么阔气呢?这里必定有文章。这个文章是这样的,你要是一月挣六块钱,你就死挣那个数儿,你兜儿里忽然多出一块钱来,都会有人斜眼看你,给你造些谣言。你要是能挣五百块,就绝不会死挣这个数儿,而且你的钱越多,人们越佩服你。这个文章似乎一点也不合理,可是它就是这么作出来的,你爱信不信!

报纸与宣讲所里常常提倡自由;事情要是等着提倡,当然是原来没有。我原没自由;人家提倡了会子,自由还没来到我身上,可是我在宅门里看见它了。民国到底是有好处的,自己有自由没有吧,反正看见了也就得算开了眼。

你瞧,在大清国的时候,凡事都有个准谱儿;该穿蓝布大褂的就得穿蓝布大褂,有钱也不行。这个,大概就应叫作专制吧!一到民国来,宅门里可有了自由,只要有钱,你爱穿什么,吃什么,戴什么,都可以,没人敢管你。所以,为争自由,得拼命的去搂钱;搂钱也自由,因为民国没有御史。你要是没在大宅门待过，大概你还不信我的话呢，你去看看好了。现在的一个小官都比老年间的头品大员多享着点福：讲吃的，现在交通方便，山珍海味随便的吃，只要有钱，吃腻了这些还可以拿西餐洋酒换换口味；哪一朝的皇上大概也没吃过洋饭吧？讲穿的，讲戴的，讲看的听的，使的用的，都是如此；坐在屋里你可以享受全世界最好的东西。如今享福的人才真叫作享福，自然如今搂钱也比从前自由的多。别的我不敢说，我准知道宅门里的姨太太擦五十块钱一小盒的香粉，是由什么巴黎来的；巴黎在哪儿？我不知道，反正那里来的粉是很贵。我的邻居李四，把个胖小子卖了，才得到四十块钱，足见这香粉贵到什么地步了，一定是又细又香呀，一定！

好了，我不再说这个了；紧自贫嘴恶舌，倒好象我不赞成自由似的，那我哪敢呢！

我再从另一方面说几句，虽然还是话里套话，可是多少有点变化，好教人听着不俗气厌烦。刚才我说人家宅门里怎样自由，怎样阔气，谁可也别误会了人家作老爷的就整天的大把往外扔洋钱，老爷们才不这么傻呢！是呀，姨太太擦比一个小孩还贵的香粉，但是姨太太是姨太太，姨太太有姨太太的造化与本事。人家作老爷的给姨太太买那么贵的粉，正因为人家有地方可以抠出来。你就这么说吧，好比你作了老爷，我就能按着宅门的规矩告诉你许多诀窍：你的电灯，自来水，煤，电话，手纸，车马，天棚，家具，信封信纸，花草，都不用花钱；最后，你还可以白使唤几名巡警。这是规矩，你要不明白这个，你简直不配作老爷。告诉你一句到底的话吧,作老爷的要空着手儿来,满腔满馅的去,就好象刚惊蛰后的臭虫,来的时候是两张皮,一会儿就变成肚大腰圆,满兜儿血。这个比喻稍粗一点,意思可是不错。自由的搂钱,专制的省钱,两下里一合,你的姨太太就可以擦巴黎的香粉了。这句话也许说得太深奥了一些,随便吧!你爱懂不懂。

这可就该说到我自己了。按说,宅门里白使唤了咱们一年半载,到节了年了的,总该有个人心,给咱们哪怕是顿犒劳饭呢,也大小是个意思。哼!休想!人家作老爷的钱都留着给姨太太花呢,巡警算哪道货?等咱被调走的时候,求老爷给"区"里替我说句好话,咱都得感激不尽。

你看,命令下来,我被调到别处。我把铺盖卷打好,然后恭而敬之的去见宅上的老爷。看吧,人家那股子劲儿大了去啦!带理不理的,倒仿佛我偷了他点东西似的。我托咐了几句:求老爷顺便和"区"里说一声,我的差事当得不错。人家微微的一抬眼皮,连个屁都懒得放。我只好退出来了,人家连个拉铺盖的车钱也不给;我得自己把它扛了走。这就是他妈的差事,这就是他妈的人情!

十二

机关和宅门里的要人越来越多了。我们另成立了警卫队,一共有五百人,专作那义务保镖的事。为是显出我们真能保卫老爷们,我们每人有一杆洋枪,和几排子弹。对于洋枪——这些洋枪——我一点也不感觉兴趣:它又沉,又老,又破,我摸不清这是由哪里找来的一些专为压人肩膀,而一点别的用处没有的玩艺儿。我的子弹老在腰间围着,永远不准往枪里搁;到了什么大难临头,老爷们都逃走了的时候,我们才安上刺刀。

这可并非是说,我可以完全不管那枝破家伙;它虽然是那么破,我可得给它支使着。枪身里外,连刺刀,都得天天擦;即使永远擦不亮,我的手可不能闲着。心到神知!再说,有了枪,身上也就多了些玩艺儿,皮带,刺刀鞘,子弹袋子,全得弄得利落抹腻,不能像猪八戒挎腰刀那么懈懈松松的,还得打裹腿呢!

多出这么些事来,肩膀上添了七八斤的分量,我多挣了一块钱;现在我是一个月挣七块大洋了,感谢天地!

七块钱,扛枪,打裹腿,站门,我干了三年多。由这个宅门串到那个宅门,由这个衙门调到那个衙门;老爷们出来,我行礼;老爷进去,我行礼。这就是我的差事。这种差事才毁人呢:你说没事作吧,又有事;说有事作吧,又没事。还不如上街站岗去呢。在街上,至少得管点事,用用心思。在宅门或衙门,简直永远不用费什么一点脑子。赶到在闲散的衙门或汤儿事的宅子里,连站门的时候都满可以随便,拄着枪立着也行,抱着枪打盹也行。这样的差事教人不起一点儿劲,它生生的把人耗疲了。一个当仆人的可以有个盼望,哪儿的事情甜就想往哪儿去,我们当这份儿差事,明知一点好来头没有,可是就那么一天天的穷耗,耗得连自己都看不起了自己。按说,这么空闲无事,就应当吃得白白胖胖,也总算个体面呀。哼!我们并蹲不出膘儿来。我们一天老绕着那七块钱打算盘，穷得揪心。心要是揪上，还怎么会发胖呢？以我自己说吧，我的孩子已到上学的年岁了，我能不教他去吗？上学就得花钱，古今一理，不算出奇，可是我上哪里找这份钱去呢？作官的可以白占许多许多便宜，当巡警的连孩子白念书的地方也没有。上私塾吧，学费节礼，书籍笔墨，都是钱。上学校吧，制服，手工材料，种种本子，比上私塾还费的多。再说，孩子们在家里，饿了可以掰一块窝窝头吃；一上学，就得给点心钱，即使咱们肯教他揣着块窝窝头去，他自己肯吗？小孩的脸是更容易红起来的。

  我简直没办法。这么大个活人，就会干瞪着眼睛看自己的儿女在家里荒荒着！我这辈无望了，难道我的儿女应当更不济吗？看着人家宅门的小姐少爷去上学，喝！车接车送，到门口还有老妈子丫环来接书包，抱进去，手里拿着橘子苹果，和新鲜的玩具。人家的孩子这样，咱的孩子那样；孩子不都是将来的国民吗？我真想辞差不干了。我愣当仆人去，弄俩零钱，好教我的孩子上学。

  可是人就是别入了辙，入到哪条辙上便一辈子拔不出腿来。当了几年的差事——虽然是这样的差事——我事事入了辙，这里有朋友，有说有笑，有经验，它不教我起劲，可是我也仿佛不大能狠心的离开它。再说，一个人的虚荣心每每比金钱还有力量，当惯了差，总以为去当仆人是往下走一步，虽然可以多挣些钱。这可笑，很可笑，可是人就是这么个玩艺儿。我一跟朋友们说这个，大家都摇头。有的说，大家混的都很好的，干吗去改行？有的说，这山望着那山高，咱们这些苦人干什么也发不了财,先忍着吧!有的说,人家中学毕业生还有当"招募警"的呢,咱们有这个差事当,就算不错;何必呢?连巡官都对我说了:好歹混着吧,这是差事;凭你的本事,日后总有升腾!大家这么一说,我的心更活了,仿佛我要是固执起来,倒不大对得住朋友似的。好吧,还往下混吧。小孩念书的事呢?没有下文!

不久,我可有了个好机会。有位冯大人哪,官职大得很,一要就要十二名警卫;四名看门,四名送信跑道,四名作跟随。这四名跟随得会骑马。那时候,汽车还没出世,大官们都讲究坐大马车。在前清的时候,大官坐轿或坐车,不是前有顶马,后有跟班吗?这位冯大人愿意恢复这点官威,马车后得有四名带枪的警卫。敢情会骑马的人不好找,找遍了全警卫队,才找到了三个;三条腿不大像话,连巡官都急得直抓脑袋。我看出便宜来了:骑马,自然得有粮钱哪!为我的小孩念书起见,我得冒下子险,假如从马粮钱里能弄出块儿八毛的来,孩子至少也可以去私塾了。按说,这个心眼不甚好,可是我这是卖着命,我并不会骑马呀!我告诉了巡官,我愿意去。他问我会骑马不会?我没说我会,也没说我不会;他呢,反正找不到别人,也就没究根儿。

有胆子,天下便没难事。当我头一次和马见面的时候,我就合计好了:摔死呢,孩子们入孤儿院,不见得比在家里坏;摔不死呢,好,孩子们可以念书去了。这么一来,我就先不怕马了。我不怕它,它就得怕我,天下的事不都是如此吗?再说呢,我的腿脚利落,心里又灵,跟那三位会骑马的瞎扯巴了一会儿，我已经把骑马的招数知道了不少。找了匹老实的，我试了试，我手心里攥着把汗，可是硬说我有了把握。头几天，我的罪过真不小，浑身像散了一般，屁股上见了血。我咬了牙。等到伤好了，我的胆子更大起来，而且觉出来骑马的快乐。跑，跑，车多快，我多快，我算是治服了一种动物！

我把马治服了，可是没把粮草钱拿过来，我白冒了险。冯大人家中有十几匹马呢，另有看马的专人，没有我什么事。我几乎气病了。可是，不久我又高兴了：冯大人的官职是这么大，这么多，他简直没有回家吃饭的工夫。我们跟着他出去，一跑就是一天。他当然喽，到处都有饭吃，我们呢？我们四个人商议了一下，决定跟他交涉，他在哪里吃饭，也得有我们的。冯大人这个人心眼还不错，他很爱马，爱面子，爱手下的人。我们一对他说，他马上答应了。这个，可是个便宜。不用往多里说。我们要是一个月准能在外边白吃半个月的饭，我们不就省下半个月的饭钱吗？我高了兴！

冯大人，我说，很爱面子。当我们去见他交涉饭食的时候，他细细看了看我们。看了半天，他摇了摇头，自言自语的说："这可不行！"我以为他是说我们四个人不行呢，敢情不是。他登时要笔墨，写了个条子："拿这个见总队长去，教他三天内都办好！"把条子拿下来，我们看了看，原来是教队长给我们换制服：我们平常的制服是斜纹布的，冯大人现在教换呢子的；袖口，裤缝，和帽箍，一律要安金绦子。靴子也换，要过膝的马靴。枪要换上马枪，还另外给一人一把手枪。看完这个条子，连我们自己都觉得不合适：长官们才能穿呢衣，镶金绦，我们四个是巡警，怎能平白无故的穿上这一套呢？自然，我们不能去教冯大人收回条子去，可是我们也怪不好意思去见总队长。总队长要是不敢违抗冯大人，他满可以对我们四个人发发脾气呀！

你猜怎么着？总队长看了条子，连大气没出，照话而行，都给办了。你就说冯大人有多么大的势力吧！喝！我们四个人可抖起来了，真正细黑呢制服，镶着黄登登的金绦，过膝的黑皮长靴，靴后带着白亮亮的马刺，马枪背在背后，手枪挎在身旁，枪匣外搭拉着长杏黄穗子。简直可以这么说吧，全城的巡警的威风都教我们四个人给夺过来了。我们在街上走，站岗的巡警全都给我们行礼，以为我们是大官儿呢！

当我作裱糊匠的时候，稍微讲究一点的烧活，总得糊上匹菊花青的大马。现在我穿上这么抖的制服，我到马棚去挑了匹菊花青的马，这匹马非常的闹手，见了人是连啃带踢；我挑了它，因为我原先糊过这样的马，现在我得骑上匹活的；菊花青，多么好看呢！这匹马闹手，可是跑起来真作脸，头一低，嘴角吐着点白沫，长鬃象风吹着一垄春麦，小耳朵立着象俩小瓢儿；我只须一认镫，它就要飞起来。这一辈子，我没有过什么真正得意的事；骑上这匹菊花青大马，我必得说，我觉到了骄傲与得意！

按说，这回的差事总算过得去了，凭那一身衣裳与那匹马还不值得高高兴兴的混吗？哼！新制服还没穿过三个月，冯大人吹了台，警卫队也被解散；我又回去当三等警了。

十三

警卫队解散了。为什么？我不知道。我被调到总局里去当差，并且得了一面铜片的奖章，仿佛是说我在宅门里立下了什么功劳似的。在总局里，我有时候管户口册子，有时候管铺捐的账簿，有时候值班守大门，有时候看管军装库。这么二三年的工夫，我又把局子里的事情全明白了个大概，加上我以前在街面上，衙门口和宅门里的那些经验，我可以算作个百事通了，里里外外的事，没有我不晓得的。要提起警务，我是地道内行。可是一直到这个时候，当了十年的差，我才升到头等警，每月挣大洋九元。

大家伙或者以为巡警都是站街的，年轻轻的好管闲事。其实，我们还有一大群人在区里局里藏着呢。假若有一天举行总检阅，你就可以看见些稀奇古怪的巡警：罗锅腰的，近视眼的，掉了牙的，瘸着腿的，无奇不有。这些怪物才真是巡警中的盐，他们都有资格有经验，识文断字，一切公文案件，一切办事的诀窍，都在他们手里呢。要是没有他们，街上的巡警就非乱了营不可。这些人，可是永远不会升腾起来；老给大家办事，一点起色也没有，平生连出头露面的体面一次都没有过。他们任劳任怨的办事，一直到他们老得动不了窝，老是头等警，挣九块大洋。多喒你在街上看见：穿着洗得很干净的灰布大褂，脚底下可还穿着巡警的皮鞋，用脚后跟慢慢的走，仿佛支使不动那双鞋似的，那就准是这路巡警。他们有时候也到大"酒缸"上，喝一个"碗酒"，就着十几个花生豆儿，挺有规矩，一边往下咽那点辣水，一边叹着气。头发已经有些白的了，嘴巴儿可还刮得很光，猛看很象个太监。他们很规则，和蔼，会作事，他们连休息的时候还得穿着那双不得人心的鞋！

跟这群人在一处办事，我长了不少的知识。可是，我也有点害怕：莫非我也就这样下去了吗？他们够多么可爱，又多么可怜呢！看着他们，我心中时常忽然凉那么一下，教我半天说不上话来。不错，我比他们都年岁小，也不见得比他们不精明，可是我有希望没有呢？年岁小？我也三十六了！

这几年在局子里可也有一样好处，我没受什么惊险。这几年，正是年年春秋准打仗的时期，旁人受的罪我先不说，单说巡警们就真够瞧的。一打仗，兵们就成了阎王爷，而巡警头朝了下！要粮，要车，要马，要人，要钱，全交派给巡警，慢一点送上去都不行。一说要烙饼一万斤，得，巡警就得挨着家去到切面铺和烙烧饼的地方给要大饼；饼烙得，还得押着清道夫给送到营里去；说不定还挨几个嘴巴回来！

要单是这么伺候着兵老爷们，也还好；不，兵老爷们还横反呢。凡是有巡警的地方，他们非捣乱不可，巡警们管吧不好，不管吧也不好，活受气。世上有胡涂人，我晓得；但是兵们的糊涂令我不解。他们只为逗一时的字号，完全不讲情理；不讲情理也罢，反正得自己别吃亏呀；不，他们连自己吃亏不吃亏都看不出来，你说天下哪里再找这么糊涂的人呢。就说我的表弟吧，他已当过十多年的兵，后来几年还老是排长，按说总该明白点事儿了。哼!那年打仗,他押着十几名俘虏往营里送。喝!他得意非常的在前面领着,仿佛是个皇上似的。他手下的弟兄都看出来,为什么不先解除了俘虏的武装呢?他可就是不这么办,拍着胸膛说一点错儿没有。走到半路上,后面响了枪,他登时就死在了街上。他是我的表弟,我还能盼着他死吗?可是这股子糊涂劲儿,教我也没法抱怨开枪打他的人。有这样一个例子,你也就能明白一点兵们是怎样的难对付了。你要是告诉他,汽车别往墙上开,好啦,他就非去碰碰不可,把他自己碰死倒可以,他就是不能听你的话。

在总局里几年,没别的好处,我算是躲开了战时的危险与受气。自然罗!一打仗,煤米柴炭都涨价儿,巡警们也随着大家一同受罪,不过我可以安坐在公事房里,不必出去对付大兵们,我就得知足。

可是,在局里我又怕一辈子就窝在那里,永没有出头之日。有人情,可以升腾起来;没人情而能在外边拿贼办案,也是个路子;我既没人情,又不到街面上去,打哪儿升高一步呢?我越想越发愁。

十四

到我四十岁那年,大运亨通,我补了巡长!我顾不得想已经当了多少年的差,卖了多少力气,和巡长才挣多少钱;都顾不得想了。我只觉得我的运气来了!

小孩子拾个破东西，就能高兴的玩耍半天，所以小孩子能够快乐。大人们也得这样，或者才能对付着活下去。细细一想，事情就全糟。我升了巡长，说真的，巡长比巡警才多挣几块钱呢？挣钱不多，责任可有多么大呢！往上说，对上司们事事得说出个谱儿来；往下说，对弟兄们得又精明又热诚；对内说，差事得交得过去；对外说，得能不软不硬的办了事。这，比作知县难多了。县长就是一个地方的皇上，巡长没那个身分，他得认真办事，又得敷衍事，真真假假，虚虚实实，哪一点没想到就出蘑菇。出了蘑菇还是真糟，往上升腾不易呀，往下降可不难呢。当过了巡长再降下来，派到哪里去也不吃香：弟兄们咬吃，喝！你这作过巡长的，……这个那个的扯一堆。长官呢，看你是刺儿头，故意的给你小鞋穿，你怎么忍也忍不下去。怎办呢？哼！由巡长而降为巡警，顶好干脆卷铺盖家去，这碗饭不必再吃了。可是，以我说吧，四十岁才升上巡长，真要是卷了铺盖，我干吗去呢？

　　真要是这么一想，我登时就得白了头发。幸而我当时没这么想，只顾了高兴，把坏事儿全放在了一旁。我当时倒这么想：四十作上巡长，五十——哪怕是五十呢！——再作上巡官，也就算不白当了差。咱们非学校出身，又没有大人情，能作到巡官还算小吗？这么一想，我简直的拼了命，精神百倍的看着我的事，好像看着颗夜明珠似的！

　　作了二年的巡长，我的头上真见了白头发。我并没细想过一切，可是天天揪着心，唯恐哪件事办错了，担了处分。白天，我老喜笑颜开的打着精神办公；夜间，我睡不实在，忽然想起一件事，我就受了一惊似的，翻来覆去的思索；未必能想出办法来，我的困意可也就不再回来了。

公事而外，我为我的儿女发愁：儿子已经二十了，姑娘十八。福海——我的儿子——上过几天私塾，几天贫儿学校，几天公立小学。字吗，凑在一块儿他大概能念下来第二册国文；坏招儿，他可学会了不少，私塾的，贫儿学校的，公立小学的，他都学来了，到处准能考一百分，假若学校里考坏招数的话。本来吗，自幼失了娘，我又终年在外边瞎混，他可不是爱怎么反就怎么反哎。我不恨铁不成钢去责备他，也不抱怨任何人，我只恨我的时运低，发不了财，不能好好的教育他。我不算对不起他们，我一辈子没给他们弄个后娘，给他们气受。至于我的时运不济，只能当巡警，那并非是我的错儿，人还能大过天去吗？

福海的个子可不小，所以很能吃呀！一顿胡搂三大碗芝麻酱拌面，有时候还说不很饱呢！就凭他这个吃法，他再有我这么两份儿爸爸也不中用！我供给不起他上中学，他那点"秀气"也设法考上。我得给他找事作。哼！他会作什么呢？

从老早，我心里就这么嘀咕：我的儿子愣可去拉洋车，也不去当巡警；我这辈子当够了巡警，不必世袭这份差事了！在福海十二三岁的时候，我教他去学手艺，他哭着喊着的一百个不去。不去就不去吧，等他长两岁再说；对个没娘的孩子不就得格外心疼吗？到了十五岁，我给他找好了地方去学徒，他不说不去，可是我一转脸，他就会跑回家来。几次我送他走，几次他偷跑回来。于是只好等他再大一点吧，等他心眼转变过来也许就行了。哼！从十五到二十，他就愣荒荒过来，能吃能喝，就是不爱干活儿。赶到教我给逼急了："你到底愿意干什么呢？你说！"他低着脑袋，说他愿意挑巡警！他觉得穿上制服，在街上走，既能挣钱，又能就手儿散心，不像学徒那样永远圈在屋里。我没说什么，心里可刺着痛。我给打了个招呼，他挑上了巡警。我心里痛不痛的，反正他有事作，总比死吃我一口强啊。父是英雄儿好汉，爸爸巡警儿子还是巡警，而且他这个巡警还必定跟不上我。我到四十岁才熬上巡长，他到四十岁，哼！不教人家开革出来就是好事！没盼望！我没续娶过，因为我咬得住牙。他呢，赶明儿个难道不给他成家吗？拿什么养着呢？

是的，儿子当了差，我心中反倒堵上个大疙疸！

再看女儿呀，也十八九了，紧自搁在家里算怎回事呢？当然，早早撮出去的为是，越早越好。给谁呢？巡警，巡警，还得是巡警？一个人当巡警，子孙万代全得当巡警，仿佛掉在了巡警阵里似的。可是，不给巡警还真不行呢：论模样，她没什么模样；论教育，她自幼没娘，只认识几个大字；论赔送，我至多能给她作两件洋布大衫；论本事，她只能受苦，没别的好处。巡警的女儿天生来的得嫁给巡警，八字造定，谁也改不了！

唉！给了就给了啵！撮出她去，我无论怎说也可以心净一会儿。并非是我心狠哪；想想看，把她撂到二十多岁，还许就剩在家里呢。我对谁都想对得起，可是谁又对得起我来着！我并不想唠里唠叨的发牢骚，不过我愿把事情都撂平了，谁是谁非，让大家看。

当她出嫁的那一天，我真想坐在那里痛哭一场。我可是没有哭；这也不是一半天的事了，我的眼泪只会在眼里转两转，简直的不会往下流！

十五

儿子有了事作，姑娘出了阁，我心里说：这我可能远走高飞了！假若外边有个机会，我愣把巡长搁下，也出去见识见识。什么发财不发财的，我不能就窝囊这么一辈子。

机会还真来了。记得那位冯大人呀，他放了外任官。我不是爱看报吗？得到这个消息，就找他去了，求他带我出去。他还记得我，而且愿意这么办。他教我去再约上三个好手，一共四个人随他上任。我留了个心眼，请他自己向局里要四名，作为是拨遣。我是这么想：假若日后事情不见佳呢，既省得朋友们抱怨我，而且还可以回来交差，有个退身步。他看我的办法不错，就指名向局里调了四个人。

这一喜可非同小喜。就凭我这点经验知识，管保说，到哪儿我也可以作个很好的警察局局长，一点不是瞎吹！一条狗还有得意的那一天呢，何况是个人？我也该抖两天了，四十多岁还没露过一回脸呢！

果然，命令下来，我是卫队长；我乐得要跳起来。

哼！也不是咱的命不好，还是冯大人的运不济；还没到任呢,又撤了差。猫咬尿泡,瞎欢喜一场!幸而我们四个人是调用,不是辞差;冯大人又把我们送回局里去了。我的心里既为这件事难过,又为回局里能否还当巡长发愁,我脸上瘦了一圈。

幸而还好,我被派到防疫处作守卫,一共有六位弟兄,由我带领。这是个不错的差事,事情不多,而由防疫处开我们的饭钱。我不确实的知道,大概这是冯大人给我说了句好话。

在这里,饭钱既不必由自己出,我开始攒钱,为是给福海娶亲——只剩了这么一档子该办的事了,爽性早些办了吧!

在我四十五岁上,我娶了儿媳妇——她的娘家父亲与哥哥都是巡警。可倒好,我这一家子,老少里外,全是巡警,凑吧凑吧,就可以成立个警察分所!

人的行动有时候莫名其妙。娶了儿媳妇以后,也不知怎么我以为应当留下胡子,才够作公公的样子。我没细想自己是干什么的,直入公堂的就留下胡子了。小黑胡子在我嘴上,我捻上一袋关东烟,觉得挺够味儿。本来吗,姑娘聘出去了,儿子成了家,我自己的事又挺顺当,怎能觉得不是味儿呢?

哼!我的胡子惹下了祸。总局局长忽然换了人,新局长到任就检阅全城的巡警。这位老爷是军人出身,只懂得立正看齐,不懂得别的。在前面我已经说过,局里区里都有许多老人们,长相不体面,可是办事多年,最有经验。我就是和局里这群老手儿排在一处的,因为防疫处的守卫不属于任何警区,所以检阅的时候便随着局里的人立在一块儿。

当我们站好了队,等着检阅的时候,我和那群老人们还有说有笑，自自然然的。我们心里都觉得，重要的事情都归我们办，提哪一项事情我们都知道，我们没升腾起来已经算很委屈了，谁还能把我们踢出去吗？上了几岁年纪，诚然，可是我们并没少作事儿呀！即使说老朽不中用了，反正我们都至少当过十五六年的差，我们年轻力壮的时候是把精神血汗耗费在公家的差事上，冲着这点，难道还不留个情面吗？谁能够看狗老了就一脚踢出去呢？我们心中都这么想，所以满没把这回事放在心里，以为新局长从远处瞧我们一眼也就算了。

局长到了，大个子胸前挂满了徽章，又是喊，又是蹦，活象个机器人。我心里打开了鼓。他不按着次序看，一眼看到我们这一排，他猛虎扑食似的就跑过来了。岔开脚，手握在背后，他向我们点了点头。然后忽然他一个箭步跳到我们跟前，抓起一个老书记生的腰带，像摔跤似的往前一拉，几乎把老书记生拉倒；抓着腰带，他前后摇晃了老书记生几把，然后猛一撒手，老书记生摔了个屁股墩。局长对准了他就是两口唾沫，"你也当巡警！连腰带都系不紧？来！拉出去毙了！"

我们都知道，凭他是谁，也不能枪毙人。可是我们的脸都白了，不是怕，是气的。那个老书记生坐在地上，哆嗦成了一团。

局长又看了看我们，然后用手指划了条长线，"你们全滚出去，别再教我看见你们！你们这群东西也配当巡警！"说完这个，仿佛还不解气，又跑到前面，扯着脖子喊："是有胡子的全脱了制服，马上走！"

有胡子的不止我一个，还都是巡长巡官，要不然我也不敢留下这几根惹祸的毛。

　　二十年来的服务，我就是这么被刷下来了。其实呢，我虽四十多岁，我可是一点也不显着老苍，谁教我留下了胡子呢！这就是说，当你年轻力壮的时候，你把命卖上，一月就是那六七块钱。你的儿子，因为你当巡警，不能读书受教育；你的女儿，因为你当巡警，也嫁个穷汉去吃窝窝头。你自己呢，一长胡子，就算完事，一个铜子的恤金养老金也没有，服务二十年后，你教人家一脚踢出来，像踢开一块碍事的砖头似的。五十以前，你没挣下什么，有三顿饭吃就算不错；五十以后，你该想主意了，是投河呢，还是上吊呢？这就是当巡警的下场头。

　　二十年来的差事，没作过什么错事，但我就这样卷了铺盖。

　　弟兄们有含着泪把我送出来的，我还是笑着；世界上不平的事可多了，我还留着我的泪呢！

十六

　　穷人的命——并不象那些施舍稀粥的慈善家所想的——不是几碗粥所能救活了的；有粥吃，不过多受几天罪罢了，早晚还是死。我的履历就跟这样的粥差不多，它只能帮助我找上个小事，教我多受几天罪；我还得去当巡警。除了说我当巡警，我还真没法介绍自己呢！它就像颗不体面的痣或瘤子，永远跟着我。我懒得说当过巡警,懒得再去当巡警,可是不说不当,还真连碗饭也吃不上,多么可恶呢!

歇了没有好久,我由冯大人的介绍,到一座煤矿上去作卫生处主任,后来又升为矿村的警察分所所长;这总算运气不坏。在这里我很施展了些我的才干与学问:对村里的工人,我以二十年服务的经验,管理得真叫不错。他们聚赌,斗殴,罢工,闹事,醉酒,就凭我的一张嘴,就事论事,干脆了当,我能把他们说得心服口服。对弟兄们呢,我得亲自去训练。他们之中有的是由别处调来的,有的是由我约来帮忙的,都当过巡警;这可就不容易训练,因为他们懂得一些警察的事儿,而想看我一手儿。我不怕,我当过各样的巡警,里里外外我全晓得;凭着这点经验,我算是没被他们给撅了。对内对外,我全有办法,这一点也不瞎吹。

假若我能在这里混上几年,我敢保说至少我可以积攒下个棺材本儿,因为我的饷银差不多等于一个巡官的,而到年底还可以拿一笔奖金。可是,我刚作到半年,把一切都布置得有个大概了,哼!我被人家顶下来了。我的罪过是年老与过于认真办事。弟兄们满可以拿些私钱,假若我肯睁着一只闭着一只眼的话。我的两眼都睁着,种下了毒。对外也是如此,我明白警察的一切,所以我要本着良心把此地的警务办得完完全全,真像个样儿。还是那句话,人民要不是真正的人民,办警察是多此一举,越办得好越招人怨恨。自然,容我办上几年,大家也许能看出它的好处来。可是,人家不等办好,已经把我踢开了。

在这个社会中办事,现在才明白过来,就得像发给巡警们皮鞋似的。大点,活该!小点,挤脚?活该!什么事都能办通了,你打算合大家的适,他们要不把鞋打在你脸上才怪。这次的失败,因为我忘了那三个宝贝字——"汤儿事",因此我又卷了铺盖。

这回,一闲就是半年多。从我学徒时候起,我无事也忙,永不懂得偷闲。现在,虽然是奔五十的人了,我的精神气力并不比那个年轻小伙子差多少。生让我闲着,我怎么受呢?由早晨起来到日落,我没有正经事作,没有希望,跟太阳一样,就那么由东而西的转过去;不过,太阳能照亮了世界,我呢,心中老是黑糊糊的。闲得起急,闲得要躁,闲得讨厌自己,可就是摸不着点儿事作。想起过去的劳力与经验,并不能自慰,因为劳力与经验没给我积攒下养老的钱,而我眼看着就是挨饿。我不愿人家养着我,我有自己的精神与本事,愿意自食其力的去挣饭吃。我的耳目好像作贼的那么尖,只要有个消息,便赶上前去,可是老空着手回来,把头低得无可再低,真想一跤摔死,倒也爽快!还没到死的时候,社会像要把我活埋了!晴天大日头的,我觉得身子慢慢往土里陷;什么缺德的事也没作过,可是受这么大的罪。一天到晚我叼着那根烟袋,里边并没有烟,只是那么叼着,算个"意思"而已。我活着也不过是那么个"意思",好像专为给大家当笑话看呢!

好容易,我弄到个事:到河南去当盐务缉私队的队兵。队兵就队兵吧,有饭吃就行呀!借了钱,打点行李,我把胡子剃得光光的上了"任"。

半年的工夫，我把债还清，而且升为排长。别人花俩，我花一个，好还债。别人走一步，我走两步，所以升了排长。委屈并挡不住我的努力，我怕失业。一次失业，就多老上三年，不饿死，也憋闷死了。至于努力挡得住失业挡不住，那就难说了。

　　我想——哼！我又想了！——我既能当上排长，就能当上队长，不又是个希望吗？这回我留了神，看人家怎作，我也怎作。人家要私钱，我也要，我别再为良心而坏了事；良心在这年月并不值钱。假若我在队上混个队长，连公带私，有几年的工夫，我不是又可以剩下个棺材本儿吗？我简直的没了大志向，只求腿脚能动便去劳动；多嗻动不了窝，好，能有个棺材把我装上，不至于教野狗们把我嚼了。我一眼看着天，一眼看着地。我对得起天，再求我能静静的躺在地下。并非我倚老卖老，我才五十来岁；不过，过去的努力既是那么白干一场，我怎能不把眼睛放低一些，只看着我将来的坟头呢！我心里是这么想，我的志愿既这么小，难道老天爷还不睁开点眼吗？

　　来家信，说我得了孙子。我要说我不喜欢，那简直不近人情。可是，我也必得说出来：喜欢完了，我心里凉了那么一下，不由的自言自语的嘀咕："哼！又来个小巡警吧！"一个作祖父的，按说，哪有给孙子说丧气话的，可是谁要是看过我前边所说的一大片，大概谁也会原谅我吧？有钱人家的儿女是希望，没钱人家的儿女是累赘；自己的肚中空虚，还能顾得子孙万代，和什么"忠厚传家久，诗书继世长"吗？

　　我的小烟袋锅儿里又有了烟叶，叼着烟袋，我顺摸着将来的事儿。有了孙子,我的责任还不止于剩个棺材本儿了;儿子还是三等警,怎能养家呢?我不管他们夫妇,还不管孙子吗?这教我心中忽然非常的乱,自己一年比一年的老,而家中的嘴越来越多,哪个嘴不得用窝窝头填上呢!我深深的打了几个嗝儿,胸中仿佛横着一口气。算了吧,我还是少思索吧,没头儿,说不尽!个人的寿数是有限的,困难可是世袭的呢!子子孙孙,万年永实用,窝窝头!

  风雨要是都按着天气预测那么来,就无所谓狂风暴雨了。困难若是都按着咱们心中所思虑的一步一步慢慢的来,也就没有把人急疯了这一说了。我正盘算着孙子的事儿,我的儿子死了!

  他还并没死在家里呀!我还得去运灵。

  福海,自从成家以后,很知道要强。虽然他的本事有限,可是他懂得了怎样尽自己的力量去作事。我到盐务缉私队上来的时候,他很愿意和我一同来,相信在外边可以多一些发展的机会。我拦住了他,因为怕事情不稳,一下子再教父子同时失业,如何得了。可是,我前脚离开了家,他紧随着也上了威海卫。他在那里多挣两块钱。独自在外,多挣两块就和不多挣一样,可是穷人想要强,就往往只看见了钱,而不多合计合计。到那里,他就病了;舍不得吃药。及至他躺下了,药可也就没了用。

  把灵运回来,我手中连一个钱也没有了。儿媳妇成了年轻的寡妇,带着个吃奶的小孩,我怎么办呢?我没法再出外去作事,在家乡我又连个三等巡警也当不上,我才五十岁,已走到了绝路。我羡慕福海，早早的死了，一闭眼三不知；假若他活到我这个岁数，至好也不过和我一样，多一半还许不如我呢！儿媳妇哭，哭得死去活来，我没有泪，哭不出来，我只能满屋里打转，偶尔的冷笑一声。

以前的力气都白卖了。现在我还得拿出全套的本事，去给小孩子找点粥吃。我去看守空房；我去帮着人家卖菜；我去作泥水匠的小工子活；我去给人家搬家……除了拉洋车，我什么都作过了。无论作什么，我还都卖着最大的力气，留着十分的小心。五十多了，我出的是二十岁的小伙子的力气，肚子里可是只有点稀粥与窝窝头，身上到冬天没有一件厚实的棉袄，我不求人白给点什么，还讲仗着力气与本事挣饭吃，豪横了一辈子，到死我还不能输这口气。时常我挨一天的饿，时常我没有煤上火，时常我找不到一撮儿烟叶，可是我决不说什么；我给公家卖过力气了，我对得住一切的人，我心里没毛病，还说什么呢？我等着饿死，死后必定没有棺材，儿媳妇和孙子也得跟着饿死，那只好就这样吧！谁教我是巡警呢！我的眼前时常发黑，我仿佛已摸到了死，哼！我还笑，笑我这一辈的聪明本事，笑这出奇不公平的世界，希望等我笑到末一声，这世界就换个样儿吧！

* 初载一九三七年七月一日《文学》第九卷第一号，收入一九三九年八月上海杂志公司《火车集》，一九四七年上海惠联出版社出版单行本。

月牙儿

一

是的,我又看见月牙儿了,带着点寒气的一钩儿浅金。多少次了,我看见跟现在这个月牙儿一样的月牙儿;多少次了。它带着种种不同的感情,种种不同的景物,当我坐定了看它,它一次一次的在我记忆中的碧云上斜挂着。它唤醒了我的记忆,像一阵晚风吹破一朵欲睡的花。

二

那第一次,带着寒气的月牙儿确是带着寒气。它第一次在我的云中是酸苦,它那一点点微弱的浅金光儿照着我的泪。那时候我也不过是七岁吧,一个穿着短红棉袄的小姑娘。戴着妈妈给我缝的一顶小帽儿,蓝布的,上面印着小小的花,我记得。我倚着那间小屋的门垛,看着月牙儿。屋里是药味,烟味,妈妈的眼泪,爸爸的病;我独自在台阶上看着月牙,没人招呼我,没人顾得给我作晚饭。我晓得屋里的惨凄,因为大家说爸爸的病……可是我更感觉自己的悲惨,我冷,饿,没人理我。一直的我立到月牙儿落下去。什么也没有了,我不能不哭。可是我的哭声被妈妈的压下去;爸,不出声了,面上蒙了块白布。我要掀开白布,再看看爸,可是我不敢。屋里只是那么点点地方,都被爸占了去。妈妈穿上白衣,我的红袄上也罩了个没缝襟边的白袍,我记得,因为不断地撕扯襟边上的白丝儿。大家都很忙,嚷嚷的声儿很高,哭得很恸,可是事情并不多,也似乎值不得嚷:爸爸就装入那么一个四块薄板的棺材里,到处都是缝子。然后,五六个人把他抬了走。妈和我在后边哭。我记得爸,记得爸的木匣。那个木匣结束了爸的一切:每逢我想起爸来,我就想到非打开那个木匣不能见着他。但是,那木匣是深深地埋在地里,我明知在城外哪个地方埋着它,可又像落在地上的一个雨点,似乎永难找到。

三

妈和我还穿着白袍,我又看见了月牙儿。那是个冷天,妈妈带我出城去看爸的坟。妈拿着很薄很薄的一摞儿纸。妈那天对我特别的好,我走不动便背我一程,到城门上还给我买了一些炒栗子。什么都是凉的，只有这些栗子是热的；我舍不得吃，用它们热我的手。走了多远，我记不清了，总该是很远很远吧。在爸出殡的那天，我似乎没觉得这么远，或者是因为那天人多；这次只是我们娘儿俩，妈不说话，我也懒得出声，什么都是静寂的；那些黄土路静寂得没有头儿。天是短的，我记得那个坟：小小的一堆儿土，远处有一些高土岗儿，太阳在黄土岗儿上头斜着。妈妈似乎顾不得我了，把我放在一旁，抱着坟头儿去哭。我坐在坟头的旁边，弄着手里那几个栗子。妈哭了一阵，把那点纸焚化了，一些纸灰在我眼前卷成一两个旋儿，而后懒懒地落在地上；风很小，可是很够冷的。妈妈又哭起来。我也想爸，可是我不想哭他；我倒是为妈妈哭得可怜而也落了泪。过去拉住妈妈的手："妈不哭！不哭！"妈妈哭得更恸了。她把我搂在怀里。眼看太阳就落下去，四外没有一个人，只有我们娘儿俩。妈似乎也有点怕了，含着泪，扯起我就走，走出老远，她回头看了看，我也转过身去：爸的坟已经辨不清了；土岗的这边都是坟头，一小堆一小堆，一直摆到土岗底下。妈妈叹了口气。我们紧走慢走，还没有走到城门，我看见了月牙儿。四外漆黑，没有声音，只有月牙儿放出一道儿冷光。我乏了，妈妈抱起我来。怎样进的城，我就不知道了，只记得迷迷糊糊的天上有个月牙儿。

四

刚八岁，我已经学会了去当东西。我知道，若是当不来钱，我们娘儿俩就不要吃晚饭；因为妈妈但分有点主意，也不肯叫我去。我准知道她每逢交给我个小包，锅里必是连一点粥底儿也看不见了。我们的锅有时干净得像个体面的寡妇。这一天，我拿的是一面镜子。只有这件东西似乎是不必要的，虽然妈妈天天得用它。这是个春天，我们的棉衣都刚脱下来就入了当铺。我拿着这面镜子，我知道怎样小心，小心而且要走得快，当铺是老早就上门的。我怕当铺的那个大红门，那个大高长柜台。一看见那个门，我就心跳。可是我必须进去，似乎是爬进去，那个高门坎儿是那么高。我得用尽了力量，递上我的东西，还得喊："当当！"得了钱和当票，我知道怎样小心的拿着，快快回家，晓得妈妈不放心。可是这一次，当铺不要这面镜子，告诉我再添一号来。我懂得什么叫"一号"。把镜子搂在胸前，我拚命的往家跑。妈妈哭了；她找不到第二件东西。我在那间小屋住惯了，总以为东西不少；及至帮着妈妈一找可当的衣物，我的小心里才明白过来，我们的东西很少，很少。妈妈不叫我去了。可是，"妈妈咱们吃什么呢？"妈妈哭着递给我她头上的银簪——只有这一件东西是银的。我知道，她拔下过来几回，都没肯交给我去当。这是妈妈出门子时，姥姥家给的一件首饰。现在,她把这末一件银器给了我,叫我把镜子放下。我尽了我的力量赶回当铺,那可怕的大门已经严严地关好了。我坐在那门墩上,握着那根银簪。不敢高声地哭,我看着天,啊,又是月牙儿照着我的眼泪!哭了好久,妈妈在黑影中来了,她拉住了我的手,呕,多么热的手,我忘了一切的苦处,连饿也忘了,只要有妈妈这只热手拉着我就好。我抽抽搭搭地说:"妈!咱们回家睡觉吧。明儿早上再来!"妈一声没出。又走了一会儿:"妈!你看这个月牙;爸死的那天,它就是这么斜斜着。为什么它老这么斜斜着呢?"妈还是一声没出,她的手有点颤。

五

　　妈妈整天地给人家洗衣裳。我老想帮助妈妈,可是插不上手。我只好等着妈妈,非到她完了事,我不去睡。有时月牙儿已经上来,她还哼哧哼哧地洗。那些臭袜子,硬牛皮似的,都是买卖地的伙计们送来的。妈妈洗完这些"牛皮"就吃不下饭去。我坐在她旁边,看着月牙,蝙蝠专会在那条光儿底下穿过来穿过去,像银线上穿着个大菱角,极快的又掉到暗处去。我越可怜妈妈,便越爱这个月牙,因为看着它,使我心中痛快一点。它在夏天更可爱,它老有那么点凉气,像一条冰似的。我爱它给地上的那点小影子,一会儿就没了;迷迷糊糊的不甚清楚,及至影子没了,地上就特别的黑,星也特别的亮,花也特别的香——我们的邻居有许多花木,那棵高高的洋槐总把花儿落到我们这边来,像一层雪似的。

六

妈妈的手起了层鳞,叫她给搓搓背顶解痒痒了。可是我不敢常劳动她,她的手是洗粗了的。她瘦,被臭袜子熏的常不吃饭。我知道妈妈要想主意了,我知道。她常把衣裳推到一边,愣着。她和自己说话。她想什么主意呢?我可是猜不着。

七

妈妈嘱咐我不叫我别扭,要乖乖地叫"爸":她又给我找到一个爸。这是另一个爸,我知道,因为坟里已经埋好一个爸了。妈嘱咐我的时候,眼睛看着别处。她含着泪说:"不能叫你饿死!"呕,是因为不饿死我,妈才另给我找了个爸!我不明白多少事,我有点怕,又有点希望——果然不再挨饿的话。多么凑巧呢,离开我们那间小屋的时候,天上又挂着月牙。这次的月牙比哪一回都清楚,都可怕;我是要离开这住惯了的小屋了。妈坐了一乘红轿,前面还有几个鼓手,吹打得一点也不好听。轿在前边走,我和一个男人在后边跟着,他拉着我的手。那可怕的月牙放着一点光,仿佛在凉风里颤动。街上没有什么人，只有些野狗追着鼓手们咬；轿子走得很快。上哪去呢？是不是把妈抬到城外去，抬到坟地去？那个男人扯着我走，我喘不过气来，要哭都哭不出来。那男人的手心出了汗，凉得像个鱼似的，我要喊"妈"，可是不敢。一会儿，月牙像个要闭上的一道大眼缝，轿子进了个小巷。

八

我在三四年里似乎没再看见月牙。新爸对我们很好，他有两间屋子，他和妈住在里间，我在外间睡铺板。我起初还想跟妈妈睡，可是几天之后，我反倒爱"我的"小屋了。屋里有白白的墙，还有条长桌，一把椅子。这似乎都是我的。我的被子也比从前的厚实暖和了。妈妈也渐渐胖了点，脸上有了红色，手上的那层鳞也慢慢掉净。我好久没去当当了。新爸叫我去上学。有时候他还跟我玩一会儿。我不知道为什么不爱叫他"爸"，虽然我知道他很可爱。他似乎也知道这个，他常常对我那么一笑；笑的时候他有很好看的眼睛。可是妈妈偷告诉我叫爸，我也不愿十分的别扭。我心中明白，妈和我现在是有吃有喝的，都因为有这个爸，我明白。是的，在这三四年里我想不起曾经看见过月牙儿；也许是看见过而不大记得了。爸死时那个月牙，妈轿子前面那个月牙，我永远忘不了。那一点点光，那一点寒气，老在我心中，比什么都亮，都清凉，像块玉似的，有时候想起来仿佛能用手摸到似的。

九

我很爱上学。我老觉得学校里有不少的花,其实并没有;只是一想起学校就想到花罢了,正像一想起爸的坟就想起城外的月牙儿——在野外的小风里歪歪着。妈妈是很爱花的,虽然买不起,可是有人送给她一朵,她就顶喜欢地戴在头上。我有机会便给她折一两朵来;戴上朵鲜花,妈的后影还很年轻似的。妈喜欢,我也喜欢。在学校里我也很喜欢。也许因为这个,我想起学校便想起花来?

十

当我要在小学毕业那年,妈又叫我去当当了。我不知道为什么新爸忽然走了。他上了哪儿,妈似乎也不晓得。妈妈还叫我上学,她想爸不久就会回来的。他许多日子没回来,连封信也没有。我想妈又该洗臭袜子了,这使我极难受。可是妈妈并没这么打算。她还打扮着,还爱戴花;奇怪!她不落泪,反倒好笑;为什么呢?我不明白!好几次,我下学来,看她在门口儿立着。又隔了不久,我在路上走,有人"嗨"我了:"嗨!给你妈捎个信儿去!""嗨!你卖不卖呀?小嫩的!"我的脸红得冒出火来,把头低得无可再低。我明白,只是没办法。我不能问妈妈,不能。她对我很好,而且有时候极郑重地说我:"念书!念书!"妈是不识字的,为什么这样催我念书呢?我疑心;又常由疑心而想到妈是为我才作那样的事。妈是没有更好的办法。疑心的时候,我恨不能骂妈妈一顿。再一想,我要抱住她,央告她不要再作那个事。我恨自己不能帮助妈妈。所以我也想到:我在小学毕业后又有什么用呢?我和同学们打听过了,有的告诉我,去年毕业的有好几个作姨太太的。有的告诉我,谁当了暗门子。我不大懂这些事,可是由她们的说法,我猜到这不是好事。她们似乎什么都知道,也爱偷偷地谈论她们明知是不正当的事——这些事叫她们的脸红红的而显出得意。我更疑心妈妈了,是不是等我毕业好去作……这么一想,有时候我不敢回家,我怕见妈妈。妈妈有时候给我点心钱,我不肯花,饿着肚子去上体操,常常要晕过去。看着别人吃点心,多么香甜呢!可是我得省着钱,万一妈妈叫我去……我可以跑,假如我手中有钱。我最阔的时候,手中有一毛多钱!在这些时候,即使在白天,我也有时望一望天上,找我的月牙儿呢。我心中的苦处假若可以用个形状比喻起来,必是个月牙儿形的。它无倚无靠的在灰蓝的天上挂着,光儿微弱,不大会儿便被黑暗包住。

十一

叫我最难过的是我慢慢地学会了恨妈妈。可是每当我恨她的时候,我不知不觉地便想起她背着我上坟的光景。想到了这个，我不能恨她了。我又非恨她不可。我的心像——还是像那个月牙儿，只能亮那么一会儿，而黑暗是无限的。妈妈的屋里常有男人来了，她不再躲避着我。他们的眼像狗似的看着我，舌头吐着，垂着涎。我在他们的眼中是更解馋的，我看出来。在很短的期间，我忽然明白了许多的事。我知道我得保护自己，我觉出我身上好像有什么可贵的地方，我闻得出我已有一种什么味道，使我自己害羞，多感。我身上有了些力量，可以保护自己，也可以毁了自己。我有时很硬气，有时候很软。我不知怎样好。我愿爱妈妈，这时候我有好些必要问妈妈的事，需要妈妈的安慰；可是正在这个时候，我得躲着她，我得恨她；要不然我自己便不存在了。当我睡不着的时节，我很冷静地思索，妈妈是可原谅的。她得顾我们俩的嘴。可是这个又使我要拒绝再吃她给我的饭菜。我的心就这么忽冷忽热，像冬天的风，休息一会儿，刮得更要猛；我静候着我的怒气冲来，没法儿止住。

十二

事情不容我想好方法就变得更坏了。妈妈问我，"怎样？"假若我真爱她呢，妈妈说，我应该帮助她。不然呢，她不能再管我了。这不像妈妈能说得出的话，但是她确是这么说了。她说得很清楚："我已经快老了，再过二年，想白叫人要也没人要了！"这是对的，妈妈近来擦许多的粉，脸上还露出褶子来。她要再走一步，去专伺候一个男人。她的精神来不及伺候许多男人了。为她自己想，这时候能有人要她——是个馒头铺掌柜的愿要她——她该马上就走。可是我已经是个大姑娘了，不像小时候那样容易跟在妈妈轿后走过去了。我得打主意安置自己。假若我愿意"帮助"妈妈呢，她可以不再走这一步，而由我代替她挣钱。代她挣钱，我真愿意；可是那个挣钱方法叫我哆嗦。我知道什么呢，叫我像个半老的妇人那样去挣钱？！妈妈的心是狠的，可是钱更狠。妈妈不逼着我走哪条路，她叫我自己挑选——帮助她，或是我们娘儿俩各走各的。妈妈的眼没有泪，早就干了。我怎么办呢？

十三

我对校长说了。校长是个四十多岁的妇人，胖胖的，不很精明，可是心热。我是真没了主意，要不然我怎会开口述说妈妈的……我并没和校长亲近过。当我对她说的时候，每个字都像烧红了的煤球烫着我的喉，我哑了，半天才能吐出一个字。校长愿意帮助我。她不能给我钱，只能供给我两顿饭和住处——就住在学校和个老女仆作伴儿。她叫我帮助文书写写字，可是不必马上就这么办，因为我的字还需要练习。两顿饭，一个住处，解决了天大的问题。我可以不连累妈妈了。妈妈这回连轿也没坐，只坐了辆洋车，摸着黑走了。我的铺盖,她给了我。临走的时候,妈妈挣扎着不哭,可是心底下的泪到底翻上来了。她知道我不能再找她去,她的亲女儿。我呢,我连哭都忘了怎么哭了,我只咧着嘴抽达,泪蒙住了我的脸。我是她的女儿、朋友、安慰。但是我帮助不了她,除非我得作那种我决不肯作的事。在事后一想,我们娘儿俩就像两个没人管的狗,为我们的嘴,我们得受着一切的苦处,好像我们身上没有别的,只有一张嘴。为这张嘴,我们得把其余一切的东西都卖了。我不恨妈妈了,我明白了。不是妈妈的毛病,也不是不该长那张嘴,是粮食的毛病,凭什么没有我们的吃食呢?这个别离,把过去一切的苦楚都压过去了。那最明白我的眼泪怎流的月牙这回会没出来,这回只有黑暗,连点萤火的光也没有。妈妈就在暗中像个活鬼似的走了,连个影子也没有。即使她马上死了,恐怕也不会和爸埋在一处了,我连她将来的坟在哪里都不会知道。我只有这么个妈妈,朋友。我的世界里剩下我自己。

十四

妈妈永不能相见了,爱死在我心里,像被霜打了的春花。我用心地练字,为是能帮助校长抄抄写写些不要紧的东西。我必须有用,我是吃着别人的饭。我不像那些女同学,她们一天到晚注意别人,别人吃了什么,穿了什么,说了什么;我老注意我自己,我的影子是我的朋友。"我"老在我的心上,因为没人爱我。我爱我自己,可怜我自己,鼓励我自己,责备我自己;我知道我自己,仿佛我是另一个人似的。我身上有一点变化都使我害怕,使我欢喜,使我莫名其妙。我在我自己手中拿着,像捧着一朵娇嫩的花。我只能顾目前,没有将来,也不敢深想。嚼着人家的饭,我知道那是响午或晚上了,要不然我简直想不起时间来;没有希望,就没有时间。我好像钉在个没有日月的地方。想起妈妈,我晓得我曾经活了十几年。对将来,我不像同学们那样盼望放假,过节,过年;假期,节,年,跟我有什么关系呢?可是我的身体是往大了长呢,我觉得出。觉出我又长大了一些,我更渺茫,我不放心我自己。我越往大了长,我越觉得自己好看,这是一点安慰;美使我抬高了自己的身分。可是我根本没身分,安慰是先甜后苦的,苦到末了又使我自傲。穷,可是好看呢!这又使我怕:妈妈也是不难看的。

十五

我又老没看月牙了,不敢去看,虽然想看。我已毕了业,还在学校里住着。晚上,学校里只有两个老仆人,一男一女。他们不知怎样对待我好,我既不是学生,也不是先生,又不是仆人,可有点像仆人。晚上,我一个人在院中走,常被月牙给赶进屋来,我没有胆子去看它。可是在屋里,我会想象它是什么样,特别是在有点小风的时候。微风仿佛会给那点微光吹到我的心上来，使我想起过去，更加重了眼前的悲哀。我的心就好像在月光下的蝙蝠，虽然是在光的下面，可是自己是黑的；黑的东西，即使会飞，也还是黑的，我没有希望。我可是不哭，我只常皱着眉。

十六

我有了点进款：给学生织些东西，她们给我点工钱。校长允许我这么办。可是进不了许多，因为她们也会织。不过她们自己急于要用，而赶不来，或是给家中人打双手套或袜子，才来照顾我。虽然是这样，我的心似乎活了一点，我甚至想到：假若妈妈不走那一步，我是可以养活她的。一数我那点钱，我就知道这是梦想，可是这么想使我舒服一点。我很想看看妈妈。假若她看见我，她必能跟我来，我们能有方法活着，我想——可是不十分相信。我想妈妈，她常到我的梦中来。有一天，我跟着学生们去到城外旅行，回来的时候已经是下午四点多了。为是快点回来，我们抄了个小道。我看见了妈妈！在个小胡同里有一家卖馒头的，门口放着个元宝筐，筐上插着个顶大的白木头馒头。顺着墙坐着妈妈，身儿一仰一弯地拉风箱呢。从老远我就看见了那个大木馒头与妈妈，我认识她的后影。我要过去抱住她。可是我不敢，我怕学生们笑话我，她们不许我有这样的妈妈。越走越近了，我的头低下去，从泪中看了她一眼，她没看见我。我们一群人擦着她的身子走过去,她好像是什么也没看见,专心地拉她的风箱。走出老远,我回头看了看,她还在那儿拉呢。我看不清她的脸,只看到她的头发在额上披散着点。我记住这个小胡同的名儿。

十七

像有个小虫在心中咬我似的,我想去看妈妈,非看见她我心中不能安静。正在这个时候,学校换了校长。胖校长告诉我得打主意,她在这儿一天便有我一天的饭食与住处,可是她不能保险新校长也这么办。我数了数我的钱,一共是两块七毛零几个铜子。这几个钱不会叫我在最近的几天中挨饿,可是我上哪儿呢?我不敢坐在那儿呆呆地发愁,我得想主意。找妈妈去是第一个念头。可是她能收留我吗?假若她不能收留我,而我找了她去,即使不能引起她与那个卖馒头的吵闹,她也必定很难过。我得为她想,她是我的妈妈,又不是我的妈妈,我们母女之间隔着一层用穷作成的障碍。想来想去,我不肯找她去了。我应当自己担着自己的苦处。可是怎么担着自己的苦处呢?我想不起。我觉得世界很小,没有安置我与我的小铺盖卷的地方。我还不如一条狗,狗有个地方便可以躺下睡;街上不准我躺着。是的,我是人,人可以不如狗。假若我扯着脸不走,焉知新校长不往外撵我呢?我不能等着人家往外推。这是个春天。我只看见花儿开了,叶儿绿了,而觉不到一点暖气。红的花只是红的花,绿的叶只是绿的叶,我看见些不同的颜色,只是一点颜色;这些颜色没有任何意义,春在我的心中是个凉的死的东西。我不肯哭,可是泪自己往下流。

十八

我出去找事了。不找妈妈,不依赖任何人,我要自己挣饭吃。走了整整两天,抱着希望出去,带着尘土与眼泪回来。没有事情给我作。我这才真明白了妈妈,真原谅了妈妈。妈妈还洗过臭袜子,我连这个都作不上。妈妈所走的路是唯一的。学校里教给我的本事与道德都是笑话,都是吃饱了没事时的玩艺。同学们不准我有那样的妈妈,她们笑话暗门子;是的,她们得这样看,她们有饭吃。我差不多要决定了:只要有人给我饭吃,什么我也肯干;妈妈是可佩服的。我才不去死,虽然想到过;不,我要活着。我年轻,我好看,我要活着。羞耻不是我造出来的。

十九

这么一想,我好像已经找到了事似的。我敢在院中走了,一个春天的月牙在天上挂着。我看出它的美来。天是暗蓝的,没有一点云。那个月牙清亮而温柔,把一些软光儿轻轻送到柳枝上。院中有点小风,带着南边的花香,把柳条的影子吹到墙角有光的地方来,又吹到无光的地方去;光不强,影儿不重,风微微地吹,都是温柔,什么都有点睡意,可又要轻软地活动着。月牙下边,柳梢上面,有一对星儿好像微笑的仙女的眼,逗着那歪歪的月牙和那轻摆的柳枝。墙那边有棵什么树,开满了白花,月的微光把这团雪照成一半儿白亮,一半儿略带点灰影,显出难以想到的纯净。这个月牙是希望的开始,我心里说。

二十

我又找了胖校长去,她没在家。一个青年把我让进去。他很体面,也很和气。我平素很怕男人,但是这个青年不叫我怕他。他叫我说什么,我便不好意思不说;他那么一笑,我心里就软了。我把找校长的意思对他说了,他很热心,答应帮助我。当天晚上,他给我送了两块钱来,我不肯收,他说这是他姊母——胖校长——给我的。他并且说他的姊母已经给我找好了地方住,第二天就可以搬过去。我要怀疑,可是不敢。他的笑脸好像笑到我的心里去。我觉得我要疑心便对不起人,他是那么温和可爱。

二十一

他的笑唇在我的脸上,从他的头发上我看着那也在微笑的月牙。春风像醉了,吹破了春云,露出月牙与一两对儿春星。河岸上的柳枝轻摆,春蛙唱着恋歌,嫩蒲的香味散在春晚的暖气里。我听着水流,像给嫩蒲一些生力,我想象着蒲梗轻快地往高里长。小蒲公英在潮暖的地上似乎正往叶尖瓣上灌着白浆。什么都在溶化着春的力量,把春收在那微妙的地方,然后放出一些香味,像花蕊顶破了花瓣,我忘了自己,像四处的花草似的,承受着春的透入;我没了自己,像化在了那点春风与月的微光中。月儿忽然被云掩住,我想起来自己,我觉得他的热力在压迫我。我失去那个月牙儿,也失去了自己,我和妈妈一样了!

二十二

我后悔,我自慰,我要哭,我喜欢,我不知道怎样好。我要跑开,永不再见他;我又想他,我寂寞。两间小屋,只有我一个人,他每天晚上来。他永远俊美,老那么温和。他供给我吃喝,还给我作了几件新衣。穿上新衣,我自己看出我的美。可是我也恨这些衣服,又舍不得脱去。我不敢思想，也懒得思想，我迷迷糊糊的，腮上老有那么两块红。我懒得打扮，又不能不打扮，太闲在了，总得找点事作。打扮的时候，我怜爱自己；打扮完了，我恨自己。我的泪很容易下来，可是我设法不哭，眼终日老那么湿润润的，可爱。我有时候疯了似的吻他，然后把他推开，甚至于破口骂他；他老笑。

二十三

　　我早知道，我没希望；一点云便能把月牙遮住，我的将来是黑暗。果然，没有多久，春便变成了夏，我的春梦作到了头儿。有一天，也就是刚晌午吧，来了一个少妇。她很美，可是美得不玲珑，像个磁人儿似的。她进到屋中就哭了。不用问，我已明白了。看她那个样儿，她不想跟我吵闹，我更没预备着跟她冲突。她是个老实人。她哭，可是拉住我的手："他骗了咱们俩！"她说。我以为她也只是个"爱人"。不，她是他的妻。她不跟我闹，只口口声声的说："你放了他吧！"我不知怎么才好，我可怜这个少妇。我答应了她。她笑了。看她这个样儿，我以为她是缺个心眼，她似乎什么也不懂，只知道要她的丈夫。

二十四

我在街上走了半天。很容易答应那个少妇呀,可是我怎么办呢?他给我的那些东西,我不愿意要;既然要离开他,便一刀两断。可是,放下那点东西,我还有什么呢?我上哪儿呢?我怎么能当天就有饭吃呢?好吧,我得要那些东西,无法。我偷偷的搬了走。我不后悔,只觉得空虚,像一片云那样的无倚无靠。搬到一间小屋里,我睡了一天。

二十五

我知道怎样俭省,自幼就晓得钱是好的。凑合着手里还有那点钱,我想马上去找个事。这样,我虽然不希望什么,或者也不会有危险了。事情可是并不因我长了一两岁而容易找到。我很坚决,这并无济于事,只觉得应当如此罢了。妇女挣钱怎这么不容易呢!妈妈是对的,妇人只有一条路走,就是妈妈所走的路。我不肯马上就往那么走,可是知道它在不很远的地方等着我呢。我越挣扎,心中越害怕。我的希望是初月的光,一会儿就要消失。一两个星期过去了,希望越来越小。最后,我去和一排年轻的姑娘们在小饭馆受选阅。很小的一个饭馆,很大的一个老板;我们这群都不难看,都是高小毕业的少女们,等皇赏似的,等着那个破塔似的老板挑选。他选了我。我不感谢他,可是当时确有点痛快。那群女孩子们似乎很羡慕我,有的竟自含着泪走去,有的骂声"妈的!",女人够多么不值钱呢!

二十六

我成了小饭馆的第二号女招待。摆菜、端菜、算账、报菜名,我都不在行。我有点害怕。可是"第一号"告诉我不用着急,她也都不会。她说,小顺管一切的事;我们当招待的只要给客人倒茶,递手巾把,和拿账条;别的不用管。奇怪!"第一号"的袖口卷起来很高,袖口的白里子上连一个污点也没有。腕上放着一块白丝手绢,绣着"妹妹我爱你"。她一天到晚往脸上拍粉,嘴唇抹得血瓢似的。给客人点烟的时候,她的膝往人家腿上倚;还给客人斟酒,有时候她自己也喝了一口。对于客人,有的她伺候得非常的周到;有的她连理也不理,她会把眼皮一搭拉,假装没看见。她不招待的,我只好去。我怕男人。我那点经验叫我明白了些,什么爱不爱的,反正男人可怕。特别是在饭馆吃饭的男人们,他们假装义气,打架似的让座让账;他们拼命的猜拳,喝酒;他们野兽似的吞吃,他们不必要而故意的挑剔毛病,骂人。我低头递茶递手巾,我的脸发烧。客人们故意的和我说东说西,招我笑;我没心程说笑。晚上九点多钟完了事,我非常的疲乏了。到了我的小屋,连衣裳没脱,我一直地睡到天亮。醒来,我心中高兴了一些,我现在是自食其力,用我的劳力自己挣饭吃。我很早的就去上工。

二十七

"第一号"九点多才来,我已经去了两点多钟。她看不起我,可也并非完全恶意地教训我:"不用那么早来,谁八点来吃饭?告诉你,丧气鬼,把脸别搭拉得那么长;你是女跑堂的,没让你在这儿送殡玩。低着头,没人多给酒钱;你干什么来了?不为挣子儿吗?你的领子太矮,咱这行全得弄高领子,绸子手绢,人家认这个!"我知道她是好意,我也知道设若我不肯笑,她也得吃挂落,少分酒钱;小账是大家平分的。我也并非看不起她,从一方面看,我实在佩服她,她是为挣钱。妇女挣钱就得这么着,没第二条路。但是,我不肯学她。我仿佛看得很清楚:有朝一日,我得比她还开通,才能挣上饭吃。可是那得到了山穷水尽的时候;"万不得已"老在那儿等我们女人,我只能叫它多等几天。这叫我咬牙切齿,叫我心中冒火,可是妇女的命运不在自己手里。又干了三天,那个大掌柜的下了警告:再试我两天,我要是愿意往长了干呢,得照"第一号"那么办。"第一号"一半嘲弄,一半劝告的说:"已经有人打听你,干吗藏着乖的卖傻的呢?咱们谁不知道谁是怎着?女招待嫁银行经理的,有的是;你当是咱们低搭呢?闯开脸儿干呀,咱们也他妈的坐几天汽车!"这个,逼上我的气来，我问她："你什么时候坐汽车？"她把红嘴唇撇得要掉下去："不用你耍嘴皮子，干什么说什么；天生下来的香屁股，还不会干这个呢！"我干不了，拿了一块另五分钱，我回了家。

二十八

最后的黑影又向我迈了一步。为躲它，就更走近了它。我不后悔丢了那个事，可我也真怕那个黑影。把自己卖给一个人，我会。自从那回事儿，我很明白了些男女之间的关系。女人把自己放松一些，男人闻着味儿就来了。他所要的是肉，他所给的也是肉。他咬了你，压着你，发散了兽力，你便暂时有吃有穿；然后他也许打你骂你，或者停止了你的供给。女人就这么卖了自己，有时候还很得意，我曾经觉到得意。在得意的时候说的净是一些天上的话；过了会儿，你觉得身上的疼痛与丧气。不过，卖给一个男人，还可以说些天上的话；卖给大家，连这些也没法说了，妈妈就没说过这样的话。怕的程度不同，我没法接受"第一号"的劝告；"一个"男人到底使我少怕一点。可是，我并不想卖我自己。我并不需要男人，我还不到二十岁。我当初以为跟男人在一块儿必定有趣，谁知道到了一块他就要求那个我所害怕的事。是的，那时候我像把自己交给了春风，任凭人家摆布；过后一想，他是利用我的无知，畅快他自己。他的甜言蜜语使我走入梦里；醒过来，不过是一个梦，一些空虚；我得到的是两顿饭，几件衣服。我不想再这样挣饭吃，饭是实在的，实在地去挣好了。可是，若真挣不上饭吃，女人得承认自己是女人，得卖肉！一个多月，我找不到事作。

二十九

我遇见几个同学，有的升入了中学，有的在家里作姑娘。我不愿理她们，可是一说起话儿来，我觉得我比她们精明。原先，在学校的时候，我比她们傻；现在，"她们"显着呆傻了。她们似乎还都作梦呢。她们都打扮得很好，像铺子里的货物。她们的眼溜着年轻的男人，心里好像作着爱情的诗。我笑她们。是的，我必定得原谅她们，她们有饭吃，吃饱了当然只好想爱情，男女彼此织成了网，互相捕捉；有钱的，网大一些，捉住几个，然后从容地选择一个。我没有钱，我连个结网的屋角都找不到。我得直接地捉人，或是被捉，我比她们明白一些，实际一些。

三十

有一天，我碰见那个小媳妇，像磁人似的那个。她拉住了我，倒好像我是她的亲人似的。她有点颠三倒四的样儿。

"你是好人!你是好人!我后悔了,"她很诚恳地说,"我后悔了!我叫你放了他,哼,还不如在你手里呢!他又弄了别人,更好了,一去不回头了!"由探问中,我知道她和他也是由恋爱而结的婚,她似乎还很爱他。他又跑了。我可怜这个小妇人,她也是还作着梦,还相信恋爱神圣。我问她现在的情形,她说她得找到他,她得从一而终。要是找不到他呢?我问。她咬上了嘴唇,她有公婆,娘家还有父母,她没有自由,她甚至于羡慕我,我没有人管着。还有人羡慕我,我真要笑了!我有自由,笑话!她有饭吃,我有自由;她没自由,我没饭吃,我俩都是女人。

三十一

自从遇上那个小磁人,我不想把自己专卖给一个男人了,我决定玩玩了;换句话说,我要"浪漫"地挣饭吃了。我不再为谁负着什么道德责任,我饿。浪漫足以治饿,正如同吃饱了才浪漫,这是个圆圈,从哪儿走都可以。那些女同学与小磁人都跟我差不多,她们比我多着一点梦想,我比她们更直爽,肚子饿是最大的真理。是的,我开始卖了。把我所有的一点东西都折卖了,作了一身新行头,我的确不难看。我上了市。

三十二

我想我要玩玩,浪漫。啊,我错了。我还是不大明白世故。男人并不像我想的那么容易勾引。我要勾引文明一些的人,要至多只赔上一两个吻。哈哈,人家不上那个当,人家要初次见面便摸我的乳。还有呢,人家只请我看电影,或逛逛大街,吃杯冰激凌;我还是饿着肚子回家。所谓文明人,懂得问我在哪儿毕业,家里作什么事。那个态度使我看明白,他若是要你,你得给他相当的好处;你若是没有好处可贡献呢,人家只用一角钱的冰激凌换你一个吻。要卖,得痛痛快快地。拿钱来,我陪你睡。我明白了这个。小磁人们不明白这个。我和妈妈明白,我很想妈了。

三十三

据说有些女人是可以浪漫地挣饭吃,我缺乏资本;也就不必再这样想了。我有了买卖。可是我的房东不许我再住下去,他是讲体面的人。我连瞧他也没瞧,就搬了家,又搬回我妈妈和新爸爸曾经住过的那两间房。这里的人不讲体面,可也更真诚可爱。搬了家以后,我的买卖很不错。连文明人也来了。文明人知道了我是卖,他们是买,就肯来了;这样,他们不吃亏，也不丢身分。初干的时候，我很害怕，因为我还不到廿岁。及至作过了几天，我也就不怕了。身体上哪部分多运动都可以发达的。况且我不留情呢，我身上的各处都不闲着，手，嘴……都帮忙。他们爱这个。多嗻他们像了一摊泥，他们才觉得上了算，他们满意，还替我作义务的宣传。干过了几个月，我明白的事情更多了，差不多每一见面，我就能断定他是怎样的人。有的很有钱，这样的人一开口总是问我的身价，表示他买得起我。他也很嫉妒，总想包了我；逛暗娼他也想独占，因为他有钱。对这样的人，我不大招待。他闹脾气，我不怕，我告诉他，我可以找上他的门去，报告给他的太太。在小学里念了几年书，到底是没白念，他唬不住我。教育是有用的，我相信了。有的人呢，来的时候，手里就攥着一块钱，唯恐上了当。对这种人，我跟他细讲条件，干什么多少钱，干什么多少钱，他就乖乖地回家去拿钱，很有意思。最可恨的是那些油子，不但不肯花钱，反倒要占点便宜走，什么半盒烟卷呀，什么一小瓶雪花膏呀，他们随手拿去。这种人还是得罪不的，他们在地面上很熟，得罪了他们，他们会叫巡警跟我捣乱。我不得罪他们，我喂着他们；及至我认识了警官，才一个个的收拾他们。世界就是狼吞虎咽的世界，谁坏谁就占便宜。顶可怜的是那像学生样儿的，袋里装着一块钱，和几十铜子，叮当地直响，鼻子上出着汗。我可怜他们，可是也照常卖给他们。我有什么办法呢！还有老头子呢，都是些规矩人，或者家中已然儿孙成群。对他们，我不知道怎样好；但是我知道他们有钱，想在死前买些快乐，我只好供给他们所需要的。这些经验叫我认识了"钱"与"人"。钱比人更厉害一些,人若是兽,钱就是兽的胆子。

三十四

我发现了我身上有了病。这叫我非常的苦痛,我觉得已经不必活下去了。我休息了,我到街上去走;无目的,乱走。我想去看看妈,她必能给我一些安慰,我想象着自己已是快死的人了。我绕到那个小巷,希望见着妈妈;我想起她在门外拉风箱的样子。馒头铺已经关了门。打听,没人知道搬到哪里去。这使我更坚决了,我非找到妈妈不可。在街上丧胆游魂地走了几天,没有一点用。我疑心她是死了,或是和馒头铺的掌柜的搬到别处去,也许在千里以外。这么一想,我哭起来。我穿好了衣裳,擦上了脂粉,在床上躺着,等死。我相信我会不久就死去的。可是我没死。门外又敲门了,找我的。好吧,我伺候他,我把病尽力地传给他。我不觉得这对不起人,这根本不是我的过错。我又痛快了些,我吸烟,我喝酒,我好像已是三四十岁的人了。我的眼圈发青,手心发热,我不再管;有钱才能活着,先吃饱再说别的吧。我吃得并不错,谁肯吃坏的呢!我必须给自己一点好吃食,一些好衣裳,这样才稍微对得起自己一点。

三十五

一天早晨,大概有十点来钟吧,我正披着件长袍在屋中坐着,我听见院中有点脚步声。我十点来钟起来,有时候到十二点才想穿好衣裳,我近来非常的懒,能披着件衣服呆坐一两个钟头。我想不起什么,也不愿想什么,就那么独自呆坐。那点脚步声,向我的门外来了,很轻很慢。不久,我看见一对眼睛,从门上那块小玻璃向里面看呢。看了一会儿,躲开了;我懒得动,还在那儿坐着。待了一会儿,那对眼睛又来了。我再也坐不住,我轻轻的开了门。"妈!"

三十六

我们母女怎么进了屋,我说不上来。哭了多久,也不大记得。妈妈已老得不像样儿了。她的掌柜的回了老家,没告诉她,偷偷地走了,没给她留下一个钱。她把那点东西变卖了,辞了房,搬到一个大杂院里去。她已找了我半个多月。最后,她想到上这儿来,并没希望找到我,只是碰碰看,可是竟自找到了我。她不敢认我了,要不是我叫她,她也许就又走了。哭完了,我发狂似的笑起来:她找到了女儿,女儿已是个暗娼!

她养着我的时候，她得那样；现在轮到我养着她了，我得那样！女人的职业是世袭的，是专门的！

三十七

我希望妈妈给我点安慰。我知道安慰不过是点空话，可是我还希望来自妈妈的口中。妈妈都往往会骗人，我们把妈妈的诓骗叫作安慰。我的妈妈连这个都忘了。她是饿怕了，我不怪她。她开始检点我的东西，问我的进项与花费，似乎一点也不以这种生意为奇怪。我告诉她，我有了病，希望她劝我休息几天。没有；她只说出去给我买药。"我们老干这个吗？"我问她。她没言语。可是从另一方面看，她确是想保护我，心疼我。她给我作饭，问我身上怎样，还常常偷看我，像妈妈看睡着了的小孩那样。只是有一层她不肯说，就是叫我不用再干这行了。我心中很明白——虽然有一点不满意她——除了干这个，还想不到第二个事情作。我们母女得吃得穿——这个决定了一切。什么母女不母女，什么体面不体面，钱是无情的。

三十八

妈妈想照应我，可是她得听着看着人家蹂躏我。我想好好对待她，可是我觉得她有时候讨厌。她什么都要管管，特别是对于钱。她的眼已失去年轻时的光泽,不过看见了钱还能发点光。对于客人,她就自居为仆人,可是当客人给少了钱的时候,她张嘴就骂。这有时候使我很为难。不错,既干这个还不是为钱吗?可是干这个的也似乎不必骂人。我有时候也会慢待人,可是我有我的办法,使客人急不得恼不得。妈妈的方法太笨了,很容易得罪人。看在钱的面上,我们不应当得罪人。我的方法或者出于我还年轻,还幼稚;妈妈便不顾一切的单单站在钱上了,她应当如此,她比我大着好些岁。恐怕再过几年我也就这样了,人老心也跟着老,渐渐老得和钱一样的硬。是的,妈妈不客气。她有时候劈手就抢客人的皮夹,有时候留下人家的帽子或值钱一点的手套与手杖。我很怕闹出事来,可是妈妈说的好:"能多弄一个是一个,咱们是拿十年当作一年活着的,等七老八十还有人要咱们吗?"有时候,客人喝醉了,她便把他架出去,找个僻静地方叫他坐下,连他的鞋都拿回来。说也奇怪,这种人倒没有来找账的,想是已人事不知,说不定也许病一大场。或者事过之后,想过滋味,也就不便再来闹了,我们不怕丢人,他们怕。

三十九

妈妈是说对了:我们是拿十年当一年活着。干了二三年,我觉出自己是变了。我的皮肤粗糙了,我的嘴唇老是焦的,我的眼睛里老灰渌渌的带着血丝。我起来的很晚,还觉得精神不够。我觉出这个来,客人们更不是瞎子,熟客渐渐少起来。对于生客,我更努力的伺候,可是也更厌恶他们,有时候我管不住自己的脾气。我暴躁,我胡说,我已经不是我自己了。我的嘴不由的老胡说,似乎是惯了。这样,那些文明人已不多照顾我,因为我丢了那点"小鸟依人"——他们唯一的诗句——的身段与气味。我得和野鸡学了。我打扮得简直不像个人,这才招得动那不文明的人。我的嘴擦得像个红血瓢,我用力咬他们,他们觉得痛快。有时候我似乎已看见我的死,接进一块钱,我仿佛死了一点。钱是延长生命的,我的挣法适得其反。我看着自己死,等着自己死。这么一想,便把别的思想全止住了。不必想了,一天一天地活下去就是了,我的妈妈是我的影子,我至好不过将来变成她那样,卖了一辈子肉,剩下的只是一些白头发与抽皱的黑皮。这就是生命。

四十

我勉强地笑,勉强地疯狂,我的痛苦不是落几个泪所能减除的。我这样的生命是没什么可惜的,可是它到底是个生命,我不愿撒手。况且我所作的并不是我自己的过错。死假如可怕,那只因为活着是可爱的。我决不是怕死的痛苦,我的痛苦就已胜过了死。我爱活着,而不应当这样活着。我想象着一种理想的生活,像作着梦似的;这个梦一会儿就过去了,实际的生活使我更觉得难过。这个世界不是个梦，是真的地狱。妈妈看出我的难过来，她劝我嫁人。嫁人，我有了饭吃，她可以弄一笔养老金。我是她的希望。我嫁谁呢？

四十一

因为接触的男子很多了，我根本已忘了什么是爱。我爱的是我自己，及至我已爱不了自己，我爱别人干什么呢？但是打算出嫁，我得假装说我爱，说我愿意跟他一辈子。我对好几个人都这样说了，还起了誓；没人接受。在钱的管领下，人都很精明。嫖不如偷，对，偷省钱。我要是不要钱，管保人人说爱我。

四十二

正在这个期间，巡警把我抓了去。我们城里的新官儿非常地讲道德，要扫清了暗门子。正式的妓女倒还照旧作生意，因为她们纳捐；纳捐的便是名正言顺的，道德的。抓了去，他们把我放在了感化院，有人教给我作工。洗、做、烹调、编织，我都会；要是这些本事能挣饭吃，我早就不干那个苦事了。我跟他们这样讲，他们不信，他们说我没出息，没道德。他们教给我工作，还告诉我必须爱我的工作。假如我爱工作,将来必定能自食其力,或是嫁个人。他们很乐观。我可没这个信心。他们最好的成绩,是已经有十几多个女的,经过他们感化而嫁了人。到这儿来领女人的,只须花两块钱的手续费和找一个妥实的铺保就够了。这是个便宜,从男人方面看;据我想,这是个笑话。我干脆就不受这个感化。当一个大官儿来检阅我们的时候,我唾了他一脸唾沫。他们还不肯放了我,我是带危险性的东西。可是他们也不肯再感化我。我换了地方,到了狱中。

四十三

　　狱里是个好地方,它使人坚信人类的没有起色;在我作梦的时候都见不到这样丑恶的玩艺。自从我一进来,我就不再想出去,在我的经验中,世界比这儿并强不了许多。我不愿死,假若从这儿出去而能有个较好的地方;事实上既不这样,死在哪儿不一样呢。在这里,在这里,我又看见了我的好朋友,月牙儿!多久没见着它了!妈妈干什么呢?我想起来一切。

　　*原载一九三五年四月一日至八月十五日《国闻周报》第十二卷第十二至十四期,收入一九三五年八月上海人间书屋《樱海集》。

想北平

设若让我写一本小说,以北平作背景,我不至于害怕,因为我可以捡着我知道的写,而躲开我所不知道的。让我单摆浮搁的讲一套北平,我没办法。北平的地方那么大,事情那么多,我知道的真觉太少了,虽然我生在那里,一直到廿七岁才离开。以名胜说,我没到过陶然亭,这多可笑!以此类推,我所知道的那点只是"我的北平",而我的北平大概等于牛的一毛。

可是,我真爱北平。这个爱几乎是要说而说不出的。我爱我的母亲。怎样爱?我说不出。在我想作一件讨她老人家喜欢的时候,我独自微微的笑着;在我想到她的健康而不放心的时候,我欲落泪。言语是不够表现我的心情的,只有独自微笑或落泪才足以把内心揭露在外面一些来。我之爱北平也近乎这个。夸奖这个古城的某一点是容易的,可是那就把北平看得太小了。我所爱的北平不是枝枝节节的一些什么,而是整个儿与我的心灵相粘合的一段历史,一大块地方,多少风景名胜,从雨后什刹海的蜻蜓一直到我梦里的玉泉山的塔影,都积凑到一块,每一小的事件中有个我,我的每一思念中有个北平,这只有说不出而已。

真愿成为诗人,把一切好听好看的字都浸在自己的心血里,像杜鹃似的啼出北平的俊伟。啊!我不是诗人!我将永远道不出我的爱,一种像由音乐与图画所引起的爱。这不但是辜负了北平,也对不住我自己,因为我的最初的知识与印象都得自北平,它是在我的血里,我的性格与脾气里有许多地方是这古城所赐给的。我不能爱上海与天津,因为我心中有个北平。可是我说不出来!

伦敦,巴黎,罗马与堪司坦丁堡,曾被称为欧洲的四大"历史的都城"。我知道一些伦敦的情形;巴黎与罗马只是到过而已;堪司坦丁堡根本没有去过。就伦敦,巴黎,罗马来说,巴黎更近似北平——虽然"近似"两字要拉扯得很远——不过,假使让我"家住巴黎",我一定会和没有家一样的感到寂苦。巴黎,据我看,还太热闹。自然,那里也有空旷静寂的地方,可是又未免太旷;不像北平那样既复杂而又有个边际,使我能摸着——那长着红酸枣的老城墙!面向着积水潭,背后是城墙,坐在石上看水中的小蝌蚪或苇叶上的嫩蜻蜓,我可以快乐的坐一天,心中完全安适,无所求也无可怕,像小儿安睡在摇篮里。是的,北平也有热闹的地方,但是它和太极拳相似,动中有静。巴黎有许多地方使人疲乏,所以咖啡与酒是必要的,以便刺激;在北平,有温和的香片茶就够了。

论说巴黎的布置已比伦敦罗马匀调的多了,可是比上北平还差点事儿。北平在人为之中显出自然,几乎是什么地方既不挤得慌,又不太僻静:最小的胡同里的房子也有院子与树;最空旷的地方也离买卖街与住宅区不远。这种分配法可以算——在我的经验中——天下第一了。北平的好处不在处处设备得完全，而在它处处有空儿，可以使人自由的喘气；不在有好些美丽的建筑，而在建筑的四围都有空闲的地方，使它们成为美景。每一个城楼，每一个牌楼，都可以从老远就看见。况且在街上还可以看见北山与西山呢！

好学的，爱古物的，人们自然喜欢北平，因为这里书多古物多。我不好学，也没钱买古物。对于物质上，我却喜爱北平的花多菜多果子多。花草是种费钱的玩艺，可是此地的"草花儿"很便宜，而且家家有院子，可以花不多的钱而种一院子花，即使算不了什么，可是到底可爱呀。墙上的牵牛，墙根的靠山竹与草茉莉，是多么省钱省事而也足以招来蝴蝶呀！至于青菜，白菜，扁豆，毛豆角，黄瓜，菠菜等等，大多数是直接由城外担来而送到家门口的。雨后，韭菜叶上还往往带着雨时溅起的泥点。青菜摊子上的红红绿绿几乎有诗似的美丽。果子有不少是由西山与北山来的，西山的沙果，海棠，北山的黑枣，柿子，进了城还带着一层白霜儿呀！哼，美国的橘子包着纸；遇到北平的带霜儿的玉李，还不愧杀！

是的，北平是个都城，而能有好多自己产生的花，菜，水果，这就使人更接近了自然。从它里面说，它没有象伦敦的那些成天冒烟的工厂；从外面说，它紧连着园林，菜圃与农村。采菊东篱下，在这里，确是可以悠然见南山的；大概把"南"字变个"西"或"北"，也没有多少了不得的吧。像我这样的一个贫寒的人，或者只有在北平能享受一点清福了。

好，不再说了吧；要落泪了，真想念北平呀！

* 初载一九三六年六月十六日《宇宙风》第十九期。

北京的春节

按照北京的老规矩,过农历的新年(春节),差不多在腊月的初旬就开头了。"腊七腊八,冻死寒鸦",这是一年里最冷的时候。可是,到了严冬,不久便是春天,所以人们并不因为寒冷而减少过年与迎春的热情。在腊八那天,人家里,寺观里,都熬腊八粥。这种特制的粥是祭祖祭神的,可是细一想,它倒是农业社会的一种自傲的表现——这种粥是用所有的各种的米,各种的豆,与各种的干果(杏仁、核桃仁、瓜子、荔枝肉、桂圆肉、莲子、花生米、葡萄干、菱角米……)熬成的。这不是粥,而是小型的农业展览会。

腊八这天还要泡腊八蒜。把蒜瓣在这天放到高醋里,封起来,为过年吃饺子用的。到年底,蒜泡得色如翡翠,而醋也有了些辣味,色味双美,使人要多吃几个饺子。在北京,过年时,家家吃饺子。

从腊八起,铺户中就加紧地上年货,街上加多了货摊子——卖春联的、卖年画的、卖蜜供的、卖水仙花的等等都是只在这一季节才会出现的。这些赶年的摊子都教儿童们的心跳得特别快一些。在胡同里,吆喝的声音也比平时更多更复杂起来,其中也有仅在腊月才出现的,像卖宪书的、松枝的、薏仁米的、年糕的等等。

  在有皇帝的时候,学童们到腊月十九就不上学了,放年假一月。儿童们准备过年,差不多第一件事是买杂拌儿。这是用各种干果(花生、胶枣、榛子、栗子等)与蜜饯搀和成的,普通的带皮,高级的没有皮——例如:普通的用带皮的榛子,高级的用榛瓤儿。儿童们喜吃这些零七八碎儿,即使没有饺子吃,也必须买杂拌儿。他们的第二件大事是买爆竹,特别是男孩子们。恐怕第三件事才是买玩艺儿——风筝、空竹、口琴等——和年画儿。

  儿童们忙乱,大人们也紧张。他们须预备过年吃的使的喝的一切。他们也必须给儿童赶作新鞋新衣,好在新年时显出万象更新的气象。

  二十三过小年,差不多就是过新年的"彩排"。在旧社会里,这天晚上家家祭灶王,从一擦黑儿鞭炮就响起来,随着炮声把灶王的纸像焚化,美其名叫送灶王上天。在前几天,街上就有多少多少卖麦芽糖与江米糖的,糖形或为长方块或为大小瓜形。按旧日的说法:有糖粘住灶王的嘴,他到了天上就不会向玉皇报告家庭中的坏事了。现在,还有卖糖的,但是只由大家享用,并不再粘灶王的嘴了。

  过了二十三,大家就更忙起来,新年眨眼就到了啊。在除夕以前,家家必须把春联贴好,必须大扫除一次,名曰扫房。必须把肉、鸡、鱼、青菜、年糕什么的都预备充足,至少足够吃用一个星期的——按老习惯,铺户多数关五天门,到正月初六才开张。假若不预备下几天的吃食，临时不容易补充。还有，旧社会里的老妈妈论，讲究在除夕把一切该切出来的东西都切出来，省得在正月初一到初五再动刀，动刀剪是不吉利的。这含有迷信的意思，不过它也表现了我们确是爱和平的人，在一岁之首连切菜刀都不愿动一动。

除夕真热闹。家家赶作年菜，到处是酒肉的香味。老少男女都穿起新衣，门外贴好红红的对联，屋里贴好各色的年画，哪一家都灯火通宵，不许间断，炮声日夜不绝。在外边做事的人，除非万不得已，必定赶回家来，吃团圆饭，祭祖。这一夜，除了很小的孩子，没有什么人睡觉，而都要守岁。

元旦的光景与除夕截然不同：除夕，街上挤满了人；元旦，铺户都上着板子，门前堆着昨夜燃放的爆竹纸皮，全城都在休息。

男人们在午前就出动，到亲戚家，朋友家去拜年。女人们在家中接待客人。同时，城内城外有许多寺院开放，任人游览，小贩们在庙外摆摊，卖茶、食品和各种玩具。北城外的大钟寺，西城外的白云观，南城的火神庙（厂甸）是最有名的。可是，开庙最初的两三天，并不十分热闹，因为人们还正忙着彼此贺年，无暇及此。到了初五六，庙会开始风光起来，小孩们特别热心去逛，为的是到城外看看野景，可以骑毛驴，还能买到那些新年特有的玩具。白云观外的广场上有赛轿车赛马的；在老年间，据说还有赛骆驼的。这些比赛并不争取谁第一谁第二，而是在观众面前表演骡马与骑者的美好姿态与技能。

多数的铺户在初六开张，又放鞭炮，从天亮到清早，全城的炮声不绝。虽然开了张，可是除了卖吃食与其他重要日用品的铺子，大家并不很忙，铺中的伙计们还可以轮流着去逛庙、逛天桥，和听戏。

元宵（汤圆）上市，新年的高潮到了——元宵节（从正月十三到十七）。除夕是热闹的，可是没有月光；元宵节呢，恰好是明月当空。元旦是体面的，家家门前贴着鲜红的春联，人们穿着新衣裳，可是它还不够美。元宵节，处处悬灯结彩，整条的大街像是办喜事，火炽而美丽。有名的老铺都要挂出几百盏灯来，有的一律是玻璃的，有的清一色是牛角的，有的都是纱灯；有的各形各色，有的通通彩绘全部《红楼梦》或《水浒传》故事。这，在当年，也就是一种广告；灯一悬起，任何人都可以进到铺中参观；晚间灯中都点上烛，观者就更多。这广告可不庸俗。干果店在灯节还要做一批杂拌儿生意，所以每每独出心裁的，制成各样的冰灯，或用麦苗做成一两条碧绿的长龙，把顾客招来。

除了悬灯，广场上还放花合。在城隍庙里并且燃起火判，火舌由判官的泥像的口、耳、鼻、眼中伸吐出来。公园里放起天灯，像巨星似的飞到天空。

男男女女都出来踏月、看灯、看焰火；街上的人拥挤不动。在旧社会里，女人们轻易不出门，她们可以在灯节里得到些自由。

小孩子们买各种花炮燃放，即使不跑到街上去淘气，在家中照样能有声有光地玩耍。家中也有灯：走马灯——原始的电影——宫灯、各形各色的纸灯，还有纱灯，里面有小铃，到时候就叮叮地响。大家还必须吃汤圆呀。这的确是美好快乐的日子。

一眨眼，到了残灯末庙，学生该去上学，大人又去照常做事，新年在正月十九结束了。腊月和正月，在农村社会里正是大家最闲在的时候，而猪牛羊等也正长成，所以大家要杀猪宰羊，酬劳一年的辛苦。过了灯节，天气转暖，大家就又去忙着干活了。北京虽是城市，可是它也跟着农村社会一齐过年，而且过得分外热闹。

在旧社会里，过年是与迷信分不开的。腊八粥，关东糖，除夕的饺子，都须先去供佛，而后人们再享用。除夕要接神；大年初二要祭财神，吃元宝汤（馄饨），而且有的人要到财神庙去借纸元宝，抢烧头股香。正月初八要给老人们顺星、祈寿。因此那时候最大的一笔浪费是买蜡纸马的钱。现在，大家都不迷信了，也就省下这笔开销，用到有用的地方去。特别值得提到的是现在的儿童只快活的过年，而不受那迷信的熏染，他们只有快乐，而没有恐惧——怕神怕鬼。也许，现在过年没有以前那么热闹了，可是多么清醒健康呢。以前，人们过年是托神鬼的庇佑，现在是大家劳动终岁，大家也应当快乐的过年。

* 初载一九五一年一月《新观察》第二卷第二期。

一些印象（节选）

济南的秋天是诗境的。设若你的幻想中有个中古的老城，有睡着了的大城楼，有狭窄的古石路，有宽厚的石城墙，环城流着一道清溪，倒映着山影，岸上蹲着红袍绿裤的小妞儿。你的幻想中要是这么个境界，那便是个济南。设若你幻想不出——许多人是不会幻想的——请到济南来看看吧。

请你在秋天来。那城，那河，那古路，那山影，是终年给你预备着的。可是，加上济南的秋色，济南由古朴的画境转入静美的诗境中了。这个诗意秋光秋色是济南独有的。上帝把夏天的艺术赐给瑞士，把春天的赐给西湖，秋和冬的全赐给了济南。秋和冬是不好分开的，秋睡熟了一点便是冬，上帝不愿意把它忽然唤醒，所以作个整人情，连秋带冬全给了济南。

诗的境界中必须有山有水。那末，请看济南吧。那颜色不同，方向不同，高矮不同的山，在秋色中便越发的不同了。以颜色说吧，山腰中的松树是青黑的，加上秋阳的斜射，那片青黑便多出些比灰色深，比黑色浅的颜色，把旁边的黄草盖成一层灰中透黄的阴影。山脚是镶着各色条子的，一层层的，有的黄，有的灰，有的绿，有的似乎是藕荷色儿。山顶上的色儿也随着太阳的转移而不同。山顶的颜色不同还不重要，山腰中的颜色不同才真叫人想作几句诗。山腰中的颜色是永远在那儿变动，特别是在秋天，那阳光能够忽然清凉一会儿，忽然又温暖一会儿，这个变动并不激烈，可是山上的颜色觉得出这个变化，而立刻随着变换。忽然黄色更真了一些，忽然又暗了一些，忽然像有层看不见的薄雾在那儿流动，忽然像有股细风替"自然"调和着彩色，轻轻的抹上一层各色俱全而全是淡美的色道儿。有这样的山，再配上那蓝的天，晴暖的阳光；蓝得像要由蓝变绿了，可又没完全绿了；晴暖得要发燥了，可是有点凉风，正像诗一样的温柔；这便是济南的秋。况且因为颜色的不同，那山的高低也更显然了。高的更高了些，低的更低了些，山的棱角曲线在晴空中更真了，更分明了，更瘦硬了。看山顶上那个塔！

再看水。以量说，以质说，以形式说，哪儿的水能比济南？有泉——到处是泉——有河，有湖，这是由形式上分。不管是泉是河是湖，全是那么清，全是那么甜，哎呀，济南是"自然"的 Sweetheart 吧？大明湖夏日的莲花，城河的绿柳，自然是美好的了。可是看水，是要看秋水的。济南有秋山，又有秋水，这个秋才算个秋，因为秋神是在济南住家的。先不用说别的，只说水中的绿藻吧。那份儿绿色，除了上帝心中的绿色，恐怕没有别的东西能比拟的。这种鲜绿全借着水的清澄显露出来，好像美人借着镜子鉴赏自己的美。是的，这些绿藻是自己享受那水的甜美呢，不是为谁看的。它们知道它们那点绿的心事，它们终年在那儿吻着水皮，做着绿色的香梦。淘气的鸭子，用黄金的脚掌碰它们一两下。浣女的影儿，吻它们的绿叶一两下。只有这个，是它们的香甜的烦恼。羡慕死诗人呀！

在秋天，水和蓝天上样的清凉。天上微微有些白云，水上微微有些波皱。天水之间，全是清明，温暖的空气，带着一点桂花的香味。山影儿也更真了，秋山秋水虚幻的吻着。山儿不动，水儿微响。那中古的老城，带着这片秋色秋声，是济南，是诗。

要知济南的冬日如何，且听下回分解。

上次说了济南的秋天，这回该说冬天。

对于一个在北平住惯的人，像我，冬天要是不刮大风，便是奇迹；济南的冬天是没有风声的。对于一个刚由伦敦回来的，像我，冬天要能看得见日光，便是怪事；济南的冬天是响晴的。自然，在热带的地方，日光是永远那么毒，响亮的天气反有点叫人害怕。可是，在北中国的冬天，而能有温晴的天气，济南真得算个宝地。

设若单单是有阳光，那也算不了出奇。请闭上眼想：一个老城，有山有水，全在蓝天下很暖和安适的睡着；只等春风来把他们唤醒，这是不是个理想的境界？

小山整把济南围了个圈儿，只有北边缺着点口儿，这一圈小山在冬天特别可爱，好像是把济南放在一个小摇篮里，它们全安静不动的低声的说：你们放心吧；这儿准保暖和。真的，济南的人们在冬天是面上含笑的。他们一看那些小山，心中便觉得有了着落，有了依靠。他们由天上看到山上，便不觉的想起：明天也许就是春天了吧？这样的温暖，今天夜里山草也许就绿起来吧?就是这点幻想不能一时实现,他们也并不着急,因为有这样慈善的冬天,干啥还希望别的呢。

最妙的是下点小雪呀。看吧,山上的矮松越发的青黑,树尖上顶着一髻儿白花,像些小日本看护妇。山尖全白了,给蓝天镶上一道银边。山坡上有的地方雪厚点,有的地方草色还露着,这样,一道儿白,一道儿暗黄,给山们穿上一件带水纹的花衣;看着看着,这件花衣好像被风儿吹动,叫你希望看见一点更美的山的肌肤。等到快日落的时候,微黄的阳光斜射在山腰上,那点薄雪好像忽然害了羞,微微露出点粉色。就是下小雪吧,济南是受不住大雪的,那些小山太秀气。

古老的济南,城内那么狭窄,城外又那么宽敞,山坡上卧着些小村庄,小村庄的房顶上卧着点雪,对,这是张小水墨画,或者是唐代的名手画的吧。

那水呢,不但不结冰,反倒在绿藻上冒着点热气。水藻真绿,把终年贮蓄的绿色全拿出来了。天儿越晴,水藻越绿,就凭这些绿的精神,水也不忍得冻上;况且那长枝的垂柳还要在水里照个影儿呢。看吧,由澄清的河水慢慢往上看吧,空中,半空中,天上,自上而下全是那么清亮,那么蓝汪汪的,整个的是块空灵的蓝水晶。这块水晶里,包着红屋顶,黄草山,像地毯上的小团花的小灰色树影:这就是冬天的济南。

树虽然没有叶儿,鸟儿可并不偷懒,看在日光下张着翅叫的百灵们。山东人是百灵鸟的崇拜者,济南是百灵的国。家家处处听得到它们的歌唱;自然,小黄鸟儿也不少,而且在百灵国内也很努力的唱。还有山喜鹊呢,成群的在树上啼,扯着浅蓝的尾巴飞。树上虽没有叶,有这些羽翎装饰着,也倒有点像西洋美女。坐在河岸上,看着它们在空中飞,听着溪水活活的流,要睡了,这是有催眠力的;不信你就试试;睡吧,决冻不着你。

要知后事如何,我自己也不知道。

到了齐大,暑假还未曾完。除了太阳要落的时候,校园里不见一个人影。那几条白石凳,上面有枫树给张着伞,便成了我的临时书房。手里拿着本书,并不见得念;念地上的树影,比读书还有趣。我看着:细碎的绿影,夹着些小黄圈,不定都是圆的,叶儿稀的地方,光也有时候透出七棱八角的一小块。小黑驴似的蚂蚁,单喜欢在这些光圈上慌手忙脚的来往过。那边的白石凳上,也印着细碎的绿影,还落着个小蓝蝴蝶,抿着翅儿,好像要睡。一点风儿,把绿影儿吹醉,散乱起来;小蓝蝶醒了懒懒的飞,似乎是作着梦飞呢;飞了不远,落下了,抱住黄蜀菊的蕊儿。看着,老大半天,小蝶儿又飞了,来了个愣头磕脑的马蜂。

真静。往南看,千佛山懒懒的倚着一些白云,一声不出。往北看,围子墙根有时过一两个小驴,微微有点铃声。往东西看,只看见楼墙上的爬山虎。叶儿微动,像竖起的两面绿浪。往下看,四下都是绿草。往上看,看见几个红的楼尖。全不动。绿的,红的,上上下下的,像一张画,颜色固定,可是越看越好看。只有办公处的大钟的针儿,偷偷的移动,好似唯恐怕叫光阴知道似的,那么偷偷的动,从树隙里偶尔看见一个小女孩,花衣裳特别花哨,突然把这一片静的景物全刺激了一下，花儿也更红，叶儿也更绿了似的；好像她的花衣裳要带这一群颜色跳起舞来。

小女孩看不见了，又安静起来。槐树上轻轻落下个豆瓣绿的小虫，在空中悬着，其余的全不动了。

园中就是缺少一点水呀！连小麻雀也似乎很关心这个，时常用小眼睛往四下找；假如园中，就是有一道小溪吧，那要多么出色。溪里再有些各色的鱼，有些荷花！那怕是有个喷水池呢，水声，和着枫叶的轻响，在石台上睡一刻钟，要作出什么有声有色有香味的梦！花木够了，只缺一点水。

短松墙觉得有点死板，好在发着一些松香；若是上面绕着些密罗松，开着些血红的小花，也许能减少一些死板气儿。园外的几行洋槐很体面，似乎缺少一些小白石凳。可是继而一想，没有石凳也好，校园的全景，就妙在只有花木，没有多少人工做的点缀，砖砌的花池咧，绿竹篱咧，全没有；这样，没有人的时候，才真像没有人，连一点人工经营的痕迹也看不出；换句话说，这才不俗气。

啊，又快到夏天了！把去年的光景又想起来；也许是盼望快放暑假吧。快放暑假吧！把这个整个的校园，还交给蜂蝶与我吧！大自私了，谁说不是！可是我能念着树影，给诸位作首不十分好，也还说得过去的诗呢。

学校南边那块瓜地，想起来叫人口中出甜水；但是懒得动；在石凳上等着吧，等太阳落了，再去买几个瓜吧。自然，这还是去年的话；今年那块地还种瓜吗？管他种瓜还是种豆呢，反正白石凳还在那里，爬山虎也又绿起来；只等玫瑰开呀！玫瑰开，吃棕子，下雨，晴天，枫树底下，白石凳上，小蓝蝴蝶，绿槐树虫，哈，梦！再温习温习那个梦吧。

有诗为证，对，印象是要有诗为证的；不然，那印象必是多少带点土气的。我想写"春夜"，多么美的题目！想起这个题目，我自然的想作诗了。可是，不是个诗人，怎办呢；这似乎要"抓瞎"——用个毫无诗味的词儿。新诗吧？太难；脑中虽有几堆"呀，噢，唉，喽"和那俊美的"；"，和那珠泪滚滚的"！"。但是，没有别的玩艺，怎能把这些宝贝缀上去呢？此路不通！旧诗？又太死板，而且至少有十几年没动那些七庚八葱的东西了；不免出丑。

到底硬联成一首七律，一首不及六十分的七律；心中已高兴非常，有胜于无，好歹不论，正合我的基本哲学。好，再作七首，共合八首；即便没一首"通"的吧，"量"也足惊人不是？中国地大物博，一人能写八首春夜，呀！

唉！湿膝病又犯了，两膝僵肿，精神不振，终日茫然，饭且不思，何暇作诗，只有大喊拉倒，予无能为矣！只凑了三首，再也凑不出。

想另作一篇散文吧，又到了交稿子的时候；况且精神不好，其影响于诗与散文一也；散了吧，好歹的那三首送进去，爱要不要；我就是这个主意！反正无论怎说，我是有诗为证：

（一）

多少春光轻易去？无言花鸟夜如秋。

东风似梦微添醉,小月知心只照愁!
柳样诗思情入影,火般桃色艳成羞。
谁家玉笛三更后?山倚疏星人倚楼。

(二)

一片闲情诗境里,柳风淡淡柝声凉。
山腰月少青松黑,篱畔光多玉李黄。
心静渐知春似海,花深每觉影生香。
何时买得田千顷,遍种梧桐与海棠!

(三)

且莫贪眠减却狂,春宵月色不平常!
碧桃几树开蝴蝶,紫燕联肩梦海棠。
花比诗多怜夜短,柳如人瘦为情长。
年来潦倒漂萍似,惯与东风道暖凉。

得看这三大首!五十年之后,准保有许多人给作注解——好诗是不需注解的。我的评注者,一定说我是资本家,或是穷而倾向资本主义者,因为在第二首里,有"何时买得田千顷"之语。好,我先自己作点注吧:我的意思是买山地呀,不是买一千顷良田,全种上花木,而叫农民饿死,不是。比如千佛山两旁的秃山,要全种上海棠,那要多么美,这才是我的梦想。

这不怨我说话不清，是律诗自身的别扭；一句非七个字不可，我怎能忽然来句八个九个字的呢？

得了，从此再不受这个罪；《一些印象》也不再续。暑假中好好休息，把腿养好，能加入将来远东运动会的五百里竞走，得个第一，那才算英雄好汉；诌几句不准多于七个字一句的诗，算得什么！

* 初载一九三一年三月至六月《齐大月刊》第一卷第五至八期。

可爱的成都

到成都来,这是第四次。第一次是在四年前,住了五六天,参观全城的大概。第二次是在三年前,我随同西北慰劳团北征,路过此处,故仅留二日。第三次是慰劳归来,过此小住,留四日,见到不少的老朋友。这次——第四次——是受冯焕璋先生之约,去游灌县与青城山,由上山下来,顺便在成都玩几天。

成都是个可爱的地方。对于我,它特别的可爱,因为:

(一)我是北平人,而成都有许多与北平相似之处,稍稍使我减去些乡思。到抗战胜利后,我想,我总会再来一次,多住些时候,写一部以成都为背景的小说。在我的心中,地方好象也都像人似的,有个性格。我不喜上海,因为我抓不住它的性格,说不清它到底是怎么一回事。我不能与我所不明白的人交朋友,也不能描写我所不明白的地方。对成都,真的,我知道的事情太少了;但是,我相信会借它的光儿写出一点东西来。我似乎已看到了它的灵魂,因为它与北平相似。

(二)我有许多老友在成都。有朋友的地方就是好地方。这诚然是个人的偏见,可是恐怕谁也免不了这样去想吧。况且成都的本身已经是可爱的呢。八年前,我曾在齐鲁大学教过书。七七抗战后,我由青岛移回济南,仍住齐大。我由济南流亡出来,我的妻小还留在齐大,住了一年多。齐大在济南的校舍现在已被敌人完全占据,我的朋友们的一切书籍器物已被劫一空,那么,今天又能在成都会见其患难的老友,是何等的快乐呢!衣物,器具,书籍,丢失了有什么关系!我们还有命,还能各守岗位的去忍苦抗敌,这就值得共进一杯酒了!抗战前,我在山东大学也教过书。这次,在华西坝,无意中的也遇到几位山大的老友,"惊喜欲狂"一点也不是过火的形容。一个人的生命,我以为,是一半儿活在朋友中的。假若这句话没有什么错误,我便不能不"因人及地"的喜爱成都了。啊,这里还有几十位文艺界的友人呢!与我的年纪差不多的,如郭子杰,叶圣陶,陈翔鹤诸先生,握手的时节,不知为何,不由的就彼此先看看头发——都有不少根白的了,比我年纪轻一点的呢,虽然头发不露痕迹,可是也显着削瘦,霜鬓瘦脸本是应该引起悲愁的事,但是,为了抗战而受苦,为了气节而不肯折腰,瘦弱衰老不是很自然的结果么?这真是悲喜惧来,另有一番滋味了!

(三)我爱成都,因为它有手有口。先说手,我不爱古玩,第一因为不懂,第二因为没有钱。我不爱洋玩艺,第一因为它们洋气十足,第二因为没有美金。虽不爱古玩与洋东西,但是我喜爱现代的手造的相当美好的小东西。假若我们今天还能制造一些美好的物件,便是表示了我们民族的爱美性与创造力仍然存在,并不逊于古人。中华民族在雕刻,图画,建筑,制铜，造瓷……上都有特殊的天才。这种天才在造几张纸，制两块墨砚，打一张桌子，漆一两个小盒上都随时的表现出来。美的心灵使他们的手巧。我们不应随便丢失了这颗心。因此，我爱现代的手造的美好的东西。北平有许多这样的好东西，如地毯，珐琅，玩具……但是北平还没有成都这样多。成都还存着我们民族的巧手。我绝对不是反对机械，而只是说，我们在大的工业上必须采取西洋方法，在小工业上则须保存我们的手。谁知道这二者有无调谐的可能呢？不过，我想，人类文化的明日，恐怕不是家家造大炮，户户有坦克车，而是要以真理代替武力，以善美代替横暴。果然如此，我们便应想一想是否该把我们的心灵也机械化了吧？次说口：成都人多数健谈。文化高的地方都如此，因为"有"话可讲。但是，这且不在话下。

这次，我听到了川剧，洋琴，与竹琴。川剧的复杂与细腻，在重庆时我已领略了一点。到成都，我才听到真好的川剧。很佩服贾佩之，萧楷成，周企何诸先生的口。我的耳朵不十分笨，连昆曲——听过几次之后——都能哼出一句半句来。可是，已经听过许多次川剧，我依然一句也哼不出。它太复杂，在牌子上，在音域上，恐怕它比任何中国的歌剧都复杂的好多。我希望能用心的去学几句。假若我能哼上几句川剧来，我想，大概就可以不怕学不会任何别的歌唱了。竹琴本很简单，但在贾树三的口中，它变成极难唱的东西。他不轻易放过一个字去，他用气控制着情，他用"抑"逼出"放"，他由细嗓转到粗嗓而没有痕迹。我很希望成都的口，也和它的手一样，能保存下来。我们不应拒绝新的音乐，可也不应把旧的扫灭。恐怕新旧相通,才能产生新的而又是民族的东西来吧。

还有许多话要说,但是很怕越说越没有道理,前边所说的那一点恐怕已经是胡涂话啊!且就这机会谢谢侯宝璋先生给我在他的客室里安了行军床,吴先忧先生领我去看戏与洋琴,文协分会会员的招待,与朋友们的赏酒饭吃!

* 初载一九四二年九月二十三日《中央日报》。

宗月大师

在我小的时候，我因家贫而身体很弱。我九岁才入学。因家贫体弱，母亲有时候想教我去上学，又怕我受人家的欺侮，更怕交不上学费，所以一直到九岁我还不识一个字。说不定，我会一辈子也得不到读书的机会。因为母亲虽然知道读书的重要，可是每月间三四吊钱的学费，实在让她为难。母亲是最喜脸面的人。她迟疑不决，光阴又不等待着任何人，荒来荒去，我也许就长到十多岁了。一个十多岁的贫而不识字的孩子，很自然的去作个小买卖——弄个小筐，卖些花生、煮豌豆或樱桃什么的。要不然就是去学徒。母亲很爱我，但是假若我能去作学徒，或提篮沿街卖樱桃而每天赚几百钱，她或者就不会坚决的反对。穷困比爱心更有力量。

有一天刘大叔偶然的来了。我说"偶然的"，因为他不常来看我们。他是个极富的人，尽管他心中并无贫富之别，可是他的财富使他终日不得闲，几乎没有工夫来看穷朋友。一进门，他看见了我。"孩子几岁了？上学没有？"他问我的母亲。他的声音是那么洪亮，（在酒后，他常以学喊俞振庭的《金钱豹》自傲）他的衣服是那么华丽，他的眼是那么亮，他的脸和手是那么白嫩肥胖，使我感到我大概是犯了什么罪。

我们的小屋，破桌凳，土炕，几乎禁不住他的声音的震动。等我母亲回答完，刘大叔马上决定："明天早上我来，带他上学，学钱、书籍，大姐你都不必管！"我的心跳起多高，谁知道上学是怎么一回事呢！

第二天，我像一条不体面的小狗似的，随着这位阔人去入学。学校是一家改良私塾，在离我的家有半里多地的一座道士庙里。庙不甚大，而充满了各种气味：一进山门先有一股大烟味，紧跟着便是糖精味，（有一家熬制糖球糖块的作坊）再往里，是厕所味，与别的臭味。学校是在大殿里，大殿两旁的小屋住着道士，和道士的家眷。大殿里很黑、很冷。神像都用黄布挡着，供桌上摆着孔圣人的牌位。学生都面朝西坐着，一共有三十来人。西墙上有一块黑板——这是"改良"私塾。老师姓李，一位极死板而极有爱心的中年人。刘大叔和李老师"嚷"了一顿，而后教我拜圣人及老师。老师给了我一本《地球韵言》和一本《三字经》。我于是，就变成了学生。

自从作了学生以后，我时常的到刘大叔的家中去。他的宅子有两个大院子，院中几十间房屋都是出廊的。院后，还有一座相当大的花园。宅子的左右前后全是他的房屋，若是把那些房子齐齐的排起来，可以占半条大街。此外，他还有几处铺店。每逢我去，他必招呼我吃饭，或给我一些我没有看见过的点心。他绝不以我为一个苦孩子而冷淡我，他是阔大爷，但是他不以富傲人。

在我由私塾转入公立学校去的时候，刘大叔又来帮忙。这时候，他的财产已大半出了手。他是阔大爷，他只懂得花钱，而不知道计算。人们吃他,他甘心教他们吃;人们骗他,他付之一笑。他的财产有一部分是卖掉的,也有一部分人骗了去的,他不管;他的笑声照旧是洪亮的。

到我在中学毕业的时候,他已一贫如洗,什么财产也没有了,只剩了那个后花园。不过,在这个时候,假若他肯用用心思,去调整他的产业,他还能有办法教自己丰衣足食,因为他的好多财产是被人家骗了去的。可是,他不肯去请律师,贫与富在他心中是完全一样的,假若在这时候,他要是不再随便花钱,他至少可以保住那座花园,和城外的地产。可是,他好善。尽管他自己的儿女受着饥寒,尽管他自己受尽折磨,他还是去办贫儿学校,粥厂,等等慈善事业。他忘了自己。就是在这个时候,我和他过往的最密。他办贫儿学校我去做义务教师。他施舍粮米,我去帮忙调查及散放。在我的心里,我很明白:放粮放钱不过只是延长贫民的受苦难的日期,而不足以阻拦住死亡。但是,看刘大叔那么热心,那么真诚,我就顾不得和他辩论,而只好也出点力了,即使我和他辩论,我也不会得胜,人情是往往能战败理智的。在我出国以前,刘大叔的儿子死了。而后,他的花园也出了手。他入庙为僧,夫人与小姐入庵为尼,由他的性格来说,他似乎势必走入避世学禅的一途。但是由他的生活习惯上来说,大家总以为他不过能念念经,布施布施僧道而已,而绝对不会受戒出家。他居然出了家,在以前,他吃的是山珍海味,穿的是绫罗绸缎,他也嫖也赌。现在,他每日一餐,入秋还穿着件夏布道袍。这样苦修,他的脸上还是红红的,笑声还是洪亮的。对佛学,他有多么深的认识,我不敢说。我却真知道他是个好和尚,他知道一点便去作一点,能作一点便作一点。他的学问也许不高,但是他所知道的都能见诸实行。

出家以后,他不久就作了一座大寺的方丈。可是没有好久就被驱除出来。他是要作真和尚,所以他不惜变卖庙产去救济苦人。庙里不要这种方丈。一般的说,方丈的责任是要扩充庙产,而不是救苦救难的。离开大寺,他到一座没有任何产业的庙里作方丈。他自己既没有钱,他还须天天为僧众们找到斋吃,同时,他还举办粥厂等等慈善事业。他穷,他忙,他每日只进一顿简单的素餐,可是他的笑声还是那么洪亮。他的庙里不应佛事,赶到有人来请,他便领着僧众给人家去唪真经,不要报酬。他整天不在庙里,但是他并没忘了修持;他持戒越来越严,对经义也深有所获。他白天在各处筹钱办事,晚间在小室里作工夫。谁见到这位破和尚也不曾想到他曾是个在金子里长起来的阔大爷。

去年,有一天他正给一位圆寂了的和尚念经,他忽然闭上了眼,就坐化了。火葬后,人们在他的身上发现许多舍利。

没有他,我也许一辈子也不会入学读书。没有他,我也许永远想不起帮助别人有什么乐趣与意义。他是不是真的成了佛?我不知道,但是,我的确相信他的居心与言行是与佛相近似的。我在精神上物质上都受过他的好处,现在我的确愿意他真的成了佛,并且盼望他以佛心引领我向善,正像在三十五年前,他拉着我去入私塾那样!

他是宗月大师。

* 初载一九四〇年一月二十三日《华西日报》。

我的母亲

母亲的娘家是北平德胜门外，土城儿外边，通大钟寺的大路上的一个小村里。村里一共有四五家人家，都姓马。大家都种点不十分肥美的地，但是与我同辈的兄弟们，也有当兵的，作木匠的，作泥水匠的，和当巡察的。他们虽然是农家，却养不起牛马，人手不够的时候，妇女便也须下地作活。

对于姥姥家，我只知道上述的一点。外公外婆是什么样子，我就不知道了，因为他们早已去世。至于更远的族系与家史，就更不晓得了；穷人只能顾眼前的衣食，没有工夫谈论什么过去的光荣；"家谱"这字眼，我在幼年就根本没有听说过。

母亲生在农家，所以勤俭诚实，身体也好。这一点事实却极重要，因为假若我没有这样的一位母亲，我以为我恐怕也就要大大的打个折扣了。

母亲出嫁大概是很早，因为我的大姐现在已是六十多岁的老太婆，而我的大外甥女还长我一岁啊。我有三个哥哥，四个姐姐，但能长大成人的，只有大姐，二姐，三姐，三哥与我。我是"老"儿子。生我的时候，母亲已有四十一岁，大姐二姐已都出了阁。

由大姐与二姐所嫁入的家庭来推断，在我生下之前，我的家里，大概还马马虎虎的过得去。那时候定婚讲究门当户对，而大姐丈是作小官的，二姐丈也开过一间酒馆，他们都是相当体面的人。

可是，我，我给家庭带来了不幸：我生下来，母亲晕过去半夜，才睁眼看见她的老儿子——感谢大姐，把我揣在怀中，致未冻死。

一岁半，我把父亲"剋"死了。

兄不到十岁，三姐十二三岁，我才一岁半，全仗母亲独力抚养了。父亲的寡姐跟我们一块儿住，她吸鸦片，她喜摸纸牌，她的脾气极坏。为我们的衣食，母亲要给人家洗衣服，缝补或裁缝衣裳。在我的记忆中，她的手终年是鲜红微肿的。白天，她洗衣服，洗一两大绿瓦盆。她作事永远丝毫也不敷衍，就是屠户们送来的黑如铁的布袜，她也给洗得雪白。晚间，她与三姐抱着一盏油灯，还要缝补衣服，一直到半夜。她终年没有休息，可是在忙碌中她还把院子屋中收拾得清清爽爽。桌椅都是旧的，柜门的铜活久已残缺不全，可是她的手老使破桌面上没有尘土，残破的铜活发着光。院中，父亲遗留下的几盆石榴与夹竹桃，永远会得到应有的浇灌与爱护，年年夏天开许多花。

哥哥似乎没有同我玩耍过。有时候，他去读书；有时候，他去学徒；有时候，他也去卖花生或樱桃之类的小东西。母亲含着泪把他送走，不到两天，又含着泪接他回来。我不明白这都是什么事，而只觉得与他很生疏。与母亲相依为命的是我与三姐。因此,她们作事,我老在后面跟着。她们浇花,我也张罗着取水;她们扫地,我就撮土……从这里,我学得了爱花,爱清洁,守秩序。这些习惯至今还被我保存着。

有客人来,无论手中怎么窘,母亲也要设法弄一点东西去款待。舅父与表哥们往往是自己掏钱买酒肉食。这使她脸上羞得飞红,可是殷勤的给他们温酒做面,又给她一些喜悦。遇上亲友家中有喜丧事,母亲必把大褂洗得干干净净,亲自去贺吊——份礼也许只是两吊小钱。到如今如我的好客的习性,还未全改,尽管生活是这么清苦,因为自幼儿看惯了的事情是不易改掉的。

姑母常闹脾气。她单在鸡蛋里找骨头。她是我家中的阎王。直到我入了中学,她才死去,我可是没有看见母亲反抗过。"没受过婆婆的气,还不受大姑子的吗?命当如此!"母亲在非解释一下不足以平服别人的时候,才这样说。是的,命当如此。母亲活到老,穷到老,辛苦到老,全是命当如此。她最会吃亏。给亲友邻居帮忙,她总跑在前面:她会给婴儿洗三——穷朋友们可以因此少花一笔"请姥姥"钱——她会刮痧,她会给孩子们剃头,她会给少妇们绞脸……凡是她能作的,都有求必应。但是吵嘴打架,永远没有她。她宁吃亏,不逗气。当姑母死去的时候,母亲似乎把一世的委屈都哭了出来,一直哭到坟地。不知道哪里来的一位侄子,声称有承继权,母亲便一声不响,教他搬走那些破桌子烂板凳,而且把姑母养的一只肥母鸡也送给他。

可是,母亲并不软弱。父亲死在庚子闹"拳"的那一年。联军入城，挨家搜索财物鸡鸭，我们被搜两次。母亲拉着哥哥与三姐坐在墙根，等着"鬼子"进门，街门是开着的。"鬼子"进门，一刺刀先把老黄狗刺死，而后入室搜索。他们走后，母亲把破衣箱搬起，才发现了我。假若箱子不空，我早就被压死了。皇上跑了，丈夫死了，鬼子来了，满城是血光火焰，可是母亲不怕，她要在刺刀下，饥荒中，保护着儿女。北平有多少变乱啊，有时候兵变了，街市整条的烧起，火团落在我们院中。有时候内战了，城门紧闭，铺店关门，昼夜响着枪炮。这惊恐，这紧张，再加上一家饮食的筹划，儿女安全的顾虑，岂是一个软弱的老寡妇所能受得起的？可是，在这种时候，母亲的心横起来，她不慌不哭，要从无办法中想出办法来。她的泪会往心中落！这点软而硬的个性，也传给了我。我对一切人与事，都取和平的态度，把吃亏看作当然的。但是，在作人上，我有一定的宗旨与基本的法则，什么事都可将就，而不能超过自己划好的界限。我怕见生人，怕办杂事，怕出头露面；但是到了非我去不可的时候，我便不得不去，正像我的母亲。从私塾到小学，到中学，我经历过起码有二十位教师吧，其中有给我很大影响的，也有毫无影响的，但是我的真正的教师，把性格传给我的，是我的母亲。母亲并不识字，她给我的是生命的教育。

当我在小学毕了业的时候，亲友一致的愿意我去学手艺，好帮助母亲。我晓得我应当去找饭吃，以减轻母亲的勤劳困苦。可是，我也愿意升学。我偷偷的考入了师范学校——制服，饭食，书籍，宿处，都由学校供给。只有这样，我才敢对母亲说升学的话。入学，要交十元的保证金。这是一笔巨款！母亲作了半个月的难，把这巨款筹到，而后含泪把我送出门去。她不辞劳苦，只要儿子有出息。当我由师范毕业，而被派为小学校校长，母亲与我都一夜不曾合眼。我只说了句："以后，您可以歇一歇了！"她的回答只有一串串的眼泪。我入学之后，三姐结了婚。母亲对儿女是都一样疼爱的，但是假若她也有点偏爱的话，她应当偏爱三姐，因为自父亲死后，家中一切的事情都是母亲和三姐共同撑持的。三姐是母亲的右手。但是母亲知道这右手必须割去，她不能为自己的便利而耽误了女儿的青春。当花轿来到我们的破门外的时候，母亲的手就和冰一样的凉，脸上没有血色——那是阴历四月，天气很暖。大家都怕她晕过去。可是，她挣扎着，咬着嘴唇，手扶着门框，看花轿徐徐的走去。不久，姑母死了。三姐已出嫁，哥哥不在家，我又住学校，家中只剩母亲自己。她还须自晓至晚的操作，可是终日没人和她说一句话。新年到了，正赶上政府倡用阳历，不许过旧年。除夕，我请了两小时的假。由拥挤不堪的街市回到清炉冷灶的家中。母亲笑了。及至听说我还须回校，她愣住了。半天，她才叹出一口气来。到我该走的时候，她递给我一些花生，"去吧，小子！"街上是那么热闹，我却什么也没看见，泪遮迷了我的眼。今天，泪又遮住了我的眼，又想起当日孤独的过那凄惨的除夕的慈母。可是慈母不会再候盼着我了，她已入了土！

儿女的生命是不依顺着父母所设下的轨道一直前进的，所以老人总免不了伤心。我二十三岁，母亲要我结了婚，我不要。我请来三姐给我说情，老母含泪点了头。我爱母亲，但是我给了她最大的打击。时代使我成为逆子。廿七岁，我上了英国。为了自己，我给六十多岁的老母以第二次打击。在她七十大寿的那一天，我还远在异域。那天，据姐姐们后来告诉我，老太太只喝了两口酒，很早的便睡下。她想念她的幼子，而不便说出来。

七七抗战后，我由济南逃出来。北平又像庚子那年似的被鬼子占据了，可是母亲日夜惦念的幼子却跑西南来。母亲怎样想念我，我可以想象得到，可是我不能回去。每逢接到家信，我总不敢马上拆看，我怕，怕，怕，怕有那不祥的消息。人，即使活到八九十岁，有母亲便可以多少还有点孩子气。失了慈母便象花插在瓶子里，虽然还有色有香，却失去了根。有母亲的人，心里是安定的。我怕，怕，怕家信中带来不好的消息，告诉我已是失了根的花草。

去年一年，我在家信中找不到关于老母的起居情况。我疑虑，害怕。我想象得到，如有不幸，家中念我流亡孤苦，或不忍相告。母亲的生日是在九月，我在八月半写去祝寿的信，算计着会在寿日之前到达。信中嘱咐千万把寿日的详情写来，使我不再疑虑。十二月二十六日，由文化劳军的大会上回来，我接到家信。我不敢拆读。就寝前，我拆开信，母亲已去世一年了！

生命是母亲给我的。我之能长大成人，是母亲的血汗灌养的。我之能成为一个不十分坏的人，是母亲感化的。我的性格，习惯，是母亲传给的。她一世未曾享过一天福，临死还吃的是粗粮。唉！还说什么呢？心痛！心痛！

* 初载一九四三年一月十三、十五日《时事新报》。

四位先生

吴组缃先生的猪

从青木关到歌乐山一带，在我所认识的文友中要算吴组缃先生最为阔绰。他养着一口小花猪。据说，这小动物的身价，值六百元。

每次我去访组缃先生，必附带的向小花猪致敬，因为我与组缃先生核计过了：假若他与我共同登广告卖身，大概也不会有人出六百元来买！

有一天，我又到吴宅去。给小江——组缃先生的少爷——买了几个比醋还酸的桃子。拿着点东西，好搭讪着骗顿饭吃，否则就太不好意思了。一进门，我看见吴太太的脸比晚日还红。我心里一想，便想到了小花猪。假若小花猪丢了，或是出了别的毛病，组缃先生的阔绰便马上不存在了！一打听，果然是为了小花猪：它已绝食一天了。我很着急，急中生智，主张给它点奎宁吃，恐怕是打摆子。大家都不赞同我的主张。我又建议把它抱到床上盖上被子睡一觉，出点汗也许就好了；焉知道不是感冒呢？这年月的猪比人还娇贵呀！大家还是不赞成。后来，把猪医生请来了。我颇兴奋，要看看猪怎么吃药。猪医生把一些草药包在竹筒的大厚皮儿里，使小花猪横衔着，两头向后束在脖子上：这样，药味与药汁便慢慢走入里边去。把药包儿束好，小花猪的口中好像生了两个翅膀，倒并不难看。

虽然吴宅有此骚动，我还是在那里吃了午饭——自然稍微的有点不得劲儿！

过了两天，我又去看小花猪——这回是专程探病，绝不为看别人；我知道现在猪的价值有多大——小花猪口中已无那个药包，而且也吃点东西了。大家都很高兴，我就又就棍打腿的骗了顿饭吃，并且提出声明：到冬天，得分给我几斤腊肉；组缃先生与太太没加任何考虑便答应了。吴太太说："几斤？十斤也行！想想看，那天它要是一病不起……"大家听罢，都出了冷汗！

马宗融先生的时间观念

马宗融先生的表大概是、我想是一个装饰品。无论约他开会，还是吃饭，他总迟到一个多钟头，他的表并不慢。

来重庆，他多半是住在白象街的作家书屋。有的说也罢，没的说也罢，他总要谈到夜里两三点钟。假若不是别人都困得不出一声了，他还想不起上床去。有人陪着他谈，他能一直坐到第二天夜里两点钟。表、月亮、太阳，都不能引起他注意到时间。

比如说吧，下午三点他须到观音岩去开会，到两点半他还毫无动静。"宗融兄，不是三点，有会吗？该走了吧？"有人这样提醒他，他马上去戴上帽子，提起那有茶碗口粗的木棒，向外走。"七点吃饭。早回来呀！"大家告诉他。他回答声"一定回来"，便匆匆地走出去。

到三点的时候，你若出去，你会看见马宗融先生在门口与一位老太婆，或是两个小学生，谈话儿呢！即使不是这样，他在五点以前也不会走到观音岩。路上每遇到一位熟人，便要谈，至少，十分钟的话。若遇上打架吵嘴的，他得过去解劝，还许把别人劝开，而他与另一位劝架的打起来！遇上某处起火，他得帮着去救。有人追赶扒手，他必然得加入，非捉到不可。看见某种新东西，他得过去问问价钱，不管买与不买。看到戏报子，马上他去借电话，问还有票没有……这样，他从白象街到观音岩，可以走一天，幸而他记得开会那件事，所以只走两三个钟头，到了开会的地方，即使大家已经散了会，他也得坐两点钟，他跟谁都谈得来，都谈得有趣，很亲切，很细腻。有人随便哼了一句二黄，他立刻请教给他；有人刚买一条绳子，他马上拿过来练习跳绳——五十岁了啊！

七点，他想起来回白象街吃饭，归路上，又照样的劝架，救人，追贼，问物价，打电话……至早，他在八点半左右走到目的地。满头大汗，三步当作两步走的。他走了进来，饭早已开过了。

所以，我们与友人定约会的时候，若说随便什么时间，早晨也好，晚上也好，反正我一天不出门，你哪时来也可以，我们便说"马宗融的时间吧"！

姚蓬子先生的砚台

作家书屋是个神秘的地方，不信你交到那里一份文稿，而三五日后再亲自去索回，你就必定不说我扯谎了。

进到书屋，十之八九你找不到书屋的主人——姚蓬子先生。他不定在哪里藏着呢。他的被褥是稿子，他的枕头是稿子，他的桌上、椅上、窗台上……全是稿子。简单的说吧，他被稿子埋起来了。当你要稿子的时候，你可以看见一个奇迹。假如说尊稿是十张纸写的吧，书屋主人会由枕头底下翻出两张，由裤袋里掏出三张，书架里找出两张，窗子上揭下一张，还欠两张。你别忙，他会由老鼠洞里拉出那两张，一点也不少。

单说蓬子先生的那块砚台，也足够惊人了！那是块无法形容的石砚。不圆不方，有许多角儿，有任何角度。有一点沿儿，豁口甚多，底子最奇，四周翘起，中间的一点凸出，如元宝之背，它会像陀螺似的在桌子乱转，还会一头高一头低地倾斜，如浪中之船。我老以为孙悟空就是由这块石头跳出去的！

到磨墨的时候，它会由桌子这一端滚到那一端，而且响如快跑的马车。我每晚十时必就寝，而对门儿书屋的主人要办事办到天亮。从十时到天亮,他至少研十字墨,一次比一次响——到夜最静的时候,大概连南岸都感到一点震动。从我到白象街起,我没做过一个好梦,刚一人梦,砚台来了一阵雷雨,梦为之断。在夏天,砚一响,我就起来拿臭虫。冬天可就不好办,只好咳嗽几声,使之闻之。

现在,我已交给作家书屋一本书,等到出版,我必定破费几十元,送给书屋主人一块平底的,不出声的砚台!

何容先生的戒烟

首先要声明:这里所说的烟是香烟,不是鸦片。

从武汉到重庆,我老同何容先生在一间屋子里,一直到前年八月间。在武汉的时候,我们都吸"大前门"或"使馆"牌;大小"英"似乎都不够味儿。到了重庆,小大"英"似乎变了质,越来越"够"味儿了,"前门"与"使馆"倒仿佛没了什么意思。慢慢的,"刀"牌与"哈德门"又变成我们的朋友,而与小大"英",不管是谁的主动吧,好像冷淡得日甚一日,不久,"刀"牌与"哈德门"又与我们发生了意见,差不多要绝交的样子,何容先生就决心戒烟!

在他戒烟之前,我已声明过:"先上吊,后戒烟!"本来吗,"弃妇抛雏"的流亡在外,吃不敢进大三元,喝么也不过是清一色(黄酒贵,只好吃点白干),女友不敢去交,男友一律是穷光蛋,住是二人一室,睡是臭虫满床,再不吸两枝香烟,还活着干吗?可是,一看何容先生戒烟,我到底受了感动,既觉自己无勇,又钦佩他的伟大;所以,他在屋里,我几乎不敢动手取烟,以免动摇他的坚决!

何容先生那天睡了十六个钟头,一枝烟没吸!醒来,已是黄昏,他便独自走出去。我没敢陪他出去,怕不留神递给他一枝烟,破了戒!掌灯之后,他回来了,满面红光,含着笑,从口袋中掏出一包土产卷烟来。"你尝尝这个,"他客气地让我,"才一个铜板一枝!有这个,似乎就不必戒烟了!没有必要!"把烟接过来,我没敢说什么,怕伤了他的尊严。面对面的,把烟燃上,我俩细细地欣赏。头一口就惊人,冒的是黄烟,我以为他误把爆竹买来了!听了一会儿,还好,并没有爆炸,就放胆继续地吸。吸了不到四五口,我看见蚊子都争着向外边飞,我很高兴。既吸烟,又驱蚊,太可贵了!再吸几口之后,墙上又发现了臭虫,大概也要搬家,我更高兴了!吸到了半支,何容先生与我也跑出去了,他低声地说:"看样子,还得戒烟!"

何容先生二次戒烟,有半天之久。当天的下午,他买来了烟斗与烟叶。"几毛钱的烟叶,够吃三四天的,何必一定戒烟呢!"他说。吸了几天的烟斗,他发现了:(一)不便携带;(二)不用力,抽不到;用力,烟油射在舌头上;(三)费洋火;(四)须天天收拾,麻烦!有此四弊,他就戒烟斗,而又吸上香烟了。"始作卷烟者,其无后乎!"他说。

最近二年,何容先生不知戒了多少次烟了,而指头上始终是黄的。

* 初载一九四二年六月二十二至二十五日《新民报晚刊》。

小麻雀

雨后，院里来了个麻雀，刚长全了羽毛。它在院里跳，有时飞一下，不过是由地上飞到花盆沿上，或由花盆上飞下来。看它这么飞了两三次，我看出来：它并不会飞得再高一些，它的左翅的几根长翎拧在一处，有一根特别的长，似乎要脱落下来。我试着往前凑，它跳一跳，可是又停住，看着我，小黑豆眼带出点要亲近我又不完全信任的神气。我想到了：这是个熟鸟，也许是自幼便养在笼中的。所以它不十分怕人。可是它的左翅也许是被养着它的或别个孩子给扯坏，所以它爱人，又不完全信任。想到这个，我忽然的很难过。一个飞禽失去翅膀是多么可怜。这个小鸟离了人恐怕不会活，可是人又那么狠心，伤了它的翎羽。它被人毁坏了，而还想依靠人，多么可怜！它的眼带出进退为难的神情，虽然只是那么个小而不美的小鸟，它的举动与表情可露出极大的委屈与为难。它是要保全它那点生命，而不晓得如何是好。对它自己与人都没有信心，而又愿找到些倚靠。它跳一跳，停一停，看着我，又不敢过来。我想拿几个饭粒诱它前来，又不敢离开，我怕小猫来扑它。可是小猫并没在院里，我很快的跑进厨房，抓来了几个饭粒。及至我回来，小鸟已不见了。我向外院跑去，小猫在影壁前的花盆旁蹲着呢。我忙去驱逐它，它只一扑，把小鸟擒住！被人养惯的小麻雀，连挣扎都不会，尾与爪在猫嘴旁搭拉着，和死去差不多。

瞧着小鸟，猫一头跑进厨房，又一头跑到西屋。我不敢紧追，怕它更咬紧了，可又不能不追。虽然看不见小鸟的头部，我还没忘了那个眼神。那个预知生命危险的眼神。那个眼神与我的好心中间隔着一只小白猫。来回跑了几次，我不追了。追上也没用了，我想，小鸟至少已半死了。猫又进了厨房，我愣了一会儿，赶紧的又追了去；那两个黑豆眼仿佛在我心内睁着呢。

进了厨房，猫在一条铁筒——冬天升火通烟用的，春天拆下来便放在厨房的墙角——旁蹲着呢。小鸟已不见了。铁筒的下端未完全扣在地上，开着一个不小的缝儿，小猫用脚往里探。我的希望回来了，小鸟没死。小猫本来才四个来月大，还没捉住过老鼠，或者还不会杀生，只是叼着小鸟玩一玩。正在这么想，小鸟，忽然出来了，猫倒像吓了一跳，往后躲了躲。小鸟的样子，我一眼便看清了，登时使我要闭上了眼。小鸟几乎是蹲着，胸离地很近，像人害肚痛蹲在地上那样。它身上并没血。身子可似乎是蜷在一块，非常的短。头低着，小嘴指着地。那两个黑眼珠！非常的黑，非常的大，不看什么，就那么顶黑顶大的愣着。它只有那么一点活气，都在眼里，像是等着猫再扑它，它没力量反抗或逃避；又像是等着猫赦免了它，或是来个救星。生与死都在这俩眼里，而并不是清醒的。它是胡涂了，昏迷了；不然为什么由铁筒中出来呢？可是，虽然昏迷，到底有那么一点说不清的，生命根源的，希望。这个希望使它注视着地上，等着，等着生或死。它怕得非常的忠诚，完全把自己交给了一线的希望，一点也不动。像把生命要从两眼中流出，它不叫不动。

　　小猫没再扑它，只试着用小脚碰它。它随着击碰倾侧，头不动，眼不动，还呆呆的注视着地上。但求它能活着，它就决不反抗。可是并非全无勇气，它是在猫的面前不动！我轻轻的过去，把猫抓住。将猫放在门外，小鸟还没动。我双手把它捧起来。它确是没受了多大的伤，虽然胸上落了点毛。它看了我一眼！

　　我没主意：把它放了吧，它准是死？养着它吧，家中没有笼子。我捧着它好像世上一切生命都在我的掌中似的，我不知怎样好。小鸟不动，蜷着身，两眼还那么黑，等着！愣了好久，我把它捧到卧室里，放在桌子上，看着它，它又愣了半天，忽然头向左右歪了歪，用它的黑眼睁了一下；又不动了，可是身子长出来一些，还低头看着，似乎明白了点什么。

　　* 初载一九三四年十月《文学评论》第一卷第二期。

母　鸡

一向讨厌母鸡。不知怎样受了一点惊恐，听吧，它由前院嘎嘎到后院，由后院再嘎嘎到前院，没结没完，而并没有什么理由；讨厌！有的时候，它不这样乱叫，可是细声细气的，有什么心事似的，颤颤微微的，顺着墙根或沿着田坝，那么扯长了声如怨如诉，使人心中立刻结起个小疙瘩来。

它永远不反抗公鸡。可是，有时候却欺侮那最忠厚的鸭子。更可恶的是它遇到另一只母鸡的时候，它会下毒手，乘其不备，狠狠的咬一口，咬下一撮儿毛来。

到下蛋的时候，它差不多是发了狂，恨不能使全世界都知道它这点成绩；就是聋子也会被它吵得受不下去。

可是，现在我改变了心思，我看见一只孵出一群小雏鸡的母亲。

不论是在院里，还是在院外，它总是挺着脖儿，表示出世界上并没有可怕的东西。一个鸟儿飞过，或是什么东西响了一声，它立刻警戒起来，歪着头儿听；挺着身儿预备作战；看看前，看看后，咕咕的警告群雏要马上集合到它身边来！

当它发现了一点可吃的东西，它咕咕的紧叫，啄一啄那个东西，马上便放下，教它的儿女吃。结果，每一只鸡雏的肚子都圆圆的下垂，像刚装了一两个汤圆儿似的，它自己却削瘦了许多。假若有别的大鸡来找食，它一定出击，把它们赶出老远，连大公鸡也怕它三分。

它教给鸡雏们啄食，掘地，用土洗澡；一天教多少多少次。它还半蹲着——我想这是相当劳累的——教它们挤在它的翅下、胸下，得一点温暖。它若伏在地上，鸡雏们有的便爬在它的背上，啄它的头或别的地方，它一声也不哼。

在夜间若有什么动静，它便放声号叫，顶尖锐、顶凄惨，使任何贪睡的人也得起来看看，是不是有了黄鼠狼。

它负责、慈爱、勇敢、辛苦，因为它有了一群鸡雏。它伟大，因为它是鸡母亲。一个母亲必定就是一位英雄。

我不敢再讨厌母鸡了。

* 初载一九四二年五月三十日《时事新报》。

养　花

我爱花，所以也爱养花。我可还没成为养花专家，因为没有工夫去作研究与试验。我只把养花当作生活中的一种乐趣，花开得大小好坏都不计较，只要开花，我就高兴。在我的小院中，到夏天，满是花草，小猫儿们只好上房去玩耍，地上没有它们的运动场。

花虽多，但无奇花异草。珍贵的花草不易养活，看着一棵好花生病欲死是件难过的事。我不愿时时落泪。北京的气候，对养花来说，不算很好。冬天冷，春天多风，夏天不是干旱就是大雨倾盆；秋天最好，可是忽然会闹霜冻。在这种气候里，想把南方的好花养活，我还没有那么大的本事。因此，我只养些好种易活、自己会奋斗的花草。

不过，尽管花草自己会奋斗，我若置之不理，任其自生自灭，它们多数还是会死了的。我得天天照管它们，像好朋友似的关切它们。一来二去，我摸着一些门道：有的喜阴，就别放在太阳地里；有的喜干，就别多浇水。这是个乐趣，摸住门道，花草养活了，而且三年五载老活着、开花，多么有意思呀！不是乱吹，这就是知识呀！多得些知识，一定不是坏事。

我不是有腿病吗，不但不利于行，也不利于久坐。我不知道花草们受我的照顾，感谢我不感谢；我可得感谢它们。在我工作的时候，我总是写了几十个字，就到院中去看看，浇浇这棵，搬搬那盆，然后回到屋中再写一点，然后再出去，如此循环，把脑力劳动与体力劳动结合到一起，有益身心，胜于吃药。要是赶上狂风暴雨或天气突变哪，就得全家动员，抢救花草，十分紧张。几百盆花，都要很快地抢到屋里去，使人腰酸腿疼，热汗直流。第二天，天气好转，又得把花儿都搬出去，就又一次腰酸腿疼，热汗直流。可是，这多么有意思呀！不劳动，连棵花儿也养不活，这难道不是真理么？

送牛奶的同志，进门就夸"好香"！这使我们全家都感到骄傲。赶到昙花开放的时候，约几位朋友来看看，更有秉烛夜游的神气——昙花总在夜里放蕊。花儿分根了，一棵分为数棵，就赠给朋友们一些；看着友人拿走自己的劳动果实，心里自然特别喜欢。

当然，也有伤心的时候，今年夏天就有这么一回。三百株菊秧还在地上（没到移入盆中的时候），下了暴雨。邻家的墙倒了下来，菊秧被砸死者约三十多种，一百多棵！全家都几天没有笑容！

有喜有忧，有笑有泪，有花有实，有香有色，既须劳动，又长见识，这就是养花的乐趣。

* 初载一九五六年十月二十一日《文汇报》。

抬头见喜

对于时节，我向来不特别的注意。拿清明说吧，上坟烧纸不必非我去不可，又搭着不常住在家乡，所以每逢看见柳枝发青便晓得快到了清明，或者是已经过去。对重阳也是这样，生平没在九月九登过高，于是重阳和清明一样的没有多大作用。

端阳，中秋，新年，三个大节可不能这么马虎过去。即使我故意躲着它们，账条是不会忘记了我的。也奇怪，一个无名之辈，到了三节会有许多人惦记着，不但来信，送账条，而且要找上门来！

设若故意躲着借款，着急，设计自杀等等，而专讲三节的热闹有趣那一面儿，我似乎是最喜爱中秋。"似乎"，因为我实在不敢说准了。幼年时，中秋是个很可喜的节，要不然我怎么还记得清清楚楚那些"兔儿爷"手工艺品的样子呢？有"兔儿爷"玩，这个节必是过得十二分有劲。可是从另一方面说，至少有三次喝醉是在中秋；酒入愁肠呀！所以说"似乎"最喜爱中秋。

事真凑巧，这三次"非杨贵妃式"的醉酒我还都记得很清楚。那么，就说上一说呀。第一次是在北平，我正住在翊教寺一家公寓里。好友卢嵩庵从柳泉居运来一坛子"竹叶青"。又约来两位朋友——内中有一位是不会喝的——大家就抄起茶碗来。坛子虽大，架不住茶碗一个劲进攻；月亮还没上来，坛子已空。干什么去呢？打牌玩吧。各拿出铜元百枚，约合大洋七角多，因这是古时候的事了。第一把牌将立起来，不晓得——至今还不晓得——我怎么上了床。牌必是没打成，因为我一睁眼已经红日东升了。

第二次是在天津，和朱荫棠在同福楼吃饭，各饮绿茵陈二两。吃完饭，到一家茶肆去品茗。我朝窗坐着，看见了一轮明月，我就吐了。这回决不是酒的作用，毛病是在月亮。

第三次是在伦敦。那里的秋月是什么样子，我说不上来——也许根本没有月亮其物。中国工人俱乐部里有多人凑热闹，我和沈刚伯也去喝酒。我们俩喝了两瓶葡萄酒。酒是用葡萄还是葡萄叶儿酿的，不可得而知，反正价钱很便宜；我们俩自古至今总没作过财主。喝完，各自回寓所。一上公众汽车，我的脚忽然长了眼睛，专找别人的脚尖去踩。这回可不是月亮的毛病。

对于中秋，大致如此——无论如何也不能说它坏。就此打住。

至若端阳，似乎可有可无。粽子，不爱吃。城隍爷现在也不出巡；即使再出巡，大概也没有跟随着走几里路的兴趣。樱桃真是好东西，可惜被黑白桑葚给带累坏了。

新年最热闹，也最没劲，我对它老是冷淡的。自从一记事儿起，家中就似乎很穷。爆竹总是听别人放，我们自己是静寂无哗。记得最真的是家中一张《王羲之换鹅》图。每逢除夕，母亲必把它从个神秘的地方找出来，挂在堂屋里。姑母就给说那个故事；到如今还不十分明白这故事到底有什么意思，只觉得"王羲之"三个字倒很响亮好听。后来入学，读了《兰亭序》，我告诉先生，王羲之是在我的家里。

长大了些，记得有一年的除夕，大概是光绪三十年前的一二年，母亲在院中接神，雪已下了一尺多厚。高香烧起，雪片由漆黑的空中落下，落到火光的圈里，非常的白，紧接着飞到火苗的附近，舞出些金光，即行消灭；先下来的灭了，上面又紧跟着下来许多，象一把"太平花"倒放。我还记着这个。我也的确感觉到，那年的神仙一定是真由天上回到世间。

中学的时期是最忧郁的，四五个新年中只记得一个，最凄凉的一个。那是头一次改用阳历，旧历的除夕必须回学校去，不准请假。姑母刚死两个多月，她和我们同住了三十年的样子。她有时候很厉害，但大体上说，她很爱我。哥哥当差，不能回来。家中只剩母亲一人。我在四点多钟回到家中，母亲并没有把"王羲之"找出来。吃过晚饭，我不能不告诉母亲了——我还得回校。她愣了半天，没说什么。

我慢慢的走出去，她跟着走到街门。摸着袋中的几个铜子，我不知道走了多少时候，才走到学校。路上必是很热闹，可是我并没看见，我似乎失了感觉。到了学校，学监先生正在学监室门口站着。他先问我："回来了？"我行了个礼。他点了点头，笑着叫了我一声："你还回去吧。"这一笑，永远印在我心中。假如我将来死后能入天堂，我必把这一笑带给上帝去看。

我好象没走就又到了家,母亲正对着一枝红烛坐着呢。她的泪不轻易落,她又慈善又刚强。见我回来了,她脸上有了笑容,拿出一个细草纸包儿来:"给你买的杂拌儿,刚才一忙,也忘了给你。"母子好象有千言万语,只是没精神说。早早的就睡了。母亲也没精神。

中学毕业以后,新年,除了为还债着急,似乎已和我不发生关系。我在哪里,除夕便由我照管着哪里。别人都回家去过年,我老是早早关上门,在床上听着爆竹响。平日我也好吃个嘴儿,到了新年反倒想不起弄点什么吃,连酒也不喝。在爆竹稍静了些的时节,我老看见些过去的苦境。可是我既不落泪,也不狂歌,我只静静的躺着。躺着躺着,多处烛光在壁上幻出一个"抬头见喜",那就快睡去了。